布哈河

BUHAHE

刘玉峰·著

青海人民出版社

图书在版编目（CIP）数据

布哈河 / 刘玉峰著. -- 西宁 : 青海人民出版社, 2016.7
ISBN 978-7-225-05166-6

Ⅰ. ①布… Ⅱ. ①刘… Ⅲ. ①长篇小说－中国－当代 Ⅳ. ①I247.5

中国版本图书馆CIP数据核字(2016)第175353号

布哈河

刘玉峰 著

出版人 樊原成
出版发行 青海人民出版社有限责任公司
西宁市同仁路10号 邮政编码:810001 电话:(0971) 6143426(总编室)
发行热线 (0971)6143516 / 6137731
印刷 甘肃新华印刷厂
经销 新华书店
开本 720mm×1010 mm 1/16
印张 18
字数 178千
版次 2016年7月第1版 2016年7月第1次印刷
书号 ISBN 978-7-225-05166-6
定价 45.00元

CONTENTS

目录

第一章　辽阔草原 /1
屁是一股气 /1
黑刺林里的棕熊 /10
麦子青稞都是粮食 /21

第二章　五月花开 /33
乌云也灿烂 /33
爱情没商量 /41
半夜歌声 /48

第三章　六月雪飘 /54
逃跑 /54
集训队 /68
星星去哪了 /74

第四章　风景如画 /92
长翅膀的奶牛 /92
一声狼嗥 /110
午夜空投 /118

第五章　沸腾的草原 /126
几声叹息 /126
钢花四溅 /137
天边的彩虹 /144

第六章 草原情歌 /155
爱情的火焰 /155
草山那边 /166
八月十五 /181

第七章 九月无雪 /187
西北风 /187
一声枪响 /198
起死回生 /207

第八章 洁白世界 /213
一筹莫展 /213
今夜无眠 /228
大雪无痕 /236

第九章 白雪皑皑 /247
雪地 /247
王斌疯了 /256
西北那个风啊 /265
流向青海湖的河 /272

山上全是白糖
那是撒谎的
分明是积雪

海子里全是奶汁
那是撒谎的
分明是咸水

草叶上全是珍珠
那是撒谎的
分明是露水

第一章　辽阔草原

屁是一股气

走进县委大院时杨克明就有一种似曾相识的感觉。他觉得县委大院跟老家公社大院仿佛是一个模子里扣出来的一样。坐南朝北方向一排砖瓦平房,左右两边各有一排成直角的砖瓦平房。从远处看就像没有摆完整的积木。唯一不同的是县委院子里满是碎小的石子，不像老家公社大院光滑得像个打麦场。县委会议室也跟公社的位置一样在南北平房最东头。不过，老家公社大院还有一棵老槐树在屋头边上。那一棵老槐树不知道有多少年了，反正粗壮得一个人抱不过来。冬天的时候老槐树光秃秃没有一片树叶，倒是叽叽喳喳的花喜鹊填补了它的寂寞。夏天的时候老槐树枝繁叶茂，犹如一把大伞遮阳挡雨。大家在树下乘凉说笑，端着海碗往老槐树下一蹲，哪怕是一碗野菜也吃得有滋有味。想起那棵老槐树，杨克明心里就开始隐隐作痛。

农业技术学校毕业后，他被分配到公社当了一名农业干部。那一年秋天，天气热得冒了头，发威的秋老虎比暑天还热。有一天晚上，天上没有月亮，天气又闷又热，屋子里热得跟个蒸笼似的，一动不动躺在草席上浑身还是大汗淋漓，热得实在无法睡觉。杨克明突发奇想地拿了一个布单出了屋子，爬到老槐树上睡觉去了。老槐树粗大的枝干轻轻松松让杨克明找到一个栖身的地方。微风徐徐，杨克明很快就在微风中睡着了。不知道什么时候，他被一阵窸窸窣窣的声音弄醒了。迷迷糊糊睁开眼睛朝树下看了一眼，就看见两个黑影气喘吁吁扭成了一团。杨克明突然紧张起来，他既不敢声张，也不敢喘气，睁着两只眼睛望着树下那一团扭动的黑影。就在这个时候，树下传来一个男人的声音。那个男人小声说道，把身子转过去两手抱住大树。黑影晃动了一下，接着又传来一个女人的声音，亏你想得出来，跟猫狗一样从屁股后面弄。就在这个时候，杨克明突然放了一个屁。屁声干脆响亮，把树下的人和树上的人都吓了一跳。杨克明看见树下的黑影突然散开了，一个黑影慌慌张张向大门口走去，一个黑影向办公室走去。杨克明觉得有意思，忍不住笑起来。就在他收住笑打算睡觉的时候，一道雪亮的灯光照得他睁不开眼睛。

奶奶的脚，你他妈是人还是猴?

杨克明吓坏了，他听出来是公社书记的声音。他战战兢兢地说，屋子里热得没有办法睡觉，我就爬到树上来了，树上有风凉快多了。

书记的手电筒在他脸上晃了晃，然后突然熄灭了。黑暗里传来书记的声音，你在树上睡着了没有?

杨克明急忙说，睡着了，睡得还香哩，你们在树下的事情，我没听见没看见，一点儿不知道。

日你娘一回。公社书记在黑暗里恶狠狠地骂了一句，狗日的熊孩子，你小子不是怕热吗?那好办，我给你找个凉快的地方。

杨克明张了张嘴，话还没有说出口，公社书记已经走了。杨克明有一点儿后怕了，他知道书记是一个说一不二的人，他打算明天写一份检查交给公社书记，也好让书记消消气。可是，没等他写好检查，他的命运就在这一夜发生了改变。第二天上午，办公室主任拿着一张介绍信交给他，让他去县农业局报到。望着手里那张盖着红印的公文纸,他不知道是福还是祸。当天下午他背着行李离开了公社。站在公社大院门口，他惆怅了片刻。公社大院里安安静静没有一个人，也没有一个人送他，只有那棵老槐树一直望着他。他长长叹了一口气，失魂落魄地离开了才住了半个月的公社大院。

让杨克明没有料到的是，他去县农业局报到时，才知道他已经被编入支援青海开发建设的名单里。这些被招募来的建设者几乎全是农村的青年男女，像他这样的在职干部屈指可数。走出农业局大门，杨克明明白了，他犯了在特殊地点、特殊时间、特殊人物、特殊场景下，一个不应该放屁的错误，而这个不应该犯的特殊错误，彻底改变了他的命运。他后悔当时没有憋住那个臭屁，倒霉的屁到底是怎么一回事情，早不放晚不放，偏偏在那个关键时刻放了出去。

为此，他专门找了在农业技术学校工作的同学的父亲。同学的父亲是地区医院的内科大夫。同学的父亲告诉他，屁是随着唾液食物咽进肚里的空气，有一部分以打嗝的方式从胃里排出，剩下的空气则进入肠道成为屁的来源。屁就是一股气，有屁就放，最好不要憋屁，有屁不放，会使气体从大肠小肠、胃、食道逆流而上，如果原封不动从嘴巴里出来，不但会造成口臭，对身体也没有好处。

就在杨克明站在县委大院里胡思乱想的时候，马国强不耐烦地看了他一眼说，嘿嘿嘿，我说你磨蹭个啥，跟个女人似的娘们兮兮的。

杨克明看了一眼五大三粗的马国强咧着嘴笑了笑，什么话也没有说，跟在马国强屁股后面朝会议室走去。

从老家来到柴达木这片草原快一个月了，这是第一次有头有脸跟着马国强参加县委扩大会议。在老家公社的时候，他只是个最普通的农业技术员，别说参加县委扩大会议，就连公社扩大会议也没有参加过。此时此刻，他觉得有一点儿神圣的感觉，也有一点儿忐忑不安的感觉。

不大的会议室里几乎坐满了人，简单的主席台上摆了一张办公桌，办公桌后面坐着县委书记和县长。杨克明和马国强在靠墙的地方找着两个空板凳不声不响地坐下后，主席台上的索南县长拍了拍手问道，开会的人员都到齐了没有？站在门口的办公室主任说，差不多了，各单位主要领导基本上都来了。索南县长又拍了拍手，那咱们就不等他们了，现在开始开会，首先欢迎刘书记讲话，大家欢迎。索南县长话音刚落，会议室里就响起了热烈的掌声。刘书记扬了扬手，掌声稀松下来。刘书记又扬了扬手，掌声彻底停止了。刘书记端起茶缸喝了一口水，不慌不忙地把茶缸放在桌上，抬起头用眼睛扫了大家一眼，又不慌不忙从桌上拿起烟盒，一翻手腕从香烟盒里倒出一根香烟含在嘴上，慢悠悠划着火柴点着香烟吸了一口，然后抬起头看看大家，几个干干脆脆的字裹着烟雾从嘴里吐了出来，废话少说，言归正传。我昨天晚上才从州上赶回来，今天就急急忙忙召集大家开会。不急不行啊同志们，我们已经落后了。落后是一种什么行为，是一种可耻的行为。如果在战场上，就是开小差当逃兵的行为。州上开会的重点只有一个，这个重点就是贯彻落实毛主席提出的“三个元帅”。这“三个元帅”一是粮食，二是钢铁，三是机器。为了完成好“三个元帅”的任务，内地各省已经轰轰烈烈干起来了。机关工厂，学校街道，只要是有人的地方都在大炼钢铁。特别是广大农村，更是如火如荼。高产的喜报天天往北京送，有的地方粮食亩产已经超过了两万斤了。同志们，大家想一想，两万斤是个什么概念啊。刘书记说到这里停了一下，见大家交头接耳一片唏嘘，刘书记继续说道，两万斤粮食能堆半间房子啊同志们。你们别以为我在这里给你们讲故事，我说得全部都是铁板钉钉的事实。刘书记一边说一边从桌上拿起来一张报纸举在空中晃了几下，这是我从州上带回来的最新的《人民日报》，等一会儿你们传着看一看，我说的两万斤粮食就在报纸的头版上刊登着呢。站在门口的办公室主任，不知什么时候已经走到刘书记跟前，他接过刘书记手里的报纸，转身递给了坐在前排的干部。

刘书记微笑着看了看索南，从桌上拿起烟盒抽出一支香烟递给索南，自己也点着一支抽了起来。缕缕青烟温柔地从他嘴里飘了出来，一直从他眼前飘过，在空中弥漫扩散，最后融入空气之中。

一支香烟抽完了，大家基本上传阅了报纸。刘书记把烟头扔到地下，端起茶缸喝了一口水，放下茶缸用手抹了一下嘴唇说，看完报纸你们有啥感觉？反正我是热血沸腾，就像热锅上的蚂蚁坐立不安。昨天晚上我想了一个晚上，几乎就没有睡觉。想来想去就一句话，全民动员，自力更生，工农牧三头并进，就是我们的目标。我们要把县城建设成帐篷街道化，牧民裤子化，头发辫子化，牧民食堂化。我们不能眼睁睁光看人家敲锣打鼓唱戏，我们也要登台唱戏，把胜利的喜报送到北京去，送到毛主席手里头。刘书记话音还没有完全落地，卫生院院长就站了起来，他兴奋地扶了扶眼镜框说，《人民日报》上面的文章和刘书记的话，就像灯塔一样照亮了我们前进的方向，我心里也跟刘书记一样热血沸腾。虽然我们是牧区，各方面条件不如内地，但是我们的热情和决心一点儿不比他们小，一点儿不比他们差。俗话说得好，不下水，一辈子不会游泳，不扬帆，一辈子不会撑船。我们卫生院积极响应县委号召，自力更生办一个中药厂。因为，我们这里到处都是中药材。比如大黄、雪莲、羌活、虫草、还有五灵脂、南沙参、还有这个药材那个药材，总之，中药材遍地都是，我们完全能把中药厂办起来。卫生院院长的话刚说完，刘书记带头鼓起掌来。紧接着邮电局长站了起来，他环顾了一下四周，清了清嗓子，不怕山有多高，就怕自己脚软。我们邮电局办一个无线电修配厂，在这方面我们有优势，我们有技术人员，光大学生就有两个。邮电局长说完，工业局长立刻就接上了话，我们工业局要办一个硫黄工厂，如果条件允许再办一个黄油工厂……

刘书记挥挥手，打断了工业局长的话说，看见你们嘴巴上冒着缕缕青烟和屋子里弥漫的烟气，我的眼前就浮现出林立戈壁的大烟囱，那是一种什么气派啊同志们。所以我说，工业局要办厂就气势大一点儿，办一个钢铁厂，我们可以举全县之力轰轰烈烈办一个钢铁厂嘛。

工业局长兴奋地一边拍巴掌一边说，刘书记真是大手笔啊！

坐在工业局长旁边的妇联主任蹭地一下站起来说，妇女能顶半边天，我们妇联组织妇女同志们办一个染织工厂……

粮食局长说，我想好了，我们粮食局可以办三个工厂。一个挂面厂，一个奶糖厂，一个糕点厂……

会议开得就跟打擂台似的热火朝天，你方唱罢我登台，大家群情激奋热血沸腾，连珠炮似的这个还没有说完，那个紧接着便开始表态。县委县政府单位表态完了之后，各个公社也开始表态。有办水晶厂的，有办陶瓷厂的，还有办水泥厂、石膏厂的，整个一上午，会议室里就像一锅沸腾的水，最后到底要办多少个工厂杨克明没有记住。就在会议快结束时，刘书记指名道姓让青年农场表态。马国强站起来哼哼了两声说，我们农场主要是以农牧业为主，我们打算多开荒多种地，争取多打粮食向北京报喜……

马国强话还没有说完，刘书记敲了敲桌子说，你们青年农场牛多，马多，羊也多，完全可以办一个牛奶厂，还可以办一个马鞍厂嘛。

马国强苦笑了一下，刘书记，不是我思想落后，我也是一个党员，一个转业干部，可是，咱们全县的人口加起来还没有我们老家一个公社人口多，咱们一下子办这么多工厂，生产出来的产品卖给谁去？再说，办这么多工厂，到哪里去筹集这么多的资金啊！

马国强说完，弯着腰打量了一下四周，有些尴尬地坐在了板凳上。马国强不冷不热的态度，让刘书记脸色一下子变得严肃起来，他拿起烟盒看了看，又把烟盒往桌上一扔说，看来，你不仅仅是思想落后的问题。说轻一点儿，是对大跃进总路线有抵触情绪；说重一点儿，就是怀疑党的方针政策，跟大跃进总路线唱对台戏……

马国强急忙站起身摆摆手说，刘书记你误会了，我不是那个意思。你可不能开这样的玩笑，我只是实事求是地说了一点儿自己的看法。

刘书记不耐烦地挥了一下手，马国强软塌塌的一屁股坐在板凳上。刘书记环顾一下大家，提高嗓门说道，同志们，在社会主义建设中，总有那么一些人挑三拣四，看这也不顺眼，看那也不顺眼，想方设法阻止我们前进的脚步。不过，他们这种做法就像螳臂当车可笑不自量。同志们，今天的扩大会议开得很好，可以说是一个丰收的会，一个胜利的会。州上要求我们鼓足干劲，力争上游，争取三年实现电气化。同志们，大家有没有信心？

有！大家异口同声喊出一个字之后，雷鸣般的掌声潮水似的淹没了整个会议室。

杨克明被刚才戏剧性的变化弄得一头雾水。他望着空荡荡的会议室，扭头看了一眼发呆的马国强，马场长，散会了。

马国强回过神儿看了杨克明一眼，又抬起头看了一眼会议室，直起腰深深吸了一口气，然后又轻轻地把吸进去的气吐了出来。

杨克明说，马场长，大家到县委食堂吃饭去了，咱们怎么办？

马国强想了想说，咱们回去吧。

杨克明跟着马国强出了会议室，走到拴马桩跟前时，马国强抬起手狠狠在自己嘴上扇了两下说，臭嘴，连个屁都憋不住。

杨克明眼睁睁看着马国强的嘴唇像发面似的一点点肿了起来。杨克明难过地看着马国强说，马场长，你别这样，我觉得你说的是实话，咱们青年农场的任务就是种粮食种蔬菜，让咱们办工厂就好比让哑巴开口说话。

马国强肿胀的嘴唇向旁边咧了一下挤出一个笑容，那个笑比哭还难看。两人牵着马刚走到县委大门口，没想到刘书记从大门外走了进来。杨克明紧张地扭头看了看马国强，马国强面带微笑朝刘书记走了过去。刘书记见马国强走了过来，就停住脚步站在原地看着马国强。马国强走到刘书记跟前说，刘书记，今天大会上你误会了，我根本没有任何抵触情绪，就是把心里的想法随口说了说，希望刘书记您能理解我。我跟您一样，也是当兵出身，党叫干啥就干啥，从来没有二心，就是心直口快不用脑子。

刘书记笑了笑说，照你这么说，当兵的人都头脑简单，那么我做事情干工作也是不用脑子了？

马国强急忙辩解道，我就是说我自己。我这个人我知道，小时候我娘就说我是个愣头青。

刘书记叹了口气，神情变得严肃起来。他看着杨克明问道，这个小伙子我怎么没有见过？

马国强回答道，河南来的支边青年杨克明。他是农业技术学校毕业的，在我们农场当农业技术员。

刘书记打量着杨克明说，好啊，好啊，青年农场正需要像你这样的专业技术人才。今年你们农场要大面积开荒种地，你们这些农业专家可是宝贝啊。

杨克明向前走了一步说，刘书记，我会努力的。

刘书记扭头看着马国强叮嘱道，老马，我也是农民出身，也在老家种过地。开始的时候我也有点儿不相信一亩地能打万斤粮食，可是，《人民日报》

上说得清清楚楚，一亩地就是能生产万斤粮食。《人民日报》是党报，党报就是党的声音。想了两天我想明白了，在这个伟大的时代，什么人间奇迹都能发生。所以，你得加强学习，跟上形势。我给你一次机会，回去好好想一想，想好了把计划报到县委。

马国强点点头说道，我知道了刘书记。

刘书记扭头又看了杨克明一眼问道，你们吃过饭了？

没等杨克明开口，马国强接上话，我们带干粮了，路上对付一下就行了。

刘书记口气变得温柔起来，哎，那怎么成，你们要赶十几里路呢。虽然没有什么好饭，热汤热水还是要吃的。走，吃饭去。

刘书记的一句话让气氛变得轻松了许多，马国强朝杨克明摆了摆头，两人牵着马跟着刘书记朝食堂走去。

回去的路上，马国强对杨克明说，你有文化，你说咱们农场怎么办？如果不办厂肯定过不了关，弄不好还会惹上麻烦。如果办厂的话，只能办一个奶牛场。

杨克明用脚轻轻碰了碰马肚子，枣红马向前紧走了几步和马国强并排而行。杨克明说，除了奶牛场说得过去，别的都是画饼充饥。马场长，我怎么觉得……

觉得什么？见杨克明说了一半不说了，马国强皱了一下眉头说，有话就说，有屁就放，吞吞吐吐跟个娘们似的，没有一点儿男人的样子。

杨克明看了看马国强说，我觉得今天的会议不像县委扩大会议，给人的感觉好像是幼儿园在开会。

马国强突然爆发出一阵奇怪的大笑。杨克明莫名其妙地望着马国强，好半天才问了一句，马场长，我说得不对吗？

马国强吐了一口气说，仔细想一想，可不就是在玩过家家嘛。不过，这种话到此为止，跟我说一说没关系，在别的场合不要再说。

杨克明没有说话，马国强也没有再说话，两匹马儿轻松地在草地上奔跑起来。五月的草原虽然还能看见散落的零星白雪，但已摆脱严寒的冬天，温暖的阳光使草原披上了一片嫩绿，嫩绿的颜色一直伸展到远处的雪山脚下。雪山顶上的蓝天没有一片云彩，蓝得透明、透亮，刺得睁不开眼睛。弯弯曲曲的布哈河水像撒满了碎银，在明亮的阳光下闪闪发光。

两匹马儿奔跑到布哈河边停住了脚步，忐忑不安地摇晃着脑袋。望着清亮的河水杨克明问马国强，马场长，布哈河是什么意思？

马国强回答道，好像听索南县长说过，这是一句蒙古语，野公牛多的意思。

这是藏族人居住的地方，怎么会是一句蒙古语？杨克明一脸的不解。马国强摇摇头说，不知道，也许我记错了。

这里的河面不算开阔，河水也不算深，没有什么感觉就到了河对岸。大概河水太凉受了刺激，两匹马儿上岸后商量好了似的不约而同地开始放屁，一个接着一个就像机关枪一样。听见马儿放屁，杨克明伤感地叹了一口气。

马国强扭头看了杨克明一眼问道，你难受啥，刘书记又没有说你。

杨克明就把他放屁的故事给马国强讲了一遍。马国强听完故事不但没有笑，反而愤愤不平地骂道，我们老家的公社书记也不是什么好东西。我小姨子说，我们老家的那个公社书记把我们村的一个地主枪毙了，又把地主的儿子送进了监狱，然后去睡地主的儿媳妇。村里的老人说，那个地主是个好人。省吃俭用，勤劳憨厚，每逢灾年，都把家里的粮食拿出来救济乡亲们，从来不打骂村里人，对给他干活的长短工也特别好。就这么一个好地主让公社书记给枪毙了，村里人一说这件事就骂公社书记。有些愤愤不平的娘们还做了小布人，成天给小布人身上扎针，诅咒那个公社书记。

杨克明一脸怒气地说，我娘说，人在干，天在看。作孽的人不会有好下场。

马国强抬起头看看天空说，云往西湿淅淅，云往东起大风。咱们抓紧点儿，一会儿要起风了。

杨克明踢了踢马肚子，马儿紧紧跟在马国强后面奔跑起来。刚拐过一个不大的小山冈，突然从黑刺林里窜出一只惊慌失措的白唇鹿。马国强的马匹受到了惊吓，猛然一闪身子，毫无防备的马国强像个大包袱似的被甩在草地上。杨克明急忙跳下马背准备去搀扶马国强，不料马国强一个鲤鱼打挺站了起来，惊得杨克明两只眼睛睁得像牛眼一样大。

马国强望着跑远的白唇鹿遗憾地拍了拍后脑勺说，唉，打狼忘拿棍子，烧火忘拿柴火，今天要是带上枪多好，晚上大家就能改善改善生活。

杨克明用佩服的眼神看着马国强说，马场长，你身上有功夫。

马国强抖了抖手里的缰绳重新跨上马背说道，幸亏没有撒手，要不然马跑了就麻烦了。杨克明跨上马背继续问道，马场长，你是不是学过功夫？

马国强笑了笑说，啥功夫不功夫，在部队我当过特务连的副连长，天天领着战士们摸爬滚打习惯了。

杨克明说，怪不得呢。

别磨蹭了，大风就要来了。马国强话音还没有落地，大风已经扑面而来，两匹马儿箭一样射进了大风里……

黑刺林里的棕熊

草原上的大风刮起来就没完没了。晚上躺在被窝里就跟躺在草滩上一样没啥区别。呜呜地风声听得清清楚楚，就好像从耳朵旁边扫过一样。大风死缠烂打在屋子外面吼叫，声音刺耳得就跟鬼哭狼嚎差不多。

早晨起床后，肆虐的风明显减弱了。杨克明连早饭都没吃就急急忙忙去了会议室。各个队的负责人陆续也都走进了会议室。马国强见人都到齐了，简单说了几句县委扩大会议的精神，然后就切入了正题。

马国强说，县委要求我们农场除了现有的耕地外，还要扩大耕地面积，多耕多种，我们青年农场不仅是全县的粮食基地，以后还要成为全州，全省的粮食基地。从明天开始全部力量投入到开垦土地之中。农业队配备四台东方红推土机日夜耕地，做到人休息机器不休息，必须完成开垦5000亩耕地的任务，而且必须在五月初完成播种。我的话说完了，大家有什么想法畅所欲言。

大家你看看我，我看看你，谁也没有说话，会议室里烟雾腾腾就像早晨草原上腾起的雾气一样迟迟不肯散去。

马国强瞅了瞅大家说，没有意见咱们说第二个问题，就是办工厂的问题……

我有一点儿想法。杨克明突然打断马国强的话说，我完全可以和大家一样同意开垦5000亩地的计划。可是想来想去我觉得不妥，我是学农业的，又是农场的农业技术员，我不能装聋作哑，不能事不关己高高挂起……

马国强不耐烦地说，有话就说，别绕圈子。

杨克明继续说道，我去县上查阅过一些气象资料，咱们这里地势高峻，气候寒冷，全年没有绝对无霜期，四季不分明，昼夜温差大，冷季大于暖季，在这样的气候条件下，根本不适应种小麦和农作物。我觉得我们应该把大办农业的思路转向大办牧业这方面……

没等杨克明把想法说完，马国强就打断了他的话说，好我的技术员同志，现在不是说理论的时候，我们要高举三面红旗，紧跟形势，这才是最大的现实……

杨克明回道，我说的就是现实。

马国强晃了晃手里的文件说，上级领导要求扩大耕种，要把青年农场打造成粮食基地，这是铁板钉钉的事实。

杨克明合上手中的笔记本不再说话。

马国强没有再理会杨克明，他指了指牧业队长王生财说，你们牧业队那么多牦牛，完全可以办牛奶厂，不要拖拖拉拉，回去就着手办。

又瘦又黑的王生财皱着眉头说，马场长你饶了我吧，牧业队要鞋没袜子，就有几捆牛毛绳，你让我拿什么办牛奶厂？

马国强指着王生财说，肥猪也哼哼，瘦猪也哼哼，少给我玩小把戏，你们牧业队有300多头牦牛，你们队不办牛奶厂，要那么多牦牛摆着看啊？王生财吸溜了一下鼻涕，我们队有300多头牦牛不假，基本上都是犍牛，我到哪儿去找那么多奶牛？

我不管你去哪里找奶牛。马国强说，反正你抓紧时间把牛奶厂办起来。王生财抬起手用袖子擦了一下鼻子说，你这是逼良为娼啊。

马国强笑了笑，你还挺会用词啊，我就逼良为娼了。办不好牛奶厂，你就拿根牛毛绳，找个没人的地方上吊去。

王生财叹口气说，唉，我试试吧。

看着王生财一脸窘迫的样子，大家忍不住笑了起来。会议在大家的笑声中结束了。杨克明刚走到门口，就被马国强叫住了。马国强见会议室的人都走了，朝着杨克明摆摆头，杨克明没有说话，跟在马国强屁股后面出了会议室。拐过一排房子后，杨克明问了一句，马场长，咱们这是要去哪里？

马国强说，去我家。

杨克明问道，去你家干啥？

马国强说，问那么多干啥，跟我走就是了。

杨克明不再吭声，一直跟着马国强进了家门。一进屋子，杨克明就闻到了一股诱人的炖肉香味。马国强的妻子刘大香热情地给杨克明搬了一个小板凳放在饭桌旁说，克明，别客气，就跟自己家一样。

杨克明笑了笑坐在了板凳上。马国强拿了一个板凳坐在杨克明对面说，克明，今天开会的事情你别有啥想法，你是农业专家，我也知道你对工作认真负责，可是，现在不是那么一回事。别人都在发疯，咱们清醒就是麻烦。我听说，县委一个局长为了办工厂的事情跟刘书记吵了起来，结果给他扣了一顶反对大跃进的帽子，被送到公安局的集训队集训去了。集训队是啥地方？里边关的不是右派就是坏分子。你想想，进了集训队还能有好果子吃。

杨克明看着马国强问道，集训队是什么意思？

马国强瞪了杨克明一眼说，说白了就是劳动改造！

杨克明说，大跃进不是靠想象就能跃进的，那也得实事求是啊。

你怎么还不明白。马国强说，忘了你放屁的故事了。

杨克明皱了皱眉头不再说话。这个时候，刘大香把一碗热气腾腾的炖肉放在了桌子上说道，开了一上午的会还没有说完，有话吃了饭再说。

马国强问妻子，小香哪儿去了？

刘大香把一盘牛粪饼似的青稞面馒头放到桌上说，别管她，你们先吃。

马国强递给杨克明一双筷子说，咱们先吃吧。

杨克明刚接过筷子，房门突然被撞开了，刘小香风风火火闯了进来。刘大香撩起围裙擦了擦手说，二十岁的姑娘了，跟个小伙子一样，没有一点儿姑娘的样子。

马国强挥挥手对刘小香说，坐下吃饭。

刘小香大大咧咧坐在杨克明旁边的小凳上，然后伏下身子用鼻子在空中嗅了嗅问，什么肉呀这么香？

马国强说，野牦牛肉。对了小香，我给你介绍一下，他是咱们农场的农业技术员杨克明。

刘小香看着杨克明问，我怎么没有见过你？

杨克明被刘小香看得有点不好意思，他不自然地玩着手里的筷子说，我来农场还不到一个月。

哦，我知道了，河南来的支边青年。刘小香接着杨克明的话茬说道。

马国强指了指刘小香说，她叫刘小香，我小姨子，你嫂子的妹妹。

杨克明朝刘小香点点头，算是打了招呼。

刘小香拿起一个青稞面馒头递给杨克明说，我们家里很随便，你不要客气。

杨克明咬了一口馒头，悄悄打量着刘小香。刘小香和刘大香长得有几分相像，都是瓜子脸大眼睛。刘小香比她姐姐白净，显得更好看一点儿。尤其刘小香胸前那两根油光发亮的大辫子特别惹眼，让人想起老家挂在墙上又粗又长的蒜辫。不过，姐妹俩都属于那种好看的女人。

吃过饭后，刘小香给杨克明倒了一杯开水。杨克明接过水杯，心里暖洋洋的。马国强看了杨克明一眼，不慌不忙从口袋里掏出烟包，又从烟包里抽出一张寸长的报纸，小心翼翼地捏出一撮碎烟叶撒到纸里面，两只手随意地摆弄了几下，然后伸出舌头舔了一下烟纸就卷好了一支烟。马国强把卷好的烟递给杨克明问道，试一试怎么样？

杨克明摇摇头回答道，我试过一次，辣嗓子。

马国强笑了笑，划着火柴点着烟抽了起来。杨克明一杯水喝完了，马国强一根烟也抽完了。马国强把烟屁股扔到地上，用脚踩了踩站起身子对杨克明说，走吧，跟我去看看要开垦的草原去。

杨克明客气地跟姐俩点点头就跟着马国强出了门。

刘大香站在门口对杨克明说，没事就来家坐坐。

刘小香也说，来玩啊。

杨克明转过身子回了一句，知道了。

几天的大风把草原上散落的积雪刮得没有了踪影，干干净净的草原就像绿油油的青苗一样一直铺向远处的黑刺林。白雪皑皑的肖合力雪山在白云缠绵之中显得那么雄伟那么洁白。明亮的阳光里山风托着一只黑色的鹰忽高忽低滑翔盘旋。

坐在马背上的马国强说，将来咱们的庄稼能像草原一样长得满山遍野就好了。

杨克明质疑地对着马国强说，可惜长庄稼的土质和长青草的土质不一样。

马国强指了指前面一片黑刺林说，全场就这里的土地肥沃，你看那些黑刺密密麻麻长得多茂盛。

杨克明感慨道，高原低温寒冷，能有这么一大片植物实在不易啊。

马国强扭头看看杨克明说，要种粮食，只有这个选择。

杨克明还是不接马国强的话茬，他望着这绿油油的草原说，如果毁掉了这些植被，粮食也长不出来，那就太可惜了。

马国强口气有点强硬地说，长不长庄稼不是咱们的责任，种不种庄稼就是咱们的责任了。我打算这两天开始，集中力量开垦黑刺林。

杨克明没有表态，他觉得雪山上的风从胸膛穿了过去，心里一片空空荡荡。

在回去的路上，马国强看了看杨克明突然问道，克明，你在老家有没有对象？

杨克明回答道，没有，我才二十一岁。

马国强说，男大当婚女大当嫁，自古就是这个道理。二十一不小了，我给你介绍一个对象要不要？

杨克明望着马国强说，我还小着呢。

马国强瞪着杨克明说，看着我干啥，我就听你一句话，愿意不愿意？

杨克明说，我自己也不知道愿意不愿意。

马国强接着话茬说，人你见过，听了你再说愿不愿意。

谁？杨克明问道。

我小姨子。马国强看着杨克明说。

杨克明顿时觉得血液一下子冲上了脑袋，整个脸上火烧火燎。

马国强提高嗓门说，就是刘小香啊。

杨克明愣了一下，两脚猛然踢了踢马肚子，枣红马甩开蹄子向前跑去。

望着杨克明的背影马国强哈哈大笑起来。

农场机关就建在离布哈河不远的一片平滩上。几排泥土房子在宽阔的草原上单薄得有些可怜。用草皮垒起来的低矮围墙，就像一坨坨整齐的牛粪饼。院子里面空空荡荡没有什么多余的东西，房顶烟囱上冒着的缕缕青烟也显得那么安静缥缈。

杨克明一觉醒来已经是半下午了。他躺在床上望着裸露的房梁，心里有一种说不出来的滋味。眼前总是浮现出那个轰轰烈烈的场面。无数堆熊熊燃烧的黑刺把半个天空映得通红，几台东方红推土机在火焰之中冲锋陷阵，发动机的隆隆声从夜晚响到天明，又从天明响到夜晚，风卷残云一般吞噬着黑刺林，仅仅几天时间，肖合力雪山下那一片密密麻麻的黑刺林就消失了一半。望着成片成片倒下的黑刺林，他再一次跟马国强强调，如果这里长不出来庄稼的话，这一片高原风景就太可惜了。

马国强没好气地说，克明，你怎么就不开窍呢？！你当我愿意这么干。

杨克明叹了一口气说，太可惜了。

马国强瞪着杨克明说，书生气，没有粮食风景再好有啥用。

望着熬红眼睛的马国强，杨克明心里酸酸的。

你回去吧，这里没有你干的活。马国强说道。

听完马国强的话后杨克明说，大家都没走，我也不走。

马国强严肃地说，回去吧，这里用不着技术指导。

那咱俩一块回。杨克明跟在马国强的后面说道。

马国强用力裹了裹皮大衣，孩子话，你看我能离得开吗？

杨克明没有再推辞，在黎明前的冷风里离开了黑刺林。可是，他万万没有想到在他离开黑刺林之后，发生了一件糟糕的事。

看着杨克明消失在黑夜里，马国强把挂在黑刺上的卡宾枪取下来往肩膀上一背，走到一台熄了火的推土机跟前问道，怎么回事啊，哪里又出毛病了？

驾驶员从推土机里探出脑袋说，马场长你来得正好，不知咋回事肚子突然疼了起来。马国强说，你去方便方便，我来工作一会儿。

驾驶员双手抱着肚子跳到地上，马国强一抬脚爬上了推土机。推土机又轰隆隆响了起来，两道雪亮的灯光把推土机前的黑刺照得清清楚楚。马国强加大油门，推土机轰隆隆冲向黑刺林。才推了一个来回，马国强就看见推土机驾驶员光着屁股，磕磕绊绊朝推土机跑来。马国强急忙停下推土机，一双脚刚刚站到履带上，就看见一只棕熊疯狂地扑向驾驶员。马国强跳下推土机迅速从肩上取下枪拉了拉枪栓，就在他准备扣动扳机时，棕熊已经把驾驶员压在身下撕扯起来。马国强犹豫了一下扣动了扳机。听到枪声的棕熊放下驾驶员，吼叫着朝马国强扑了过来。正在这时，马国强又扣动了一下扳机，棕熊像一堵墙一样倒下来把马国强死死压在了身下。

当大家把死去的棕熊搬开后，马国强挣扎着从地上站起来，跌跌撞撞扑向那个驾驶员。农业队长王成喜一把抱住满脸是血的马国强说，你不能过去马场长。

马国强用力推开王成喜，踉踉跄跄走到那个驾驶员跟前。当他看见血肉模糊的驾驶员时，两腿一软瘫倒在地上。就在大家抢救不省人事的马国强时，不知谁突然喊道，马场长的耳朵没有了。

王成喜说，大家赶快找耳朵，说不定还能接上呢。

十几个手电筒在黑夜里就像十几个探照灯一样把周围照得一片明亮，就在这时，王成喜一眼看见草丛中那只血淋淋的耳朵。他从口袋里掏出一块手帕，小心翼翼地将那只耳朵捡起来包在手帕里，然后招呼大家赶快把马国强送到县医院。送走了马国强之后，天边已经有了亮色。王成喜脱下身上的皮大衣铺在地上，大家七手八脚将驾驶员血肉模糊的尸首放到皮大衣里包裹好，小心翼翼地抬到推土机的铲斗里。

王成喜爬上推土机说，今天大家都回去休息，有什么事情再另行通知。大家人心惶惶地散去了，王成喜钻进驾驶室发动着推土机，把铲斗高高崛起来，慢悠悠地离开了黑刺林。

院子里凌乱的马蹄声让杨克明躺不住了，他翻身下床拉开门走了出去。这个时候夕阳已经在肖合力雪山顶上休息了。鲜红的山顶就像一把巨大的火炬在熊熊燃烧。杨克明绕过房头，就看见几匹大汗淋漓的马儿烦躁地用蹄子刨着地面，马儿周围的人们也在交头接耳说着什么。杨克明觉得奇怪，就走过去想弄清缘由。还没有走到跟前，就听见有人说马场长的什么事情。他紧走几步凑了过去问道，马场长怎么了？

一个长了个娃娃脸的小伙子说，我们刚从县医院回来，马场长的耳朵根本就没有办法接，医生说送到北京上海也白搭。

杨克明愣了一下，转身朝马国强家跑去。刚刚跑到门口，王成喜和刘小香走了出来。杨克明平静了一下自己问道，王队长，马场长到底是咋回事啊？

王成喜把杨克明拉到一边，把昨天晚上的事情说了一遍。

杨克明皱着眉头问道，怎么会发生这种事情。

王成喜却说，不幸中大幸啊。

我要进去看看马场长。说完杨克明就去推门。

只听王成喜说道，马场长睡了。

杨克明看了一眼刘小香，心跳突然就开始加快了。他犹豫了一下，然后不自然地转身便走。走了没几步就听刘小香说，杨技术员你等一等。

杨克明转身望着刘小香问道，有事？

你们说吧，我还忙着呢。王成喜一边说一边匆匆忙忙走了。

刘小香向前走了几步，站在杨克明对面说，你说神不神，我姐前天晚上平白无故梦见我家房梁咔嚓响了一声裂开一个口子，我姐夫昨天晚上就出了事。

杨克明用脚尖轻轻踢着一颗石子说，真是像王队长说得那样，不幸中大幸啊，我就想不明白，推土机那么大的动静，棕熊怎么还敢藏在黑刺里面？

说不定就是动静太大，才惹恼了棕熊呢。刘小香说道。

杨克明抬起头看了刘小香一眼，没承想和刘小香的眼光碰到了一块。杨克明觉得刘小香的眼神像电流似的一下击中了身体，浑身立刻麻了一下。他急忙把脸扭向一边故意装出一副漫不经心的样子。

看到杨克明做作的样子，刘小香忍不住笑了起来。杨克明被刘小香笑得脸红心跳更加不好意思。他想躲开刘小香火辣辣的眼光，但又喜欢刘小香那种肆无忌惮的眼光。他也说不清楚在刘小香面前，自己怎么就像一个犯了错误的孩子，没有勇气面对刘小香，但又喜欢看见一脸青春的刘小香。大概看出了杨克明心里的纠结，刘小香找了一个话题让杨克明一下子轻松起来。

刘小香说，杨技术员，问你一个问题。

杨克明看了一眼刘小香说，什么问题？

刘小香问道，欠债的债字，为啥单人旁边是一个责任的责字？

杨克明蹲在地下，随手拾起一个草棍在地上边写边说，债的意思就是欠了别人的钱就要偿还别人的钱，这是做人的责任。所以，单人旁边是一个责任的责字。

刘小香也蹲下了身子，看着杨克明说，你太聪明了，想一想真是那么一回事。我问过我姐夫，他说了半天也没有说清楚。

杨克明笑了笑说，还有啥不明白的你就问我。

刘小香想了想又问道，那你说聪明的聪是啥意思?

杨克明一边在地上写着一边说，左边一个耳朵，右边一个总字。意思是说，总去用耳朵听别人说道理，自己就会变得聪明起来。

刘小香兴奋地用手拍了杨克明一下说，你真有文化。

杨克明扔掉手中的草棍说，以后有啥不懂的尽管问就是了。

那是自然，以后肯定少不了麻烦你，我在老家才读了两年书。刘小香回应道。

杨克明站起身说，我该回去了。

刘小香也站起身说道，没事来家里玩。

正当俩人没话找话的时候，刘大香从屋里走了出来，她招招手说，克明，我正要去找你，老马叫你呢。

杨克明跟着刘大香进了屋子。马国强脑袋上包裹着白纱布靠在墙上，半个脸肿得像个大面包，一只眼睛也眯成了一条缝。杨克明走到土炕跟前问，马场长，你的事情我都听说了，真没有想到会出现这种事情。

马国强张了张肿胀的嘴唇说，这两天你辛苦一下，黑刺林推平了马上耕地，千万不能耽误了播种。

杨克明说，你放心，我会一直盯在黑刺林。

马国强继续说道，有啥事跟王成喜商量。

杨克明点点头说，知道了。

马国强又说，让王成喜派几个拿枪的人在黑刺林值班，千万不能再出事了。对了，赶快把那个推土机驾驶员埋了，写一份材料报到县上。

听完杨克明回答道，知道了，马场长，你好好养伤，我每天来向你汇报工作。

马国强轻轻舒口气闭上了眼睛。

杨克明看了一眼刘大香转身朝门口走去。刚走到门口，就听马国强说，对了克明，忘了一件重要事情。

杨克明转身问道，啥事情?

马国强强忍着疼痛告诉杨克明，尽快组织人挖通布哈河水渠，否则，就是播了种子也是白搭。

杨克明点着头说，知道了，我现在就去。

看着杨克明出了房门，马国强说，小香，克明这个小伙子不错，本本分分，又有文化，还是干部。

刘小香的脸上泛起了红晕，说道，你好好休息吧姐夫，我心里有数。刘大香也对马国强说，别瞎操心了，闭上眼睛睡一会儿。

马国强却说，我睡不着，心里烦。

刘大香从窗台上拿起一个小镜子，走到炕前递给丈夫说，自己照照你的样子，脑袋肿得跟个冬瓜似的。

马国强推开妻子的手说，人家把命都丢了，我这算个啥，别大惊小怪的。

刘大香收起镜子问丈夫，晚饭吃啥，干脆我给你做青稞面汤咋样？

马国强说，咋都行。

你躺下睡一会儿，饭好了我叫你。还没说完，刘大香就往外屋走去。

马国强没有说话，把身子往下伸了伸平平地躺在了炕上。

刘小香见姐夫睡去了，就跟姐姐说了一声也走了。

刘小香走了没一会儿，马国强便睡着了。迷迷糊糊之中就看见一只棕熊从火堆上跃了过来，一把将推土机手抱在怀里像撕扯一个玩具一样，把推土机手撕得七零八落。没等他反应过来，棕熊扔下推土机手，张牙舞爪向自己扑了过来，他一边奔跑一边大声喊叫起来……

听见丈夫又喊又叫，刘大香走过去摇了摇丈夫。马国强猛地睁开眼睛，一下子坐了起来，睁着两只惊恐的眼睛望着刘大香。

刘大香问道，又做噩梦了？

马国强没有说话，肿胀的眼睛里面泪花闪烁。

麦子青稞都是粮食

穿梭在草原上的马车和架子车像蚂蚁搬家似的，仅仅几天工夫，肖合力雪山下的那一片黑刺就被运到了各个生产队成了烧火的柴火。就连场部院子里也堆了几堆山一样高的黑刺。本来空空荡荡院子，一下子显得拥挤了起来。肖合力雪山下生长了几百年上千年的黑刺，彻底从雪山下消失了。平展的机耕地就像一片海一样泛起一道道黑色的波浪，原本就一望无际的草原，变得更加开阔，也变得更加空空荡荡。

望着眼前的机耕地，马国强仿佛看见了绿油油的麦田。他兴奋地对王成喜说，我在炕上躺了才几天，就发生了这么大的变化。成喜啊，你为咱们农场立了一大功。

王成喜得意地笑了笑说，这有啥，咱又不出力，推土机都替人干了。没当兵前，我在老家是生产队长，带着乡亲们下水挖河，上山砍树，脏活累活啥活没有干过。

马国强调转马头说，咱们去看看水渠挖的咋样了？

王成喜看着马国强包着纱布的脑袋说，马场长，你回去休息吧，有我在这盯着你就把心放到肚子里，保证耽误不了事。

马国强说，我又不是纸糊的，没有那么娇气。

那中。说完王成喜跟在了马国强的后面

两匹马儿离了机耕地，在五月的春风里不慌不忙向布哈河走去。弯弯曲曲的布哈河水在阳光下平静地流淌着，河岸边的绿草丛中已经有了绽放的小黄花。

浩浩荡荡的挖渠队伍一直从布哈河边铺向了草原深处，堆在水渠两边的黑土就像一条长长的黑龙卧在草原上。马国强跳下马背说，成喜，你去招呼人，咱们就在这里开个会。

王成喜走了两步转身问道，开大会还是开小会？

马国强应声道，开小会。

那我明白了。说完王成喜扭头小跑着走了。

马国强掏出烟包，抽出一张卷烟纸，不慌不忙往卷烟纸里撒了一些碎烟叶，两只手熟练地卷了几下就卷好了一支烟。一支烟还没有抽完，开会的人就陆续围了过来。马国强指着草地说，大家就地坐吧，咱们临时开个会。大家席地而坐，各自掏出香烟抽了起来。

马国强扫了大家一眼问道，王生财这家伙哪儿去了？

王成喜回答道，忙着办牛奶厂哩。

糊涂了。马国强蹲在地上说，就着各队领导都在，咱们临时开个会。前一段工作比较顺利，这都是大家的功劳，大家辛苦了。接下来就是播种的事情了，昨天种子已经拉回来了。大家说一说咋个种法，麦子种多少，青稞种多少？

大家七嘴八舌讨论起来，有人说多种麦子少种青稞，有人说，麦子青稞各种一半，还有人说，应该多种土豆，土豆又能当菜又能当粮……

马国强看看杨克明说，克明，说说你的看法。

杨克明说，这个地方的气候条件根本没有办法种麦子，就是种青稞也无法保证能不能成熟，我同意种土豆试一试。

王成喜说，不种粮食吃啥？

杨克明回应道，不是不想种粮食，种粮食风险太大。这个地方全年没有绝对无霜期，为了保险起见，我的意思是多种土豆少种粮食。

行了行了。马国强打断争吵说道，既然县委办青年农场，肯定有办农场的道理，也就是说，既然让咱们种粮食，说明就有一定的道理。我们应该相信县委，要有信心。否则，县委办啥青年农场，让几百号人在草原上开垦种地，大家想一想是不是这个道理。关键是咱们怎么执行好县委的指示，怎么多种地种好地。再说，咱们也是刚来这里，能不能种粮食，试一试不就知道了。

听马国强这么一说，大家又热烈地讨论起来，讨论来讨论去，最后还是没有一个满意的结果。最后，马国强说请示一下县委再定，临时会议才算结束了。

吃过晚饭之后天色依然明亮，迟迟不肯落山的太阳把肖合力雪山染得金黄金黄，就像云端里的一座金山。缭绕在山顶的云朵像彩带一样漂浮在天边，整个天边一片璀璨耀眼。

杨克明就在这迷人的景色里走进了马国强的家。马国强坐在窗前正帮着妻子缠绕毛线。看见杨克明后马国强说，自己找地方坐。

杨克明说，不坐了，我就说几句话。

屁股后面有小板凳。刘大香扬了扬头说道。

杨克明说，不用了。

马国强边缠绕毛线边说，一看你的脸色，我就知道你想说啥。

杨克明说，马场长，种麦子劳民伤财，种青稞也没有把握，不如种土豆……

马国强晃了晃手里的毛线打断杨克明的话说，克明，你心里是咋想的我知道。我给你说过，不要太认真，这些事不能由着性子来。我是当兵出身，服从上级领导，就是服从命令。

杨克明无奈地看着马国强叹了口气。

马国强继续说道，你明天替我跑一趟县委，把咱们场的情况汇报一下，然后听听县委的意见，咱们到底应该怎么种。

杨克明很诧异地问道，跟刘书记汇报？

马国强说，刘书记是咱们的边疆大吏，不跟他汇报跟谁汇报？只要他认可的事情，以后一旦出现什么问题，咱们也不用背黑锅。刘书记也是当兵出身，工作作风雷厉风行，听说解放战争时期还立过二等功。

马场长，我发现你也挺聪明的。听完杨克明说道。

马国强笑了一下说，兄弟，不是我聪明，我是没有办法。你想一想，这么大个农场交给我马国强，几百号人吃饭穿衣，国家一年要花多少钱呐。如果因为我没有把农场搞好，那我还不成了有罪之人。

杨克明说，我觉得刘书记虽然是有功之臣，可是他并不一定懂农业，特别是布哈河地区的特殊气候，根本不适应种粮食。我觉得，应该说明这个情况，否则，种子一旦播到地里，秋后颗粒未收，造成的损失就无法挽回了。

马国强说，能不能种粮食谁也不知道，布哈河地区从来没有种过粮食。杨克明接着话茬说，那就应该更加谨慎。

马国强摆摆手说，这些事不是你操心的事。县上还有农业大学毕业的大学生，人家都不反对，说明还是有道理的，否则，咋能轰轰烈烈办农场。再说，又不是咱们一个农场，其他单位也在办农场，省里的单位也在这里办农场。报纸上说，要赶超英美就得全国大搞农业，大炼钢铁，这说明啥问题，说明形势需要，国家需要，也是政治需要……

刘大香打断丈夫的话说，人家克明来家里，不是听你谈工作的。

马国强看了妻子一眼说，好好好，不说了。对了克明，这几天见小香没有，没事多跟小香接触接触，小香这姑娘不错，心直口快没有啥心眼。

刘大香说，小香在我们村里可是数一数二，百里挑一的好姑娘。

杨克明刚想说话，刘小香闯了进来。看见站在地上的杨克明，她瞟了姐姐一眼说，怎么也不让人家坐。

刘大香说，就看见人家站着，没看见我也站着。

刘小香不好意思地看了杨克明一眼。

杨克明急忙说，是我自己不想坐。

马国强说，待在家里干啥，你们出去走一走，看看风景多好。

刘小香转身拉开门走了出去。杨克明望着马国强夫妻俩不知道该咋办。马国强朝他扬了扬头，杨克明慢腾腾地走了出了。

刚才还金光闪闪的肖合力雪山，已经被火烧云染成了一片通红，就连哗哗流淌的布哈河也被染成了一条艳丽的红河。一条鱼儿突然跃出水面，溅起的水花像玛瑙似的又纷纷落入河水中。

刘小香从地上拾起一块石头用力朝河面上扔去，石头在河面上翻滚了两下溅起几朵水花就被河水吞噬了。

杨克明找了一块薄薄的石片，弯着腰用力扔向河面，薄薄的石片滑过水面，溅起长长的一串水花后跳到了河对岸的绿草丛中。河两岸嫩绿的青草在夕阳下披着一层金色，让人感觉不像春天年轻的颜色，倒像是秋天成熟的颜色。

杨克明说，这个地方的气候实在太寒冷，都五月的天气了，草原上才有了绿色，要是在我们老家，桃李树都挂上果实了。

刘小香问，你们老家在河南啥地方？

杨克明回答道，我们老家在鄂豫皖三省交界的固始县，南依大别山，北临淮河。每年开春的季节，淮河两岸桃红柳绿跟一幅画一样好看。就像唐朝诗人王维诗里描写的一样：桃红复含宿雨，柳绿更带朝烟。花落家童未扫，莺啼山客犹眠。

刘小香睁着两只佩服的眼睛望着杨克明说，你真了不起，什么都知道，你说的有些话我都听不懂。你刚才说你们老家在鄂什么豫地方？

杨克明回答道，鄂豫皖代表三个省，鄂是湖北省的别称。清朝时期省会武昌归鄂州管辖，所以简称鄂。豫是河南省的别称。因为大部分地方在黄河以南，古时候属豫州地区，所以简称豫。皖是取了清朝时安庆府和徽州府的头一个字，又因为境内有皖山，所以简称皖，是安徽省的别称。我们老家就在这三个省的交界处，属于河南省。

刘小香惊叹道，你真有文化，我要是多上几年学就好了，就能知道很多东西。

杨克明笑了笑，说道，你要是喜欢学文化我可以教你，到时候你也知道这些东西了。

刘小香高兴地说，那你教我学习文化。

杨克明说，可以。

刘小香看了看杨克明兴奋地问，真的？

杨克明点点头。停了一会儿，杨克明问道，你是跟着姐姐来的吧？

刘小香回答道，去年我们老家大旱，庄稼都干死了。我爹又有病，没吃没喝在炕上躺了一个月就死了。为了给我爹买一副棺材，我娘求爷爷告奶奶借了一屁股债才把我爹埋了。为了还债，我娘让我来投靠姐姐姐夫，连年都没有过就来了。

杨克明说，怪不得那天你问我，债是什么意思呢。现在还清债了吗？

刘小香回答道，差不多了。

杨克明没有再说话，看着肖合力雪山一点点褪色变暗。

第二天吃过早饭，杨克明就骑着马赶往县里。刚走到布哈河边就看见从灌木丛里冲出一匹马儿横在前面。杨克明看清楚是王斌时，吃惊地问道，王斌，你急急忙忙的要干啥去？

王斌看着杨克明说，我正要去找你，跟你商量个事情。

杨克明问，啥事情。

王斌张了张嘴没有说话，一副犹豫的样子。

杨克明问道，到底啥事情，你不说我就走了，我还要到县里汇报工作哩。

王斌说，这个熊地方没法待了，喘不上气不说，现在连肚皮都吃不饱。我们队的几个人打算回老家去，咱俩是一个村的，又是好朋友，所以就……

没有等王斌把话说完，杨克明就打断他的话说，你疯啦，你们这是逃跑。

王斌说，逃跑咋了，又不是我们带头逃跑的。

杨克明说，王斌，听我说，咱们两人又是老乡又是从小长大的朋友，我不能看着你犯错误，逃跑是丢人的事情，就像战场上的逃兵一样……

王斌不耐烦地说，干脆一点儿，走还是留？

杨克心平气和地说，我是干部我不能走，我也不能让你走。

王斌说，你说对了，就因为你是干部，又是场里的干部，所以你不知道饿肚皮的滋味。我和你不一样，我可不愿意把命扔在这里变成一个骷髅。

杨克明继续劝道，王斌，事情没有那么严重，你听我说，人家是人家，咱们千万不能跟他们学，不能给咱的父老乡亲丢人。你忘了，当初你死活要来这里，你爹给人家送了财礼才给你争取了一个名额……

王斌嘟囔道，球，真是可惜了那些财礼，早知道是这么个鬼地方，八抬大轿抬我也不来。大道理少说，给个痛快话。

杨克明说，我不能走。

王斌看了看杨克明说，翠平病了。

杨克明问，翠平得了啥病？

王斌没有说话，调转马头飞奔而去。

望着王斌远去的背影，杨克明犹豫了片刻，他决定先去看一看翠平，然后再去县里汇报工作。好在农业队是在去往县城的路上，杨克明毫不犹豫地打马去了农业队。

农业队就在一片草滩上，十几排破旧平房就像一堆大石头摆放在草滩上。杨克明轻车熟路地在一排平房门前跳下马背，把手里的马缰绳往晾衣服的杆上一拴，还顾了一下左右就推开了一扇虚掩的门。简陋的房子里光线有一些昏暗，一个大炕占满了半个房子，空荡荡的大炕上躺着一个睡觉的人。杨克明走到炕沿跟前叫了一声翠平，翠平立刻睁开了眼睛，她吃惊地望着杨克明说，克明哥，你怎么来了？

杨克明坐在炕沿上说，我听王斌说你病了。到底是啥病？

翠平坐了起来，把被子裹在身上说，其实也没有啥，就是感冒发烧身上没有力气。杨克明伸手在翠平额头上摸了摸，翠平的额头像炭火一样滚烫。杨克明说，翠平，你在发烧，吃药了没有？

翠平回答道，吃了两片感冒药。

杨克明说，赶快躺下睡觉，发一身汗就好了。我正好去县里，回来再给你带点退烧药。

翠平说，克明哥，刚才迷迷糊糊做了一个梦，梦里面还梦见你了。

是吗？杨克明站起来说，听话，赶快躺下睡觉，我还得赶路去县里。

翠平忽然睁大眼睛说，克明哥，王斌他们要逃跑的事情给你说了没有？

杨克明点了点头说，他告诉我了，你怎么知道的？

翠平说，王斌说，咱们都是一个村的，他不能把我扔下不管。

杨克明问，他们打算啥时候走？

翠平回答道，等我病好了就走。克明哥，你走不走？

杨克明说，我怎么能逃跑，我是干部。再说了，逃跑就是犯错误。翠平，你是怎么打算的，你也跟他们一块逃跑？

翠平说，克明哥，你走我就走，你不走我也不走。

杨克明看了一眼翠平说，逃跑是一件耻辱的事情，我们千里迢迢来这里，是为了社会主义建设。如果要逃跑，当初来这里干啥？

翠平说，我听你的。

你好好休息翠平，我得走了。说完杨克明就走出了房门。

杨克明风风火火走了，翠平呆呆地坐在炕上有一种失落的感觉。她和杨克明是一个村的，从小一起长大就像兄妹一样。初中毕业之后，她回村务农，杨克明上了农业技术学校。在她心目中，杨克明始终就像黑夜里的一盏灯。她自己也说不清楚是怎么回事，心里常常会想起杨克明。一想起杨克明心就怦怦跳，脸蛋也莫名其妙烧了起来。没有来青海之前，家里已经给她说了一门亲事，男方是邻村支书的儿子。拗不过家里的父母，跟着媒人见过那个小伙子一面。不知为什么，见了那个小伙子就像见了狼一样，一顿饭没有吃完，她就匆匆忙忙逃跑了。就在这个时候，青海省去老家招人。当她得知杨克明也要去青海的消息后，她兴奋得一夜没有睡觉，她瞒着家里，悄悄跑到青海干部那里好说歹说，又请人家吃了一顿饭，神不知鬼不觉悄悄离开了老家，临走时只给家留下一封信。翠平也说不清楚到底是怎么回事，只要想起杨克明浑身就好像充满了力量。刚才迷迷糊糊之中看见杨克明那一瞬间，她如触电一般立刻坐了起来，她觉得自己好像在梦里一样。她睁大眼睛望着杨克明，直到确认不是做梦时，胸膛里那颗心跳得像要从嗓子眼里蹦出来一样。可是，现在望着空荡荡的屋子，翠平突然觉得屋子里刮起了冷风，冷得就像没有穿衣服一样。她一歪身子又躺在了炕上，不知不觉眼睛里噙满了泪水。

从翠平屋里出来后，杨克明刚解开马缰绳，刘小香笑嘻嘻地走了过来说，克明，我听王斌说你来了，还要去县里是吗？

杨克明回答道，你姐夫有伤不能去，我去县里替他汇报工作。

刘小香说，我跟你一块去县里。我已经跟王队长请好假了。

杨克明一副为难的表情说，一匹马怎么骑啊?

刘小香满不在乎地说，一匹马怎么就不能骑，在老家的时候，小毛驴还能骑两个人呢，我在前面你在后面。

杨克明犹豫地抬起手挠着脑袋没有表态。见杨克明犹犹豫豫的样子，刘小香二话没说，两只手抓住马鞍，抬起脚踩进马镫就跨上了马背。杨克明环顾一下四周说，小香，咱俩骑一匹马，人家看见了笑话哩。

刘小香不以为然地说，让他们笑去，没做亏心事害怕啥。

杨克明没有上马，牵着马走过一小片灌木丛后才跨上了马背。枣红马打了一个响亮的喷嚏，不慌不忙小跑起来。杨克明双手抓着马缰绳，把坐在前面的刘小香紧紧地箍在两只胳膊之间。

弯弯曲曲的布哈河，一会儿钻进了灌木丛中，一会儿又从灌木丛中流淌出来。马儿趟过清亮的布哈河，马蹄溅起的水花就像撒开的水晶珠在空中闪亮一下就纷纷落入河水之中。

过了布哈河之后，草原上出现了一条坑坑洼洼的车马道。上了硬邦邦的车马道，枣红马的速度慢了下来，咯噔咯噔的蹄声显得格外响亮。凉飕飕的风扑面而来，可刘小香心里头就像揣了一盆火。尤其是杨克明两只压在胸前不断晃动的胳膊，让她感到从未有过的兴奋和骚动。她觉得那两只胳膊就像两根轻飘飘的羽毛，不断地在自己身体上滑过来又滑过去，滑得她热血沸腾。她忍不住地问了杨克明一句，克明，我姐夫给你说了没有?杨克明回答道，说了。

刘小香又问，那你啥意思?

杨克明说，把实际情况一五一十地告诉刘书记，征求他的意见。

刘小香反驳道，我不是说工作的事情，我是说咱俩的事情。

杨克明犹豫了一下说，我……我还没有给家里写信。

刘小香突然咯咯笑了起来。

杨克明问，你笑什么?

刘小香没有回答，用手在杨克明胳膊上轻轻捏了一下。

杨克明两脚用力碰了碰马肚子，枣红马又开始奔跑起来。到了县委大院时，气喘吁吁的枣红马已经大汗淋漓。县委大院空空荡荡，连个人影都没有。跳下马背之后，杨克明看了看太阳说，肯定都回去吃中午饭了。

刘小香跳下马背，活动着腿脚问，那怎么办？

杨克明想了想，去刘书记家里找，咱们路远，要不然回去就天黑了。

刘小香没有说话，跟着杨克明屁股后面朝前走去。绕过一排房子，杨克明看见一个小伙子，便上前打问刘书记的家。小伙子打量了一下杨克明和刘小香说，跟我走吧，我领你们去。

跟着小伙子走了一会儿，走到一排平房跟前，小伙子说，就在这里。杨克明拴好马，和刘小香一起跟着小伙子进了刘书记家。刘书记一家人正在吃饭，小伙子进了家门后说，姐夫，这两个人找你。

刘书记放下筷子，看了看杨克明和刘小香问道，你们是哪里的，找我有什么事情？

杨克明说，刘书记，我们是青年农场的，马场长让我来给你汇报一下工作。

刘书记拍拍脑袋说，我想起来了，你就是那个农业技术员。快坐，快坐，你们吃饭了没有？

杨克明回答道，我们带干粮了。

刘书记说，什么话，就在这里吃。随后对带他们进来的小伙子说，玉山，给客人搬凳子。

玉山急忙搬了两个凳子放在桌前说，你们别客气，我姐夫特别热情。

杨克明和刘小香唯唯诺诺地坐在了桌子跟前。刘书记的老婆乔玉英客气地递给他们两双筷子说，吃吧，菜都凉了。又对玉山说，你也赶快吃吧。

刘书记看着杨克明说，没有什么好吃的，白菜粉条黑馒头，吃饱肚子为原则。

杨克明和刘小香互相看了一眼，便拿起筷子吃了起来。坐在一旁的乔玉英看着刘小香说，这姑娘长得真好看，就跟画上的姑娘一样，也是你们农场的？

杨克明回答道，她叫刘小香，是马场长的小姨子。

乔玉英笑着说，没有看出来，马国强家里就像开花店似的，老婆和小姨子长得都跟花儿一样。

刘书记又问杨克明，对了，马场长的伤势怎么样了？

杨克明回答道，好一些了，马场长不能来汇报工作，就派我来给你汇报工作。目前我们春播前的工作基本就绪，马场长让我来请示刘书记，我们今年主要种什么？

刘书记笑了笑说，这个马国强真有意思。回去告诉你们马场长，最重要的是多播多种，青稞麦子都是粮食，至于种什么为主，你们自己定。

杨克明接着话茬说，刘书记，我认为还是以种青稞为好。因为，我们农场多是山地草甸，气候寒冷，没有绝对无霜期，不适应麦子生长，即便是种青稞也没有把握。

刘书记说，我们不能等到完全有把握的时候才干工作，在这个争分夺秒的时代，我们没有时间去等待。你们农场我去过，那里的草原风光秀丽，草长得好，花开得艳，怎么就不能长庄稼呢，你说是不是？

杨克明说，刘书记，开花长草和种庄稼是两回事……

刘书记打断杨克明的话说，虽然你是农业技术员，你还没有真正理解大办农业的意义。我这么给你说吧，解放战争时期，国民党有飞机大炮，我们只有土枪土炮，不是照样把他们赶到台湾那个小岛上去了。再说抗美援朝战争，美国人的飞机天天在头顶上飞，大炮天天在耳边响，我们志愿军有什么啊，什么也没有。冰天雪地没有吃没有喝，有的就是一颗打败美帝国主义的雄心。所以说，在我们这个伟大的时代，什么人间奇迹都可以创造出来。所以，不要这也害怕那也担心，要有一颗天不怕地不怕的决心，就没有达不到的目的……

乔玉英打断丈夫的话说，老刘，你让人家先吃饭，吃饱饭再听你说。

刘书记笑了笑说，好了，一句话，青稞麦子都是粮食。回去告诉马场长，种什么你们自己定。我只给政策指标，不给具体指示。

杨克明点了点头说，我懂了，刘书记。

刘书记拍了一下桌子问道，差一点儿忘了，你们的牛奶厂办得怎么样了？

杨克明说，正在紧锣密鼓筹备呢。

那就好，告诉马场长，种地不能马虎，办厂也不能马虎。刘书记边说边拿起了筷子。

杨克明说，我记住了。

刘书记看着杨克明说道，快吃饭吧，我一说起来就没完没了。

从刘书记家里出来后，杨克明和刘小香到人民医院开了一点儿退烧药，就急急忙忙返回了农场。在回去的路上，刘小香非要坐在马背后面，她说前面风大吹得眼睛疼。杨克明就让刘小香坐在了马背后面。杨克明说，搂住我的腰，小心摔下去。

刘小香紧紧搂着杨克明的腰，把脑袋靠在杨克明的背上，心里有一种说不清楚的激动和幸福。尽管马背上颠簸，刘小香居然还睡了一觉。她梦见布哈河边桃花盛开，杨克明从桃树上摘了一朵桃花，轻轻地插在了她的头上。她走到河边望着河面上的自己，河面上出现了一个人面桃花的美人儿。突然，河面上的美人一下子变成了一个张牙舞爪的怪物，她猛然一下惊醒了。她睁开眼睛就听见杨克明说，小香，到了。

刘小香顺着马背滑到地上，这么快就到了。

杨克明把一个小纸包交给刘小香说，把这个药交给翠平。

刘小香接过小纸包说，吃了饭再走吧。

不了，天就要黑了，我得赶紧走。说完便上了马。

刘小香失望地看着杨克明一点点消失在暮色之中。

第二章　五月花开

乌云也灿烂

早饭还没有吃完，阳光已经从敞开的门里涌了进来，把屋子里照得一片灿烂。马国强扔下筷子，走到窗台前的小镜子跟前，开始拆脑袋上的绷带。

妻子刘大香说，你这个人啊，干啥都急慌慌的，等我吃完这两口饭给你拆也不迟。

马国强边拆绷带边说，吃你的饭，又不是绣花，我自己能行。

刘大香放下筷子站起身，就看见丈夫已经把绷带拆完了。丈夫拿起窗台上的小镜子照了照，随后把小镜子往窗台上一扔骂道，娘的，战场上没有丢了耳朵，没想到在草原上把耳朵丢了。

刘大香说，一只耳朵换了一条命，现在想一想还后怕哩。

马国强转过身看着妻子说，你看我这个样子，人不像人鬼不像鬼。

刘大香望着有点奇怪的丈夫安慰道，那有啥关系，你又不用找对象害怕啥。

马国强说，大小我也是一个领导干部，经常开会学习要在人前露脸，现在这一张鬼脸还不吓住人家。

刘大香说，我给你织一副毛线耳朵，出门开会你就带上。

马国强一屁股坐在凳子上叹了一口气。

这个时候，王生财从门外走了进来，把夹在胳膊里的一卷皮货扔在了地上。

马国强问，吃饭了没有？

王生财说，饭还没有吃，空气倒是吃了一肚子。

刘大香转身急忙给王生财弄饭去了。马国强扔给王生财一根香烟，指了指地上的皮货问道，这是啥东西？

王生财一屁股坐在桌前说，就是你打死的那只棕熊的皮，我收拾好了给你送过来。熊皮可是个好东西，既隔潮又暖和。据说，晚上在野外过夜，铺着它睡觉就跟睡在保险柜里一样，啥野兽都不敢靠前。

马国强摸了摸没有耳朵的脸说，也好，留着做个纪念吧。

王生财看了一眼马国强说，马场长，从侧面看啥也看不出来跟好人一样。

马国强说，屁话，我天天侧着脸跟人家说话。

王生财笑了笑接过刘大香端来的碗说，我就喜欢喝面糊糊。

刘大香用眼睛示意了一下说，桌上有青稞面馒头，你自己拿着吃。

王生财一边点头一边吃了起来。马国强点了一根香烟吸了两口，抬起头看了看狼吞虎咽的王生财问道，王队长，牛奶厂办得咋样了？

王生财回答道，我就是来给你汇报牛奶厂的事情。马场长，不瞒你说，牛奶厂倒是办起来了，一共三只奶牛，每天挤不出几斤奶，我觉得不像个牛奶厂。

马国强说，人家农业队几千亩地都播种完了，你那个牛奶厂才三头奶牛，我都替你脸红，那么多牦牛就挑不出十几个奶牛？

王生财说，我们队牦牛倒是不少，就是没有奶牛，那三头奶牛还是跟藏族老乡好说歹说换来的。

马国强说，那就多换几只嘛。

王生财哭丧着脸说，好我的马场长，人家藏族老乡哪里有那么多奶牛，都是自家生活用的一只半只。

听完后马国强说，快吃，吃完饭我跟你去看一看牛奶厂。

王生财说，马场长，你就别去了，我还能骗你。

马国强从桌上抓起帽子戴到头上说，少啰唆，不去看一下我心里没有底，县里问起来啥都不知道。

王生财不再说话，三口两口吃完饭，把碗往桌上一放就跟着马国强出了门。

入夏的草原变得一派生机勃勃。各种野花争先恐后在绿油油的草丛中争奇斗艳，草原就像一个起伏的花地毯，一直铺到看不见的地方。被马蹄惊吓的鸟儿蹿出草丛扑棱棱飞上了蓝天，瞬间就没有了踪影。翻过几座绿油油的草山，绕过一座石头山，就到了处在山坳里的牧业队。王生财在两间泥土房前跳下马背说，马场长，到了，这就是我们的牛奶厂。

马国强从马背上跳下来，随手将马缰绳扔给王生财，一个人走进了泥土房。朦朦胧胧的泥土房里，三只黑乎乎的牦牛像三只怪物似的望着马国强。马国强紧皱了一下眉头，就觉得耳根子突然疼了起来。他转身走出泥土房，指着王生财骂道，王生财你这个狗日的，这就是你的牛奶厂，你糊弄鬼呢，就是鬼也不能这么糊弄吧。两间黑洞洞的破泥土房子，三头黑乎乎的牦牛就是牛奶厂？

王生财很委屈地说，马场长，我实在没有办法呀。

马国强接着又严声厉色道，占着茅坑不拉屎，我撤了你这个队长。

王生财忽然笑了笑说，真的？撤了好，我正发愁这个队长没办法干呢。

马国强严肃地问道，王生财，到底咋回事？

王生财，马场长，撤了我队长的职务，我不但不生气反而感谢你。实话给你说马场长，这个队长实在没有办法干。前几天我们队上跑了几个人，昨天又跑了几个，你说我这个队长咋干？

马国强说，派人值班呀，比牦牛都笨。

王生财说，派人值班了呀。

马国强问道，有人值班咋还叫人跑了？

就是值班的人跑了，还骑走了几匹马。王生财喏喏地回答道。

马国强一脸的惊奇，问道，这是一个严重问题，必须向县委汇报。你们队一共跑了多少人？

王生财回答道，大概有个七八个。

马国强问，到底跑了几个？

王生财吞吞吐吐地说，具体几个我还没有弄清楚，有些人不在队里，都在山里放牧呢，我得去调查一下才知道。

马国强从王生财手里拽过马缰绳说，从今天晚上开始，你带人值班，如果再跑了人我轻饶不了你。我告诉你，如果你小子跑了，老子就是追到你们老家也饶不了你。

王生财问道，我不是撤职了吗？

马国强跨上马背，头也不回就走了。望着远去的马国强，王生财双手抱着脑袋蹲在了地下。

中午的时候草原上刮起了风，猛烈的西北风包围着马国强。虽然马国强低着脑袋，风依旧像无形的手扯着他没有耳朵的那半张脸，他觉得那半张脸火烧火燎像是要被西北风撕去一样疼痛。马国强用一只手捂着耳根，一只手拽着马缰绳。风中的枣红色马就像一团火一样跑得大汗淋漓，嘴角两边布满了白色泡沫。马国强抬起头一眼看见农场的房子时，立刻跳下了马背，他拍拍马儿湿漉漉的脖子，拉着马儿慢悠悠朝农场走去。

回到家之后，发现刘小香也在家里。刘小香给马国强倒了一盆洗脸水说道，姐夫，你咋不在家里休息，你的伤还没有好利索呢。

马国强说，农场搞得乱七八糟，我能在家里休息吗。哎，小香，你们农业队有没有逃跑的青年？

刘小香拧了一把毛巾递给马国强说，没有听说，好像没有吧。

马国强接过毛巾擦了擦脸，然后把毛巾扔到洗脸盆里，一屁股坐在凳子上点着一支香烟抽了起来。刘大香从炕上跳到地上，拿着织好的毛线套走到丈夫跟前，国强，我给你织了一副耳朵套你试一试。

马国强看了妻子一眼问，没有耳朵咋能套得住？

刘大香把耳朵套戴到丈夫头上，一只耳朵刚好套进毛线套里，另一只像一片树叶似的耷拉在脑袋下。刘大香叹口气说，像一只狗耳朵一样耷拉着不好看。

马国强心不在焉地说，由他去吧。

刘大香失望地从丈夫头上取下毛线套，无精打采地对着妹妹说，小香，削几个土豆，你姐夫肯定饿了。

马国强站起身说，算了，我拿一个冷馒头就行了，我得去一趟县里。

刘大香问道，啥时候了，你还去县里。

马国强说，再晚也得去一趟。

刘小香拉开门看了看天说，变天了姐夫，你看天上的黑云。

马国强走到门口看了一眼天空，犹豫地又看了看妻子。

刘大香说，明天再去吧。

马国强扭身回到屋里，坐在板凳上说，小香，你去看看杨克明回来没有，回来了让他到家里来一下。

刘小香说，大概没有回来，我回来的时候，他跟王成喜还在地里呢。

马国强问，地里露出苗没有？

刘小香回答道，有的地方露出来一点儿苗，有的地方还没有动静。

马国强又站起身说，我去地里看一看。

刘小香说，咱俩一块走吧，我也该回去了。

马国强看了看刘小香说，你自己回吧，我骑马去转一转。

刘大香听着马国强要出去，忙说，国强，变天了，你把大衣穿上吧。

我穿着棉衣呢。马国强一边说一边走出了门。

刘小香走到门口看了看天空，跟姐姐打了个招呼也离开了姐姐家。

肖合力雪峰上的乌云像一条黑色的河流，泛滥的河水迅速向四周蔓延。刘小香急急忙忙朝着农业队走去。她一边走一边望着天空，天空一半乌云密布一半晴空万里，就像一张阴阳脸似的。远处草滩上一个放牧的藏族姑娘在唱歌，西北风把姑娘的歌声送进了她的耳朵里，她觉得姑娘的歌声又长又细，就像身旁流淌的布哈河水一样。快走到灌木丛的时候，姑娘的歌声听不见了，天空上响起了几声清脆的雷声，刘小香加快了脚步向前走去。刚走到灌木丛跟前，就看见杨克明扛着铁锹走了过来。刘小香急忙朝前走了几步喊了一声，克明。

杨克明吃惊地看着刘小香问道，小香，你怎么在这里？

刘小香说，我去姐姐家了。看见我姐夫没有？

杨克明摇摇头说，没看见。

刘小香说，他说去地里转一转。

杨克明看了看天说，你赶快走吧，马上要下雨了。

刘小香犹豫了一下，雨点已经落了下来。杨克明扔下铁锹，拉着刘小香躲到了灌木丛里。齐腰高的灌木丛根本遮挡不住噼里啪啦的雨水，杨克明急忙脱下身上的棉衣，顶到两个人的头上面。

刘小香说，这可不行，快把棉衣穿上，小心感冒。

没事，我穿着绒衣呢。杨克明边说边把棉衣往刘小香那边拉了拉。

刘小香说，那也不行，赶快把棉衣穿上。

杨克明说，一个人感冒总比两个人感冒划算。再说，棉衣已经湿了。

刘小香没有再坚持，她觉得靠在杨克明胸前就像靠在火炉跟前一样暖暖的。雨点打在棉衣上发出砰砰的声音，那个声音就像杨克明的心跳声一样。刘小香屏住呼吸，仔细听着从杨克明胸膛里传出来的心跳声。随着有节奏的心跳声，一股淡淡的汗臭味道也开始弥漫起来。这种汗臭味道里面还有淡淡的酸味，就好像臭袜子的味道一样。刘小香知道，这是男人的味道。这个味道好像兴奋剂一样让她兴奋无比，她觉得身上好像有无数只小蚂蚁在爬，爬得她心里不是个滋味。她咬了咬牙，大着胆子把脑袋贴在杨克明的胸膛上。她希望这种味道越浓烈越好，最好像空气一样包围着自己。就在刘小香被幸福压得喘不上气的时候，杨克明突然站了起来，他抖了抖棉衣上的雨水说，草原上的雨来得快，走得也快。

刘小香抬起头望了望天空，天空上清爽得没有一丝雨水。她失望地站了起来，还顾了一下四周心里埋怨道，这个鬼天气。

杨克明一边穿着棉衣一边说，云往西雨淅淅，说不定一会还要下呢。小香，乘着这会雨停了赶快走。

刘小香说，你也赶快回去把棉衣烤一烤。

杨克明扛起铁锹说，知道了。

天空上乌云像一片奔腾的马群。东边的阳光把西边的乌云照得半明半暗，就像没有洗干净的破抹布。可是在刘小香眼睛里，此时的乌云也那么灿烂。

杨克明一回到宿舍就把火炉点着了，铁皮打造的火炉一瞬间就有了热气。看着熊熊燃烧的黑刺棍，杨克明到门外铲了一锹牛粪倒进了火炉里。由于牛粪淋了雨，倒进火炉就把火焰压灭了。浓烟像水一样从火炉里流了出来，整个屋子烟雾腾腾。杨克明单腿跪地，用足了力气对着火炉吹气。吹了几口气后，火炉里有了火苗，接着火炉里又燃起了火焰。杨克明起身拿起铁锹走到门外，从牛粪堆里面铲了一锹牛粪回到屋子里。这时候火炉里的牛粪已经燃烧起来，杨克明挑开火炉盖，把牛粪倒进火炉里，屋子里立刻像有了阳光一样暖和起来。杨克明拽过一个凳子坐下，脱了棉衣在火炉上烤了起来。烤了一会儿，棉衣上便冒出了热气，丝丝热气中杨克明接连打了几个喷嚏。

着凉了吧。

杨克明抬头望了一眼门口，就见马国强走了进来。杨克明站起来说，马场长，你也淋雨了吧?

马国强脱下湿漉漉的棉衣说，光秃秃的草原上，躲都没有地方躲。

杨克明搬了一个凳子放在火炉边说，赶快烤一烤。

马国强坐在凳子上，一边烤着衣服一边说，克明，我骑马走了一圈，青稞苗还出了不少，麦苗一点儿动静都没有，你说这是咋回事，青稞麦子不是一样吗?

杨克明解释道，这个地方寒冷期比较长，不利于麦子成熟。麦子属性偏热，要有一个成熟的过程。青稞属性偏冷，所以出苗要快一些。

马国强说，幸亏大家听了你的话，种了小部分麦子。如果按照县委的意思,青稞麦子各种一半那就麻烦了。你说,这一场雨对庄稼是不是有好处?

杨克明说，按理当然有好处，可是这个地区气候特别，我担心如果晚上气温下降至零度以下就麻烦了，不但没有好处，反而成了冻灾。

马国强叹了口气说，要是把苗冻死了，那就等于打了一个大败仗啊。

杨克明说，现在不好说，出水才见两脚泥。

马国强说，克明，不行晚上咱们去地里转一转。

杨克明说，你就不要去了，我和王成喜他们去就行了。这几天我们每天晚上都去地里查看情况。

那就好。马国强说，不愧是农业技术员，想的比我周到。这样也好，那我明天就去县里一趟，给县委汇报汇报工作。

杨克明问道，地里的情况还没有结果咋汇报工作?

马国强说，我今天去了牧业队，才知道牧业队又逃了几个人。农场才成立了几个月，已经逃跑了几十个人了，这样下去怎么能行。要想阻止青年逃跑，需要县上在物资方面的支持，否则根本留不住人。

杨克明张了张嘴，把想说的话又咽进了肚里。

马国强看着杨克明问，你想说啥?

杨克明吞吞吐吐地，躲开了马国强的目光。

马国强说，有话就说，有屁就放，我最讨厌娘们兮兮的男人。

杨克明说，我……我听说农业队也有人想逃跑。

马国强问道，那你怎么不告诉我，你听谁说的?

杨克明说，马场长，我不能告诉你。

马国强想了想说，我不勉强你，我也讨厌告密的人。看来啊，问题不是那么简单。

杨克明看了马国强一眼，羞愧地低下了头。

马国强站起身子穿上衣服说，晚上我就不下地了，辛苦你了。

杨克明目送着马国强出了门，心烦意乱地望着火炉里一点点熄灭的火焰。

爱情没商量

早晨天刚蒙蒙亮乔玉英就醒了，她扭过头看了一眼丈夫刘厚民，谁知道丈夫正睁着眼睛看着自己。乔玉英笑了笑说，你早醒了？

刘厚民伸出手抚摸着妻子的头发说，部队养成的习惯，晚上睡得再晚，第二天天不亮就醒了，你今天怎么也醒得这么早？

乔玉英抓着丈夫的手说，我梦见儿子和女儿了。兄妹俩光着脚丫子在大街上跑，我怎么喊叫他们也不停，我就在后面使劲地追啊追，只见他们俩拐进一条胡同不见了，我在胡同里找啊找，突然有一条大黑狗向我扑过来，我被吓醒了。

刘厚民说，说实话，我也想孩子们。不过，你放心，孩子们好着呢。保育院是全省最好的保育院，吃不愁穿不愁受不了罪。

乔玉英说，几个月没见孩子了，也不知道他们是胖了还是瘦了。

刘厚民说，下个星期我去省城开三干会议，我去看看就知道了。

干脆我请几天假，跟你一块儿去。乔玉英眼前一亮兴奋地说道。

刘厚民说，你们医院本来就缺大夫，你走了工作谁干？再说了，你坐我的汽车走，大家嘴上不说，心里还不知道咋想呢。

乔玉英叹口气说，好吧。

刘厚民伸长脖子在妻子脸上亲了一口说，放心，孩子在保育院比在咱们跟前好。

乔玉英推了推丈夫说，快起床刷牙去，嘴里的气味好难闻。哎，厚民，这几天你的胃还难受吗？

刘厚民坐起身子说，不难受也不好受，说不上是什么滋味。

乔玉英说，在家我可以监督你吃药，在办公室你可要记得吃药啊。

刘厚民一边穿衣服一边答应妻子说，记住了。

对了，厚民，最近你去不去青年农场？乔玉英问道。

刘厚民问，有什么事情吗？

乔玉英从被窝里坐起身子说，嘿，是这么回事。你还记得前一阵，青年农场有两个年轻人来咱们家里找你汇报工作，还在咱们家里吃的饭。

记得呀。刘厚民点点头。

乔玉英说，那个女青年不是马场长的小姨子吗？

刘厚民问，怎么了？

乔玉英说，玉山看上那个姑娘了，也不知道人家有没有对象。你要是见了马场长问一下，有对象就算了，没有对象顺便说说玉山的事情。

刘厚民笑了笑说，我想起来了，马国强那个小姨子长得不错。玉山这小子挺有眼力的。好吧，见了老马我问一下。都是当兵出身，老马也是个痛快人。

乔玉英，玉山有了对象，我的心也放进肚里了。

刘厚民穿上鞋对妻子说，我出去跑一圈，你再睡一会儿。

乔玉英说，本来就缺氧喘不上气，走一走就行了……

没等乔玉英把话说完，刘厚民已经拉开门走了出去。乔玉英呆呆地望着门口愣了一会儿，然后一歪身子又躺进了被窝。本来乔玉英打算再睡一会儿，可是躺进被窝之后一点儿睡意也没有了，眼前不断浮现出儿子和女儿的面孔。春节的时候她和丈夫去省城保育院看孩子，两个孩子见到他们的表情就像见到陌生人一样。特别是五岁的女儿和平，一看见他们就往阿姨屁股后面躲。她心里难过极了，心像针扎似的隐隐作痛。

阿姨叹着气说，牧区干部的孩子，大多数都是这样。

听了阿姨的话，乔玉英的眼泪像雨点似的落了下来。

看着难过的乔玉英，阿姨也忍不住擦了擦眼睛。那天晚上，他们领着孩子住在了干部招待所里。六岁的儿子建设比妹妹懂事多了，没用多长时间就和父亲打成了一片。女儿和平不像哥哥那么活泼，整整一个晚上跟个洋娃娃似的没有几句话。晚上躺在被窝里面，乔玉英一边抚摸着女儿一边给女儿讲故事，讲了一个又一个，女儿睁着两只大眼睛就是不说话。她把女儿紧紧搂在怀里说，和平，妈妈的好女儿，你怎么不跟妈妈说话呢，我是你的妈妈呀。

女儿看看她，眨巴着眼睛哭了起来。那一瞬间，她的心让女儿的哭声彻底撕碎了，她紧紧搂着女儿也哭了起来。一想到这里乔玉英心里面就五味杂陈不是个滋味，她从心里面一直埋怨丈夫。本来她是可以留在省城医院的，丈夫硬是悄悄为她办了调动工作手续。当时她和丈夫大闹了一场，闹得左右邻居都跑过来劝说。为了那一点儿可怜的自尊心，她没有和丈夫再闹，一个人静静地在床上躺了三天。这三天里，丈夫像个佣人似的忙前忙后，一会儿端水一会儿端饭，她知道说什么都没有用了，生米已经煮成熟饭。用丈夫的话说，省城不需要那么多人，牧区才真正需要你们这样的人。

丈夫是个认死理的人，只要他认准的事情九头牛也拉不回来。乔玉英记得，五三年和她一块从成都来的几个医学院的女同学，被分配到省城人民医院工作。有一天医院党委书记请她们这些学生吃饭，那是一个简陋的小饭店。吃饭吃到一半的时候，来了一个党委书记的战友。党委书记热情地介绍他的战友刘厚民，说他是战斗英雄。刘厚民穿着一身洗得有些发白的军装，显得精明强干，一副战斗英雄的样子。当时，她们这些女同学非常崇拜战斗英雄，对刘厚民都产生了良好的感觉，有一个漂亮的同学当场还和刘厚民互相留了地址。让她没有想到的是，几天之后党委书记找她谈话，对她的工作给予了高度评价，希望她继续努力争取早日入党。就在她激动万分的时候，党委书记突然转了话题，单刀直入开始给她介绍对象，这个对象就是他的战友刘厚民。她觉得事情来得太突然，没有一点儿心理准备，但又不好当面拨党委书记面子，她含含糊糊算是应付过去了。让她没有想到当天晚上值班的时候，党委书记要亲自替她值班，让她去和刘厚民见面。她羞羞答答走到医院大门口时，刘厚民像根木头似的直挺挺地戳在那里。看见她走了过去，刘厚民给她行了一个军礼。她受宠若惊地摆摆手说，你随便一点儿，你这么认真我承受不起。

刘厚民严肃地说，乔玉英同志，咱们随便走一走吧。

她几乎没有反应过来就跟在他屁股后面向前走去。走到一片小树林跟前刘厚民停住了脚步。他转过身子说，乔玉英同志，你同意跟我谈对象吗？你的情况我知道了，我对你比较满意。

望着一本正经的刘厚民，乔玉英有些不知所措。她理了理头发说，让我冷静冷静，我没有一点儿思想准备，事情来得太突然了。

刘厚民说，我不强迫你，给你三天时间考虑。

乔玉英狡辩道，你的口气就是强迫的口气。你们打仗前是不是也要准备准备，何况男婚女嫁这么大的事情呢。

刘厚民很诚恳地说，我这个人没有多少文化，但是有一点可以向你保证，既然看上你，我就会一心一意对你好，假如有一口吃的先让你吃，有一口喝的先让你喝，哪怕去要饭，我要回来给你吃。

就这么简单的几句话，像一颗炮弹一样摧毁了乔玉英心里的防线。她感动地点了点头，眼泪不由自主地流了出来。刘厚民掏出手绢替她擦去了脸上的泪水，她也不知道怎么就稀里糊涂地扑进了刘厚民的怀里。从那天晚上到结婚就像跑百米赛似的只用了三天时间。就像做了一场梦，梦醒来的时候她已经成了刘厚民的妻子。有一天她问刘厚民，为啥没有看上留地址的那个姑娘？

刘厚民说，那个姑娘家里是地主成分，再漂亮也不能要，这是原则问题。

后来，她再也没有问过这些问题，一心一意跟刘厚民过着忙忙碌碌的日子。当有了一双儿女时，残存在心里的那一点儿浪漫荡然无存。她把全部的心思投入到了工作和家庭之中，日子过得甜甜蜜蜜。眼看着一双儿女渐渐长大的时候，丈夫被调往牧区工作。为了没有后顾之忧，丈夫干脆也给她办了调动手续，硬生生将一双儿女送到保育院，从此一家人两地相隔。一想起这些事情，乔玉英酸楚的心就开始冒泡。她好几次劝说丈夫调回省城工作，一家人也好团团圆圆，可是，每一次丈夫都装聋作哑就跟没有听见一样。她知道，说也白说，这个比她大十岁的男人就像一个战士，哪里有枪声就往哪里去，哪里危险就往哪里去……

远处传来几声狗吠声，那个声音像一个有气无力的老人在咳嗽。乔玉英懒洋洋地坐了起来，抬起脸看了一眼窗户，窗户上已经爬满了灿烂的阳光。

刘厚民一大早就去了工业局开办的炼钢厂。开阔的草滩上三个高高的土炉子十分醒目，滚滚浓烟像三朵黑色的蘑菇长在半空中，和雪白的云彩形成了两幅鲜明的图案。那个景观让刘厚民从心里发出一种自豪感，他觉得在自己管辖的这片土地上，在不太久的将来，牛羊满山满坡走，青稞麦子堆满仓，更重要的是钢铁成吨，各个工厂欣欣向荣，就像全州规划中的那样，把这一片草原建设成为工农牧齐头并进的三驾马车。到了那个时候，自己亲自赶着这三驾马车直奔共产主义。一想到这里，刘厚民眼前仿佛就浮现出了一幅美丽的画面，这个画面就是楼上楼下电灯电话的共产主义景象。美好的想象让刘厚民的脚步轻快了许多，当他走到炼钢炉跟前时，炼钢厂的干部职工们正在吃早饭。工业局的一个干部看见了刘厚民，端着饭碗走过来问道，刘书记你来了，吃过早饭没有？

刘厚民说，我吃过了。怎么样，什么时候出钢啊？

那个干部说，照这个速度，再有十天左右就可以出钢了。

刘厚民笑着点点头说，你们辛苦了。

那个干部说，为了大跃进，全国都在没日没夜地干，我们这点辛苦算个啥。

刘厚民围着土钢炉走了一圈，心情愉快地离开了炼钢厂。当他回到办公室的时候，马国强一个人正趴在桌子上看报纸。刘厚民笑呵呵地问道，怎么这么早啊，是不是来报告什么好消息？

马国强放下手里的报纸站起来说，刘书记你真会开玩笑。

刘厚民走到马国强跟前看了看他的耳朵说，这只棕熊算是手下留情，还给你留下了一只耳朵。

马国强说，我这一辈子不想再见它了。

有什么事情抓紧说，一会儿我还有个会。刘厚民边说边翻着放在办公桌上的文件。

马国强坐到椅子上说，那我就不说废话了。刘书记，按照县委会议精神，我们农场 6000 亩土地半个月前全部播种完毕。其中青稞 4000 亩，麦子 500 亩，剩下的 1500 亩种了土豆和大白菜。牛奶厂也办起来了，就是规模太小，我们打算慢慢扩大。

刘厚民听完后说道，这也是好消息嘛。哎，老马，我刚从炼钢厂回来，回头你去炼钢厂参观参观，感受一下大跃进的气氛。

马国强说，刘书记，有个重要情况向你汇报。

什么情况？刘厚民问道。

马国强把青年逃跑的情况如实做了汇报。刘厚民突然站起身子说，这还得了，这在战场上就是逃兵。

马国强回应道，都是一些青年农民，散漫习惯了，没有一点儿组织纪律性。关键是气候不服，生活条件太差，又吃不饱肚子，所以有些人不安心。如果生活条件好一点儿，他们慢慢就会习惯了。如果县上能给他们增加一些口粮，最好再增加一些副食品……

没等马国强把话说完，在屋里踱步的刘厚民停住脚步说，现在是困难时期，每一个人的口粮都有定量，我到哪里去给他们增加口粮。再说了，大家都是一样的，人家能行他们怎么就不行？我看呐，关键是咱们手腕太软，对他们过于放纵，所以才导致了他们随心所欲的行为。老马，我的意思有两点，第一，加强学习，加强社会主义教育，严加管理，该收拾就收拾，绝不能手软，第二，抓几个典型送到县集训队震慑一下他们，起到杀鸡儆猴的作用。

马国强皱着眉头没有表态。刘厚民继续说道，再把民兵组织起来，发挥民兵的积极作用，对于故意捣乱的坏分子坚决打击。

马国强说，试试看吧。

马国强的话一下刺激了刘厚民神经，他说道，什么叫试试看老马，我看你底气就不足，你都没有底气，怎么能搞好工作。

马国强说，刘书记，干脆把我调回县里吧，我对青年农场实在没有啥好办法。

刘厚民生气地问道，枪还没有响，你就临阵脱逃，你还像不像一个军人？

马国强说，我怎么临阵脱逃，这完全是两码事。

刘厚民提高了嗓音说，这就是临阵脱逃的表现……

就在俩人争辩的时候，一阵敲锣打鼓的声音风一样刮进了屋子。刘厚民急忙打开房门，就看见门前围满了一群人。办公室主任眉开眼笑地说，刘书记，粮食局报喜来了。刘厚民兴奋地走了过去，一辆架子车披红戴花，车上还盖着一大块红绸子。

粮食局长兴奋地说，请刘书记掀开红绸子。

刘厚民一把将红绸子拉开，架子车里摆满了一把把挂面和糕点。

粮食局长说，这是我们挂面厂和糕点厂的产品，请刘书记品尝。

刘厚民高兴地说，好，太好了，你们的工作很有成效。现在每天能生产多少？

粮食局长回答道，关键原料不足，如果原料充足，生产量就大了。

望着架子车里的挂面，马国强一点儿也兴奋不起来，他觉得有一点儿好笑，简单的挂面在老家几乎家家都会做，每年麦收之后，家家都做一些挂面晾在铁丝上，风干之后以备冬天食用。就这么一些简单的东西值得这么兴师动众吗。热闹了一阵子，一群人敲着锣打着鼓走了。

马国强看了刘厚民一眼说，刘书记，我也回去了。

刘厚民强调道，就按我说的办，绝不能手软。

马国强点点头说，知道了。

刘厚民又说，抽时间我去你们农场看看。

马国强刚走了几步，刘厚民突然叫道，哎，老马，你等一下。

马国强转过身问道，刘书记还有事情？

刘厚民说，差一点儿忘了一件事。

马国强问，啥事情？

刘厚民问马国强，你小姨子有没有对象？

马国强疑惑地看着刘厚民问，啥意思？

刘厚民说，我小舅子乔玉山，在咱们县公安局工作。小伙子人不错，踏踏实实。他看上你小姨子了，想和你小姨子搞对象。

马国强犹豫了一下说，我回去问问吧。

刘厚民拍拍马国强的肩膀笑着说，老马，弄不好咱们还成了亲戚呢。

马国强勉强笑了笑算是回答。

刘厚民问道，怎么，一脸的不情愿，割你的肉了？

马国强调侃道，人家说，小姨子是姐夫的半个屁股。

刘厚民笑着说，共产党最忌讳作风问题。

马国强抬起头哈哈哈笑了起来。

刘厚民说，我还有个会，就不留你吃饭了。

马国强说，你忙你的，我回去了。

刘厚民又问道，老马，你出来怎么不带枪？

马国强说，大白天的，带枪干什么。

刘厚民抬起手摸摸耳朵，一本正经地说，保护耳朵呀。

马国强说，要是能建成共产主义，别说丢一只耳朵，就是把命搭上我也愿意。

刘厚民笑着回了办公室。马国强从木杆上解开了马缰绳。离开县委大院之后，马国强拐到大街上的门市部，他在门市部里挑选了两双袜子，又买了几盒香烟，这才不紧不慢走出门市部。出了门市部，马国强跨上马背，马儿像一阵风似的消失在县城的大街上。

半夜歌声

杨克明一觉醒来已经过了中午。同一个宿舍的食堂管理员老王轻轻推开门走了进来，看见杨克明睁开了眼睛他笑呵呵地说，克明，今天是个好天，气温明显回升了。

杨克明一骨碌从床上坐起来，披了一件衣服跳下床，趿拉着两只鞋走出屋子。午后的太阳直晃眼睛，天蓝的也直晃眼睛。杨克明返回屋里一边穿衣服一边说，天气暖洋洋的，气温回升很快。

老王说，桌上有馒头，还有咸菜。

杨克明不好意思地说，我自己去食堂就行了，又麻烦你给我带饭。

坐在床上的老王掏出烟袋锅说，等你去食堂恐怕连馒头渣都没有了。从上个月开始，粮食定量已经下降了，每个人平均才二十斤口粮。天天干体力活，都是小伙子，这二十斤粮食哪里够吃。我这个管理员也实在没有办法啊。

杨克明说，多吃萝卜白菜，以菜代粮。

老王说，哪有那么多萝卜白菜，要是有我也不发愁了。

杨克明没有说话，搬了个凳子走到门外靠着墙坐了下来，一边吃着馒头咸菜一边晒着太阳。

昨天晚上杨克明和王成喜他们在地里守了半夜。为了防止雨后发生冷冻现象，农业队全体人马沿着庄稼地拢起了火堆。半干不湿的黑刺忽明忽暗浓烟滚滚，整个庄稼地像战场一样烟熏火燎。可是庄稼地面积太大，没有力量全部覆盖。虽然雨后气温下降，但是烟熏火燎的温度足以抵御了下降的气温。半夜的时候，天上的乌云消散了，密密麻麻的星星布满了天空。一弯干净的月牙像一条两头高高翘起的小船，不慌不忙在星星中间穿行。杨克明拿着一支体温表在地里测量了一圈，温度表上的温度显示，气温不但没有降到零度以下，反而在零上五度，杨克明悬着的心放进了肚里。他走到一个火堆旁准备休闲一下，屁股刚坐到地上，发现翠平坐在铁锹上睡得正香。他脱下自己的棉衣，轻轻盖在了翠平的身上，然后往火堆里添了一些黑刺柴，快要熄灭的火堆又燃起了红色的火焰。跑了半夜累了半夜，在暖洋洋的火堆旁边杨克明闭上了眼睛。迷迷糊糊之中，就觉得身上有什么东西在动，他猛然睁开眼睛看见翠平在给自己披衣服。

翠平见杨克明醒了，说道，克明哥，我刚给你披上棉衣你就醒了。

杨克明说，刚刚迷糊了一下。

翠平重新坐到铁锹上说，你再睡一会吧，我看着火。

杨克明说，迷糊一下瞌睡劲就过去了。哎，翠平，这几天忙忙碌碌的，也没有去看你，感冒完全好了吗？

翠平说，早就好了，多亏了你带给我的药。

杨克明打量了一下周围压低嗓子问道，王斌再找过你没有？

翠平说，昨天还找我来着，我告诉他我不跟他们逃跑了，王斌可不高兴呢，他说，肯定是你的主意，还说我鬼迷心窍。

杨克明叹口气说，唉，王斌才是鬼迷心窍呢。看来，这几天他们就要有行动。

翠平更加小声地问道，那咋办呀，要不然告诉马场长？

杨克明说，千万不能出卖王斌。一会我去找他，好好跟他说说。

翠平说，我跟他也说了，他就像一头倔驴，一句话也听不进去。

杨克明从棉衣口袋里掏出一个青稞面馒头放在火堆上，其实，王斌是个好人，就是做事情不用脑子。他上面三个姐姐，底下一个妹妹，就他一个男孩子，家里把他惯得够呛。再说，从小他也没有受过什么苦难，原打算离开老家出来享福的，谁知现实生活和想象之间差距太大，胸膛里那一颗火热的心一下子凉了半截。

翠平拿了一根黑刺扔到了火堆上说，谁也没有想到这里这么艰苦。没来之前我以为啥地方都比老家好，可是出来才知道，啥地方也没有老家好。

杨克明从火堆上拿起馒头，吹了吹上面的灰递给翠平说，吃吧，你肯定饿了。

翠平接过馒头从中间掰开，递给杨克明一半说，咱俩一人一半。

杨克明说，那么小个馒头还不够你一个人吃呢，再说，我也不饿。

翠平说，你要不吃我也不吃了。

杨克明接过馒头说，好，我吃。

翠平咬了一口馒头说，其实我早就饿了。

看着翠平吃得有滋有味，杨克明觉得很快乐。他喜欢翠平那双明亮的眼睛，那双眼睛干干净净，就像阳光下透明的天空一样。尤其脸上那一对小酒窝，看一眼就好像喝了酒一样甜美。就在他目不转睛看着翠平时，翠平抬起头和他的眼光碰在了一起。他尴尬地笑了笑，不自然地站起身说，别再睡觉了，小心感冒，我去找找王斌。

翠平没有说话，随手又从地上拾了两根黑刺扔进火堆。

杨克明把半个馒头塞进翠平的手里，头也不回地走了。望着消失在黑夜里的杨克明，翠平两眼一热，眼前就变得一片模糊。

杨克明离开翠平没走多远，就听见黑夜里传来了隐隐约约的歌声。顺着歌声又走了一会儿，杨克明看见了火堆旁唱歌的王斌。几个年轻人拍着巴掌连连叫好，得意扬扬的王斌轻轻哼哼了两声说，我再唱一个穆桂英的三声炮响怎么样？

一片叫好声中，王斌一手叉腰，一手在空中晃了晃便唱了起来：

辕门外三声炮如同雷震，
天波府里走出来我保国臣。
头戴金冠压双鬓，
当年的铁甲我又披上了身。
帅“字”旗，飘入云，
斗大的“穆”字震乾坤……

唱到这里王斌停下来，他拽了拽耳朵说，下面的词我忘了，等我想起来再给你们唱。

一个小伙子起着哄说，换段歌词再唱，你一唱大家就不瞌睡了。

王斌拍拍屁股说，又渴又饿没法唱了。

站在黑夜里的杨克明叫了一声王斌，王斌转身走到杨克明跟前说，你站在黑地里干啥，怪吓人哩。

杨克明说，有几句话想跟你说。

王斌问，啥话？

杨克明拽了王斌一下朝黑夜里走去。

王斌一边走一边嘟囔，有啥话就说，鬼鬼祟祟的像搞破坏的一样。

杨克明停住脚步说，王斌，我想了好多天，想来想去逃跑的这个事不能干，我劝你打消念头别干蠢事。

王斌说，这个事情你就别管了，你走你的阳关道，我走我的独木桥。

只要你还是好兄弟，这件事情就不要告诉任何人。

杨克明说，我不能看着你犯错误……

王斌狡辩道，狗屁错误，你别吓唬我，又不是我带头跑的，跑了的那些人不是跑了吗，农场能把人家咋了。

杨克明拉了拉王斌的胳膊说，王斌，你听我说……

我没有功夫听你瞎扯淡。王斌打断杨克明的话说，你这个人太自私，你想表现自己没有人管，为啥非要拉着人家翠平垫背，我算是把你看透了，你这个人心里就没有晴天。

杨克明说，反正我把该说的说了，出了事情我不管。

出球的事情，咸吃萝卜淡操心。王斌气哼哼地骂了一句，扔下杨克明扬长而去。

就在杨克明气得浑身颤抖的时候，翠平不知道从哪里冒了出来，她拽了拽杨克明的衣服说，克明哥，你们说的话我都听见了，别跟他一般见识，气坏了身体不划算。

杨克明说，天要下雨谁也没有办法。

翠平说，克明哥，站在这里干啥，到火堆跟前暖和一下去。

杨克明长长地吐了一口气，跟着翠平朝着火堆走去。

天快亮的时候气温跌到了零度，杨克明松了一口气。他知道，一天最低的气温就是黎明前这一段时间。只要没有跌到零下,庄稼苗就不会有问题。他收起体温表，告诉王成喜让大家回去睡觉。

王成喜晃晃脑袋说，这一夜没有白熬。

杨克明说，如果天气没有异常变化，今年说不定还是一个丰收年哩。

王成喜拍拍杨克明的肩膀说，你就是农场的诸葛亮。

杨克明笑着说，你就拿我开玩笑吧。

王成喜转过身子，双手放在嘴边做了个喇叭状，对着蒙蒙亮的天空扯着嗓子喊了起来，收工了，收工了……

午后的阳光像炉子里的牛粪火，舒服得让人睁不开眼睛。杨克明把最后一口馒头咽进肚里后，脑袋不由自主地靠着墙闭上了眼睛。似睡非睡之中他看见一脸笑容的娘，端着一盆雪白的馒头从院里走了进来。他奇怪地问娘，哪来这么多白馒头。娘笑嘻嘻说，丰收了，以后天天可以吃白馒头。他伸手正准备拿馒头，突然发现娘的头发和馒头一样雪白。他吃惊地看着娘雪白的头发，娘把馒头放在炕桌上说，稀奇啥，娘是白毛女，村里的女人都是白毛女。他朝门外望去，院子里果然站着一群白毛女。他好奇地走出屋子，就看见这些白毛女一个个像仙女一样飘上了天空。娘也像仙女一样向天空飘去，他一边喊着娘，一边拉着娘的衣服飘到了空中，谁知娘的衣服破了，他从空中摔了下来……

迷迷糊糊的杨克明坐在地上时，才发现自己刚才是在做梦。他从地上爬起来，拍拍屁股重新坐在凳子上。阳光还是那么温暖，天空还是那么干净，肖合力雪山顶上还是让人分不清楚哪一片是积雪哪一片是云彩。

第三章　六月雪飘

逃跑

晚上躺在炕上的时候，马国强从衣服口袋里掏出袜子递给妻子说，今天在县城买了两双袜子，你跟小香一人一双。

煤油灯下做针线的妻子停下手中的活问道，钱又不是风刮来的，好端端的咋想起来给我们买袜子？

马国强说，看看你脚上的袜子跟鞋垫一样补了一层又一层。

刘大香拿起袜子看了看说，真好看。

马国强看了妻子一眼，就把刘厚民说小香的事情告诉了妻子。

刘大香问，是刘书记亲口给你说的？

马国强说，我看刘书记对这门亲事挺感兴趣。当时我没敢应承，回来跟你商量商量再说。这个事情挺麻烦的，我专门给人家杨克明说了一回。如果变了卦，我怎么有脸见杨克明。要我说啊，杨克明小伙子挺不错的。人踏踏实实又有文化，小香要是和他成了一家，也是小香的福气。

刘大香放下针线活说，守着个前不着村后不着店的农场有啥福气？如果跟刘书记的小舅子在一块，起码小香能到县城去。你没听人家说，背靠大树好乘凉，这棵大树就是刘书记。嫁汉嫁汉穿衣吃饭，女人这一辈子不就是图个这。找个好人家，少吃一点儿苦少受一点儿罪，就是一辈子的福气。

这个事情你不要管了，我跟小香说。

马国强说，杨克明那里咋说。

刘大香说，你装着啥也不知道，让小香去给他说。这个事情是两相情愿的事情，谁也没有办法，再说，他们俩现在八字还没有一个撇呢。

马国强叹口气说，这个事情我总觉得别别扭扭。

刘大香脱了衣服钻进被窝搂着丈夫说，一个人一个命，没有缘分说啥也不中。

看看小香啥意思再说吧。马国强一边说一边也钻进了被窝。

刘大香亲了丈夫一口问道，你累不累？

马国强说，躺在炕上累啥。

刘大香使劲搂着丈夫说，我就想要个孩子。

马国强说，我就弄不明白，结婚好几年了，要个孩子比上天摘星星还难？

刘大香也说道，我也说不清楚咋回事，是你的种子瘦，还是我的地不肥？

马国强笑了笑说，你还会说怪话，又是种子又是地，要不然咱俩去县医院看看大夫。

刘大香说，好胳膊好腿的看啥大夫，我就不相信咱俩不会有孩子。

马国强说，我都没有信心了。

刘大香直起身子一口吹灭煤油灯说，想想铁棒磨成针的故事。

屋子里没有了说话声，屋子外突然响起了马蹄声，接着就听见砰砰的敲门声。马国强趴在妻子身上大声问道，谁在敲门？

门外传来王成喜的声音，马场长，我是王成喜，有重要事情给你汇报。

马国强从妻子身上翻下来，摸黑穿上衣服，跨过妻子跳下炕，光着脚丫子拖拉着两只鞋，急急忙忙打开门走了出去问，出啥事了？

月光下的王成喜拉着马缰绳往前凑了凑说，马场长，我们队有人准备逃跑。

马国强问，你咋知道的？

王成喜说，有人看见二狗子他们躲到山里炒麦种，煮羊肉，我估计这是为逃跑做准备哩。吃晚饭的时候我才知道，我不敢耽误，撂下饭碗就来了。

马国强想了想说，人又没有跑，仅仅凭着炒麦子煮羊肉说他们逃跑，恐怕证据弱了一点儿。如果他们不承认，一点儿办法也没有。

王成喜说，等他们逃跑了，说啥也晚了。我的意思是咱们先把二狗子抓起来，审问一下事情不就清楚了。如果真的准备逃跑，咱们就来个瓮中捉鳖。如果没有逃跑的意思，问问也没啥错误。二狗子这家伙我了解，平常大大咧咧像个男人，关键时候就是一个软蛋怂包。

马国强说，好吧，就照你说的办。

王成喜又补充道，马场长，带上几个小伙子，让他们把枪背上。万一有啥情况，也好吓唬他们一下。

马国强说，好，你把杨克明也叫上，咱们二十分钟后在大门口集合。

王成喜说了一声好，就拉着马去叫杨克明了。

二十分钟之后，一行人在大门口集合完毕。几个背枪的小伙子，摩拳擦掌显得异常激动。马国强把任务布置了一下，大家纷纷跨上马背。静悄悄的草原上，月光清亮得像布哈河水。几匹马儿踏着月光，很快就消失在月夜之中。

到农业队的时候，马国强看了一下手表说，现在十一点，你们动作轻一点儿，别跟鬼子进村似的闹得鸡飞狗跳。

王成喜打开办公室的门就带着小伙子们走了。马国强看了杨克明一眼说，克明，咱们到屋子里等着。

月光把屋子里照得朦朦胧胧，马国强划着火柴点亮了煤油灯说，克明，我看你咋无精打采的，是不是有点紧张，你们这些文化人，胆子还没有老鼠大。

杨克明坐在凳子上说，我没有紧张呀。

马国强坐在办公桌上，掏出香烟抽了起来。屋子里一下子没有了一点儿声音，杨克明感觉自己心跳得像打鼓一样响亮。他看了一眼马国强，生怕马国强听见自己的心跳声。他没有想到，自己最担心的事情这么快就发生了。他心里清楚，无论是谁逃跑肯定少不了王斌。如果王斌坦白了这件事情，那么自己也脱不了干系。虽然他没有参与这件事情，但知情不报也是有责任的。他惴惴不安地又看了马国强一眼，马国强若有所思的样子让杨克明心里更加不安。他觉得应该把他知道的事情告诉马国强，否则事情败露就太被动了，到时候就是浑身是嘴也说不清楚。就在他鼓足勇气准备说话的时候，房门被推开了，几个人押着二狗子进了屋里。

二狗子一看见马国强，脸色立刻变得跟墙皮一个颜色。马国强看出了二狗子的心理变化，他从办公桌上站到地下，两眼直盯盯地看着二狗子。二狗子被马国强看得心里发慌，额头上渗出一层密密的汗珠，屋子里的空气一下子变得紧张起来。就在大家屏住呼吸毫无防备的时候，马国强猛然拍了一下桌子，静悄悄的屋子里像扔了一颗炸弹，吓得二狗子浑身颤抖了一下。

马国强转身走到办公桌前坐下，慢悠悠吸了一口烟说，二狗子，你是在这里说呢还是去县公安局集训队说。

二狗子低着脑袋浑身发抖。

马国强又拍了一下桌子说，绑了送县公安局。

二狗子两腿晃了晃跪在了地下说，我说，我说……

马国强说，站起来说。

两个小伙子把二狗子拉了起来。二狗子结结巴巴地说，不，不是我的主意，是王斌出的主意，你们不能冤枉我。

马国强问道，你们一共有几个人准备逃跑？

二狗子回答道，一共四个人。王斌，张明明，还有王拴拴。

马国强又问，交代你们的逃跑计划。

二狗子说，我们准备明天晚上偷几匹马，拿上藏在山里的干粮就走。王斌说他研究过地图，一直朝东的方向走，沿着青海湖就到了刚察县，到了刚察县就算成功了。

王成喜问，你们从哪里偷的羊？

二狗子说，是张明明他们从一个藏族人家里偷的羊。

杨克明厌恶地看了二狗子一眼，他觉得二狗子就是一条狗。王斌瞎了眼，怎么和这种人成了朋友。身边有一个告密者的朋友，无疑就是一颗炸弹。

马国强看了王成喜一眼说，把王斌抓起来。

王成喜挥挥手，两个小伙子跟着他出了门。

马国强在屋子里像毛驴拉磨似的走了一圈又一圈。二狗子哭丧着脸说，饶了我吧马场长，我说话算话，我就是死在这里也再不逃跑了。

马国强看着二狗子说，我相信你一回。从今往后，吸取教训，好好劳动。王斌就不一样了，他是主犯，必须去集训队接受劳动改造。我给你一次改正的机会，希望你珍惜这次机会。

二狗子点头哈腰一个劲地说，谢谢马场长，谢谢马场长……

马国强说，你先回去吧，有事再找你。

二狗子给马国强深深鞠了一个躬，转身风一样没了影子。二狗子走了没多久，王斌就被押到了办公室。王斌一看见杨克明，扑上来朝着杨克明脸就是一拳，杨克明，你狗日的是个叛徒。

杨克明踉跄了一下，鲜血立刻从鼻孔里流了出来。几个小伙子不由分说，七手八脚就把王斌绑了起来。

马国强看着王成喜说，今天晚上就在办公室待着，明天早晨把他送到县公安局集训队。

王成喜说，知道了。

马国强指着小伙子们说，今天晚上你们就别回去了，明天早晨跟王队长一块去集训队。

小伙子们点了点头。

马国强看了杨克明一眼说，咱们回去吧。

杨克明看了看王斌，跟着马国强出了房门。走出房门之后还能听见王斌在叫骂，杨克明你这个叛徒，你不得好死……

在返回农场的路上，两匹马儿踏着清亮的月光奔跑在梦幻般的草原上。一路上马国强和杨克明谁也没有说话，就像两尊沉默的雕像。夜空中偶尔从远处传来几声孤独的狼嗥，声音显得空旷而苍凉。

杨克明几乎一个晚上没有入睡，他翻来覆去就像热锅上的蚂蚁一样。只要他一闭上眼睛，王斌那双愤怒的眼睛就浮现在眼前。看着那双愤怒的眼睛，他觉得自己猥琐得有些可怜。虽然他心里明白自己没有出卖兄弟，可是猥琐的阴影始终笼罩着自己。自从来到农场之后，他一直努力工作好好做人。可是，事情往往搞得一团糟，和他的想法背道而驰。他觉着自己生活得非常失败，既失去了兄弟又得罪了马国强。他知道在王斌的事情上，马国强对他产生了看法，可是，他又无法解释自己，他觉得自己尴尬的现状正应了那句老话，哑巴吃黄连有苦说不出。

这个晚上可以说是一个糟糕的晚上，是杨克明来农场最痛苦的一个晚上。他觉得自己一夜之间变得人不像人鬼不像鬼，就跟随手扔掉的垃圾一样不值钱。漫漫长夜里他辗转反侧，直到第二天太阳照进屋里时，杨克明也没有合上眼睛。老王已经走了，空荡荡的宿舍里只有他自己。他懒懒的躺在床上望着屋顶。屋顶上没有天花板，几根不规则的圆木就是房梁，圆木上面盖着一层密密麻麻的黑刺，黑刺有长有短就像一片乱七八糟的绳头吊在空中。杨克明叹了一口气，不情愿地坐起来穿上衣服，懒洋洋地下床打开房门。一片明亮的阳光扑面而来，阳光里还站着气喘吁吁的翠平。杨克明吃了一惊，他睁大眼睛看着翠平问道，翠平，你怎么来了？

翠平抬起手擦了一把额头上的汗说，克明哥，王斌让人家抓走了，听说要送到县公安局集训队。

杨克明点点头说，我知道。

翠平问，那怎么办呀，咱们得想想办法。

杨克明打开房门示意了一下说，进屋再说。

翠平跟着杨克明进了屋子。杨克明倒了一碗水递给翠平说，水不太热，暖水瓶不保温。

翠平接过水碗，一口气喝了碗里的水。

杨克明问，我再给你倒一碗？

翠平把碗递给杨克明说，好了，不喝了。

杨克明坐在床上说，翠平，你坐。

翠平坐在老王的床上说，我看见王成喜领着几个背枪的人，把五花大绑的王斌带走了。王斌看了我一眼，就把脑袋低了下去。

杨克明说，昨天晚上去抓王斌的时候我也在。

翠平惊讶地问道，那你咋不通知一下王斌呢？

杨克明说，马场长领了几个人，根本没有机会去通知他。

翠平忽然发现杨克明肿大的鼻子，便站起身子走过去问道，克明哥，你的鼻子怎么了？

杨克明说，王斌打的。他看见我在场，就以为是我出卖了他。其实，出卖他的人是他的朋友二狗子。我理解他，碰上这样的事情，谁的心情也不会平静。

翠平用手轻轻摸了一下杨克明的鼻子问，克明哥，疼得厉害吗？

翠平简简单单一句话，就像一股暖流让杨克明紧绷的神经松弛了许多。他一把捏住翠平的手，眼睛里泪花闪闪。翠平一句话也没有说，就那么直愣愣地站在他面前，任凭杨克明紧紧捏着自己的手，心里就像长满了鲜花的草原。就在翠平陶醉在这种幸福的气氛中时，杨克明放开翠平的手，他抹了一把眼睛笑了一下说，我这个人真的好没有意思，跟个孩子一样，翠平，你不要笑话我。

翠平转身回到床边坐下说，克明哥，看见你这个样子，我心里难受。

杨克明说，没事了，我就是一时激动。现在好了，心里痛快了。

翠平说，克明哥，咱们和王斌从小一起长大，又一起背井离乡来到这里，我觉得不管他咋样，咱们不能看着不管。

杨克明说，我也是这么想的，可是，公安局一个熟人也没有，到底该怎么办我也不知道。

翠平说，给马场长好好说说，让他去公安局把人领回来。

杨克明想了想说，现在马场长正在气头上，去找他说情恐怕事与愿违。我看还是先等等，过了这一阵子再给马场长说。

翠平站起身说，那我回去了，晚了又该受批评了。

杨克明问，你是走着来的？

翠平说，看见王斌被抓，我一急就跑来找你。

那你走吧。杨克明说完做了一个走的手势。

翠平看了杨克明一眼，恋恋不舍地走了。走出农场大院后，翠平也说不清楚自己怎么莫名其妙地流下了眼泪。离农场院子不远就是清亮的布哈河，翠平走到河边蹲下身子洗了一把脸，虽然河水冷冰冰的，可她觉得心里痛快多了。就在翠平站起身子时，身后响起了马蹄声。翠平转身望去，杨克明骑着马已经到了跟前。翠平疑惑地望着杨克明问道，克明哥，你要去哪里？

杨克明说，快上来，我送你回去。

翠平把湿淋淋的双手在衣服上擦了擦，就把手伸给了杨克明，然后踩着马镫爬上了马背。杨克明说了声抱紧我的腰，枣红马就冲进了布哈河。看着四溅的河水在阳光下闪闪发光，翠平的鼻子忽然一酸，她觉着闪闪发光的河水刺着了自己的眼睛，泪水不由自主夺目而出，一滴滴落在了杨克明的衣服上……

刘小香从农业队回来，在家里转了一圈就要出门。刘大香看了妹妹一眼说道，马上要吃中午饭了。

刘小香说，我去杨克明那里看看就回来。

刘大香喊道，回来，姐有话跟你说。

刘小香说，有话等我回来再说。

刘大香三步并作两步堵在门口说，你不能去找杨克明。

刘小香问，为啥？

刘大香就把刘厚民小舅子的事情告诉了妹妹。刘小香听了姐姐的话，不屑地撇撇嘴说，我不同意，他是剃头挑子一头热。

刘大香拉着妹妹坐在炕沿上说，你激动啥，坐下听我说。

刘小香捂住自己的耳朵说，我不想听。

刘大香把刘小香拉到炕边说，妹子，你千里迢迢到姐姐这里为了啥？不就是图个有穿有吃，嫁一个好男人吗。人家刘书记的小舅子在县公安局工作，姐姐是县医院的大夫，这样的人家打着灯笼也找不到。你要是嫁到刘书记家，就等于掉进了蜜罐里，不愁吃不愁穿，还能去县城里工作。

刘小香一脸决绝地说，再好我也不眼热，就是皇宫我也不稀罕。

刘大香问道，那你稀罕啥，稀罕黑不溜秋的青稞面馒头，稀罕这个前不着村后不着店的鬼地方？

刘小香说，你就是这山看着那山高，就想攀高枝攀荣华富贵。我不稀罕攀高枝，我害怕掉下来摔死。

刘大香听完生气地说，你咋这样说话，我还不是为你好。你在老家我管不着，你在我这里，我就得替你做主。

刘小香说，我不用你做主，我的事我做主。

刘大香又说道，你这个丫头鬼迷心窍了，杨克明把你的魂勾走了？

刘小香说，他就是把我的魂勾走了。

刘大香举起手打了妹妹一巴掌说，不要脸，好意思说这话。

刘小香跳下炕朝门外走去，刚拉开门就跟马国强撞了个满怀。马国强看着一脸怒气的刘小香问道，这是咋了，这是咋了？

刘小香眼睛里闪着泪花，转身甩给马国强一个冷背。

马国强明知故问，小香，你这是咋了，跟你姐姐吵架了？吵几句嘴有啥，锅碗瓢盆哪有不碰撞的，好了，让人家看见笑话。

刘小香转过身委屈地说，姐夫，你们给我介绍了杨克明，我心里感谢你们。可是，这才几天就变卦了，我又不是个东西，想送给谁就送给谁，你们也得想一想我的感受。

马国强笑了一下说，嘿，我当是啥事呢，原来是这个事情。小香，你坐下，听我给你说说事情的缘由。

刘小香无奈地坐在凳子上。马国强关上门，坐在刘小香对面说，前几天我去县里汇报工作，刘书记有这个想法。我知道你和杨克明的事情，所以就没有答应刘书记。回来我把这个事情说给你姐听，你姐觉着是个好事。说实话小香，你姐也是希望你好嘛，你从老家来投奔我和你姐姐，你姐姐肯定是为你着想……

刘小香打断马国强的话说，姐夫，你们心里咋想的我知道，可是，我觉得杨克明就不错，我是个农村人，也不想攀什么高枝。

刘大香骂道，脑子让驴踢了，放着光明大道不走，非要走阴沟小道。我就奇怪了，你跟杨克明啥关系也没有，咋就这么难舍难分哩。

马国强说，小香，你自己的事情你自己做主，这是你一辈子的大事，我们就是给你提提建议。不过，现在你和杨克明八字还没有一撇呢，跟刘书记的小舅子见见面也没有啥，假如你觉得刘书记的小舅子不错，也不至于错过一个机会嘛，你说是不是?

刘小香说，我不想见。

马国强笑了笑说，不想见就不见，想见就见，这还不是你说了算。

刘小香站起身说，我回去了。

马国强说，吃了饭再走。

刘小香说了一句不吃了，拉开门就走了出去。

刘大香气哼哼地说，肯定是找杨克明去了。

马国强说，杨克明不在家，刚才我去过。

刘大香埋怨道，这个死丫头，气死我了。

马国强说，等她过了五迷三道的劲就好了。

刘大香说，等她过了这个劲，黄瓜菜也凉了。

马国强说，一个人一个命，强扭的瓜不甜。

刘大香说，我还真就不相信这个命。

正如刘大香分析的那样,刘小香果然去找杨克明了。可是她扑了一个空，杨克明不在家。刘小香闷闷不乐地沿着布哈河朝着农业队走去。走了一会儿，当看见河边的土路时刘小香突然停住了脚步，她决定就在这里等着杨克明。她知道,这是去农场的必经之路。想到这里,刘小香觉得轻松了一些。她坐在河边的草地上，静静地等待着杨克明的出现。布哈河两边的河岸上，不知名的野花星星点点，就像漂亮的花布一样让人眼花缭乱。哗哗流淌的河水从眼前流过，刘小香觉得就像流过的日子一样。

刘小香忽然想起那天在县委大院里，领他们去刘书记家的那个小伙子，那个小伙子就是县委刘书记的小舅子。她还隐约记得那个小伙子，个头和杨克明差不多，就跟农场的小伙子一样，没有什么特别的地方。刘小香想不明白，那天在刘书记家里就一会儿的工夫，那个小伙子怎么就开始打自己的主意了？县城里那么多姑娘，怎么他就偏偏看上她这个农村姑娘？想到这里，刘小香觉得刘书记那个小舅子一定是个花花公子。本来刘小香不会想这个问题，因为今天说起了那个小伙子，她才想起了那个小伙子。在她心目中除了杨克明，任何人都不可能挤进来。说不上为什么，当她第一眼看见杨克明时就产生了好感。接触了一段时间后，她觉得杨克明就是她理想中的那种男人。杨克明不但有文化，形象文质彬彬，而且就像自己的哥哥一样让人踏实。她喜欢杨克明这种温柔的男人，让人心里感觉舒服。她讨厌没有文化，脾气暴躁的男人。在老家时她见过太多这样的男人，说话粗声大气，一发脾气就拿老婆孩子出气。村子里有一个叫王二牛的男人，长得跟牛一样健壮。老婆瘦得皮包骨头，还给他生养了六个孩子。家里穷得一干二净，土炕上一张破草席，草席上两床被子跟渔网似的。一家人横七竖八滚在破炕上，就像一群脏兮兮的猪。就这样一个破破烂烂的家，王二牛发起脾气还常常打老婆。打孩子就跟吃饭一样随便，不是一拳一脚，有时像扔抹布一样抓起孩子扔到门外。家里面常常鬼哭狼嚎，一天也没有安静过。父亲活着的时候也是这样，她从小就对父亲这种行为感到愤怒。每一次父亲和母亲吵架，母亲身上便青一块紫一块，她心里难受极了。她清楚记得，有一次过年，母亲不小心打碎了几个碗，恼怒的父亲举手就是一巴掌，可怜的母亲一下就躺倒在锅台下。炉膛里红红的火焰照在母亲痛苦的脸上，她的心像被刀割一样疼痛。从那一刻起，她在心里发誓，哪怕这一辈子不嫁人，也不要这种男人。去年父亲去世后，母亲望着死去的父亲说，死了好啊，你自己不用受罪了，我也不用受气了。说实在的，父亲的死，她心里并没有那么难受，她对父亲的感情很矛盾，谈不上爱也谈不上恨。她觉得，一个打老婆的男人再有本事也让人瞧不起。来到农场之后，除了姐夫马国强之外，杨克明是他接触的第一个男人，就是这个文质彬彬的男人，一下子就走进了她的心里。她觉得，老天爷有眼，给自己送来一个称心如意的男人。

草原上起风了，风把刘小香的头发吹到了眼前，遮住了她的眼睛。刘小香用手把头发撩到一边，一会儿工夫风又把头发吹到了眼前。刘小香心里在想，风这个东西真有意思，看不见摸不着，但的的确确能感觉到。人的心就像风一样，也看不见摸不着，可是随时随地能感觉到。刘小香一边想着一边焦急地向远处望去，远处的草原上有一个馒头大的黑点在慢慢移动。刘小香站起身子来，她感觉那个黑点就是杨克明。

女人的感觉好像是天生的，那种感觉出奇的准确。正如刘小香感觉的一样，那个黑点果然就是杨克明。当杨克明骑着马出现在布哈河边时，刘小香觉得生活美好得就像草原一样色彩斑斓。

看见站在河边的刘小香，杨克明有些吃惊。他两腿用力夹夹马肚子，枣红马就冲进了布哈河里。枣红马刚跨过河，杨克明就跳下马背问道，小香，你怎么一个人在这里？刚才我去找你，她们说你回家了。

刘小香说，我在这里等你。

杨克明问，等我有事吗？

刘小香反问道，没事就不能等你了？

杨克明笑了笑说，你吃中午饭了吗？

刘小香说，我肚子不饿。

杨克明看着刘小香说，小香，你肯定有事情，有事情你就说，跟我还客气啥。

刘小香想了想说，咱们结婚吧。

什么？杨克明吃惊地看着刘小香问道，你说什么？

刘小香又说了一遍，咱们结婚吧。

杨克明说，事情太突然了，我没有一点儿思想准备。

刘小香说，我给你两天时间考虑，考虑好了告诉我。

杨克明问，你姐姐和姐夫也是这个意思？

刘小香说，我的事情跟他们没有关系。

杨克明很认真地说，小香，我觉得今天你好像有啥事情，到底是咋回事？

刘小香说，就是这个事情。

杨克明看着刘小香说，不对，你心里肯定有事情。

刘小香躲开杨克明的目光，扭过脸就看见土路上有一辆马车。她一边朝马车走一边说，我坐马车回去了，你回去吃饭吧。

杨克明看着莫名其妙的刘小香上了马车，重新跨上马背慢悠悠地向农场走去。刚进了农场大院就碰上了马国强，杨克明跳下马背叫了一声马场长。马国强点点头问道，地里的庄稼怎么样？

杨克明说，青稞苗和麦苗长势都不错，地里绿油油一片。

马国强没有说话，点燃一支香烟抽了起来。杨克明犹豫了一下说，马场长，你批评我吧。王斌他们逃跑的事情我知道，王斌曾经找过我一块逃跑，我拒绝了他，也劝说过他不要逃跑。这件事情我没有向你汇报，因为我不想出卖朋友。

马国强说，有一次你告诉我，农业队也有人想逃跑，当时我没有多想，那天晚上王斌打你的时候，我心里一下子就明白了。但我不怪你，如果你出卖了王斌我还真就小看你了，这是一个人的本质问题。不过，逃跑这件事情我还是要批评你。你可以不出卖朋友，你也完全可以想办法阻止他们。但是你什么也没有做，说明你在维护集体利益方面态度有问题。私人感情看得太重，公家利益就会受到损失。咱们这个农场今年才刚刚组建，人员情况也比较复杂，基本上都是农村招来的青年男女。这些青年基本上都是文盲，小农意识严重，有的青年好吃懒做，小偷小摸，干脆就是二流子。你和他们不一样，你是公社干部，这些情况你比我清楚。所以，要管理好这些人的确不容易。不容易也得管啊，组织上把这个农场交给了我，说明组织上信任我。可是，我一个人的力量实在有限，我就是有三头六臂也管理不好这个农场。俗话说，一个篱笆三个桩，一个好汉三个帮，我多么希望大家齐心协力拧成一股绳，帮助我一起把农场办好，把农场真正办成向刘书记说得那样，成为全县，全州，乃至全省的粮食基地。

杨克明听完后说，马场长，你放心，我会努力工作的。

你听我把话说完。马国强继续说，你这个年轻人不仅有农业方面的专长，而且踏实能干。等到农场走入正轨之后，我想也让你挑挑重担，独当一面。

杨克明说，我没有想那么远，我现在就想王斌的事情。马场长，其实王斌不是什么坏人，我们从小一起长大，我了解他，他就是吃不了苦，想家才逃跑的。我求求你马场长，你去县公安局集训队把他领回来吧。

马国强说，克明，你的心情我理解，可是，你想过没有把他领回来的后果。农场的年轻人没有一个安心的，如果现在把他领回来，整个农场就会像决堤的洪水一样把农场彻底毁了。再说，让王斌在集训队改造改造也好，吓唬他一下，让他收收那颗不安定的心，也让他在集训队里洗一洗脑子。

杨克明说，知道了马场长，以后在工作中我会多动动脑子。

马国强说，这就对了，有你一封信，我放在你桌子上了。

杨克明说，马场长，那我走了。

走吧，食堂里饭菜都凉了。马国强边说边示意他快去吃饭。

杨克明把枣红马送回马厩，没有去食堂就跑回了宿舍，迫不及待地从桌上拿起信。看见信封上熟悉的字体，杨克明的眼前立刻浮现出父亲那张慈祥又沧桑的脸。他小心翼翼撕开信封，站在地上看起了信。

吾儿克明：

见信如见面，全家人亦如过年。你母半夜点灯，我逐字逐句复读。家中一切尚可，不必牵挂。去年全村人红红火火大炼钢铁，粮食未收沤烂于地。今年天旱地裂，至今滴雨未落。气温见天烘烤，饥饿已是不可避免。好在为父能靠国粮，一家人稀稠搭配也可度过饥荒。你弟妹学习用功，多少能为家里分忧。只是你一人在外，让家人牵挂。

吾儿克明，在外自省，勤学多问，洁身自好，滋养他人。信中提及女友之事，父母无话可说。现已不是媒妁之言、父母包办之年代。有道是千里姻缘一线牵，成败起落缘分在。

吾儿克明，好自为之。

……

看着信纸上父亲漂亮的蝇头小楷，杨克明忽然异常思念父母和弟妹们。父亲虽然只是村里一个教书先生，可是在他心里，父亲伟岸得如同一座山。父亲没有上过大学，从小在爷爷的私塾里学习。听父亲说，爷爷在县城里上过几年学堂。为了躲避战乱，爷爷回到了村里，整天无所事事，坐立不安，于是就办起了一家私塾。父亲五岁就被爷爷领进私塾学习。新中国成立后爷爷撒手西归，私塾充公变成了村里的小学校，父亲自然而然也就成了小学校的教书先生。父亲是小学校里唯一拿国家薪水，吃国家粮食的老师。母亲虽然没有念过书，但耳闻目睹父亲一言一行，在父亲潜移默化之中，也变得知书达理，受到人们的尊敬。就在杨克明沉浸在幸福的回忆时，老王从外面走了进来。老王把两个拳头大的青稞面馒头放在桌上说，一到吃饭时间，别人跑得比兔子还快，你从来都是磨磨蹭蹭。

杨克明装好信说，又麻烦你了。

老王问，家里来信了？

杨克明咬了一口馒头点点头。

老王说，杨技术员，啥时间你也帮我给老家写一封信吧。

杨克明说，行，吃完馒头我就帮你写。

老王说，光吃凉馒头咋行，食堂我还留了一碗白菜粉条汤，我去给你热一热，一会儿你过来喝。

看着老王出门的背影，杨克明肚子里突然骨碌碌叫了起来。

集训队

杨克明出门正准备去食堂吃早饭，没想到在门口碰上了刘大香。刘大香端着一个小碗说，这么巧克明，我还害怕碰不上你呢。

杨克明问，有什么事嫂子？

刘大香扬了一下胳膊说，屋里说。

杨克明返回屋里后，刘大香把小碗放在桌上说，克明，嫂子油炸了一些花生米你尝尝。这还是从老家带来的，一直没有舍得吃。

杨克明感动地说，嫂子，留着给马场长吃吧，我年轻轻的用不着。

刘大香说，嘴又没大小，叫你吃你就吃呗。

杨克明从碗里捏起一颗花生米扔进嘴里嚼了嚼说，真好吃，老家的味道。

刘大香坐在凳子上说，克明，你坐下，嫂子有话跟你说。

杨克明坐在床上说，嫂子，有什么话你就说。

刘大香轻轻叹口气说，克明，你可别怪嫂子。

杨克明笑了笑说，有什么话就说，我不怪你嫂子。

刘大香说，克明，你是个好小伙子，有文化又有本事，我和老马经常说起你。说老实话，就是因为喜欢你，所以才把小香介绍给你，可是，谁知道事情又有了变化。

杨克明说，嫂子，我跟小香的事情你不要操心，我们一直好着呢。

刘大香说，如果事情真是这样就好了，问题是现在情况变了。

杨克明愣了一下问道，小香有什么想法？

刘大香说，不是小香有什么想法，是县委刘书记有想法。前些日子老马去县里汇报工作，刘书记提出把他的小舅子介绍给小香。老马不同意，小香也不同意。可是，嫂子觉得这个事不能不同意。你想想克明，人家县委书记能看得起咱，咱要是不给人家这个面子，那刘书记的脸往哪里搁呀。你说女人这一辈子图个啥，不就是图个穿衣吃饭吗，嫂子不是说你不好，可是你现在的条件不如人家好……

杨克明打断刘大香的话说，嫂子，你不要再说了，我知道你是为小香好，你的意思我明白了。

刘大香不好意思地说，嫂子难为你了。嫂子就是想让小香找一个不愁吃不愁喝的人家。你能替嫂子着想，替小香着想，嫂子谢谢你。

杨克明说，嫂子，我知道我该怎么做。

刘大香站起身说，克明，不要因为这个事你就跟嫂子见外，还是和从前一样，嫂子的家就是你的家。

杨克明点点头说，我不会见外。

刘大香说，那嫂子就放心了。

送走刘大香之后，杨克明觉得心就像一个空壳似的走风漏气。他看了一眼桌上的花生米，伸手抓起一把花生米填进嘴里硌吱硌吱咀嚼起来，咀嚼的嘴角两边不断冒出白色泡沫。就在这个时候，他突然想起了王斌。他把碗里剩下的花生米用报纸包好装进口袋走了出去。

集训队就设在公安局后面的一片荒滩上。一个大大的围墙里面围着几排破破烂烂的平房。集训队里关押的大概有百余人，这些人除了右派就是坏分子。说是集训队，实际上就是劳教队。开始的时候，王斌并不明白集训队的真实含意。晚上躺在十几个人的大通铺上，他觉得没有啥了不起的，顶多关个十天八天的，省得天天下地劳动了。可是仅仅一个晚上，就改变了他的这种想法。那天晚上，他身旁一个戴眼镜的中年人，半晚上靠在墙上不睡觉，一会儿吐出一口气，一会儿又吐出一口气。王斌觉得奇怪，就用胳膊碰了碰那个人问道，你怎么不睡觉，是不是哪里难受？

中年人看了他一眼反问道，你不难受？

王斌说，我没病没灾的难受啥？

中年人摇摇头没有搭理他。王斌又问道，你摇头是啥意思？

中年人说，你真的不知道？

王斌问，知道啥？

中年人说，进了集训队就等于进了劳教队。

王斌吓了一跳，瞪大眼睛问道，你说啥，这是劳教队？

中年人点点头，说是集训队，其实就是劳教队。

王斌说，日他奶奶，没有人给我说这是劳教队，他们说让我来集训队反省几天就没有事情了，狗日的们在骗我。

中年人说，慢慢你就明白了。

王斌打量了一下大通铺上横七竖八的人，一个个灰头土脸，无精打采像得了重病似的。王斌猛然感觉到一种恐怖的气息，这种气息让他感到了害怕。整整一个晚上，他像躺在热锅上一样翻来覆去无法入睡。他开始在心里默默地怨恨杨克明，是杨克明这个从小长大的朋友亲手把自己送到了这里。他无法想象杨克明这么坑害自己到底是为了什么？自己跟杨克明关系一直很好，就像兄弟一样无话不说。就是因为杨克明，他才背井离乡来到这里。没有想到自己千里迢迢跑到这里送死来了，而这个害他的人，就是亲如兄弟的杨克明。他想来想去想不出个头绪，杨克明这么做到底为了什么。想到最后，他终于想明白了，无非是拿自己当垫背的，他好一点点往上爬。一想到杨克明这个怀揣野心的家伙，王斌的牙咬得嘎嘣乱响，恨不能一刀宰了他。

第二天天刚蒙蒙亮，刺耳的起床哨子就把大家闹醒了。咳嗽声，说话声，屋子里就像蜂窝似的乱哄哄一片。半个钟头的洗漱上厕所时间之后，就是开早饭的时候。每个人一勺能照见影子的面糊糊，一个没有拳头大的青稞面黑馒头。轮到王斌打饭时，他跟掌勺的师傅说，多给我一个馒头吧，我昨天晚饭就没有领到馒头。

师傅歪着脖子看了他一眼说，你当你是谁啊，嫌少你到外面吃去。

王斌碰了一鼻子灰，端着饭碗走到院里。那个中年人从后面撵了上来说，小伙子，慢慢你就习惯了。食堂这帮家伙没有一个好东西，你给他一点儿小恩小惠，打饭时他就多给你一个馒头。

王斌说，我穷得叮当响，拿什么给他们。

中年人说，你年轻力壮，正是吃饭的时候，这样长期下去，身体很快就垮了。

王斌看着中年人问，集训队不就是十天半月的事吗，你说长期是啥意思？

中年人说，从我来到集训队，就没有见过谁在集训队十天半个月就能出去。

王斌问，你是啥时间来的，为啥事情到了集训队？

中年人环顾了一下四周小声说，五八年我被打成右派就进来的，到现在已经两年两个月零十二天。

王斌问，右派是个啥错误？

中年人压低了声音说，多说了几句话，就说我反对大跃进，我就成了右派，就这么简单。

王斌说，照你说的意思，只要进了集训队，就没有出头之日了？

中年人说，只要进了集训队，就没有出去的准确日期。

王斌手一软，半碗面糊糊扣在了脚面上，他恶狠狠地骂了一句，杨克明，老子日你亲娘！

杨克明到集训队的时候已经快中午了，他跟看大门的民警说明了自己的来意，可是民警就是不让他进去。就在这个时候，他看见刘书记的小舅子乔玉山从院里走了出来，他犹豫了一下，还是上前打了一声招呼。

乔玉山看了看杨克明问道，你找谁，我不认识你。

杨克明说，我是青年农场的杨克明，那次去刘书记家里汇报工作，还是你领我们去的刘书记家……

乔玉山拍拍脑门说，想起来了，那次还有一个女同志。

杨克明说，对，没错。

乔玉山问，你来集训队有什么事情？

杨克明回答道，前两天我们农场送来了一个叫王斌的青年人，那个青年是我的朋友，我就是想来看看他。

乔玉山说，我知道，就是那个逃跑的青年人。按规定不允许探望的，不过，你大老远跑来了，我就给你破一次例。

杨克明感激地跟在乔玉山后面走进了大院。杨克明看见王斌的时候，王斌正在大院的一个角落里砸石头。乔玉山走到王斌跟前喊了一声，王斌扔下手里的榔头，站起身子转了过来。

杨克明走过去说，王斌，我来看看你。

王斌紧皱着眉头，两眼怒视杨克明没有说话。

杨克明说，马场长说了，过些日子就把你接回去。

王斌没有说话，依然怒视着杨克明。

杨克明从口袋里掏出一个小纸包说，没有啥好东西带给你，这是刘大香嫂子炸的花生米你尝尝。

王斌毫无表情地撇撇嘴，然后像只老虎似的冷不防跃起来将杨克明扑倒在地，骑在杨克明身上挥拳就打。反应过来的乔玉山赶紧上前，一脚将王斌从杨克明身上踹翻在地，躺在地下的杨克明已经满脸是血。

杨克明从地上爬起来说，王斌，你打我骂我，我都不怪罪你。我只想告诉你，我没有你想的那么龌龊，我不是告密者，我还是从前的杨克明。

王斌躺在地上大声骂道，杨克明，我日你娘，我跟你狗日的不共戴天。

乔玉山走过去踢了王斌一脚，四六不分的家伙，人家好心好意来看你，你跟个疯狗一样喊什么。

王斌猛然从地上跳起来，冲着乔玉山喊道，我就是四六不分咋了，有本事你打死我。

乔玉山抬起手打了王斌一个耳光说，你小子活腻了。

王斌抹了一把鼻子上的血说，老子就是活腻了，你把老子打死。

杨克明急忙上前把乔玉山拉到一边说,他不是冲你发火,他是冲我来的。

乔玉山沉下脸说，你也走吧，跟这种家伙扯什么交情。

杨克明看了王斌一眼，跟着乔玉山屁股后面走了。

离开集训队之后，杨克明心情沮丧得像丢了魂一样。他恍恍惚惚骑在马背上，任凭枣红马在草原随意奔跑。当枣红马跑到布哈河边时，杨克明勒住了马缰绳，他从马背上跳下来，蹲在河边发疯似的往脸上撩着河水。冷冰冰的河水，让他清醒了许多。他呆呆地望着哗哗流淌的河水，双手捂住脸呜呜地哭了起来。站在一旁的枣红马望着哭泣的杨克明，蹄子用力刨着草地，不时扬起脖子嘶鸣一声，那低沉伤感的声音被草原上刮过来的一阵风带到了更远的地方。

星星去哪了

晚上睡觉的时候还没有什么异常，早晨起来杨克明半个脸肿得像一个面包。老王问他怎么回事，他说不小心从马背上摔了下来。老王说用冷毛巾敷在脸上消肿能快一些。杨克明按照老王说得那样，在冷水里湿了湿毛巾敷在脸上。又烧又疼的脸被冰冷的毛巾刺激着，烦躁了一夜的心慢慢平静下来。老王抽了一会儿烟锅，扔下一片烟雾走了。挡不住的阳光从门外闯了进来，明晃晃照亮了整个屋子。杨克明搬了一个凳子坐在门口，一边用毛巾托着半个脸一边闭上眼睛懒洋洋晒着太阳。

草原的天空干净得跟大海似的一尘不染，空气里散发着淡淡的青草味。敷在脸上的冷毛巾已经没有了凉气，杨克明站起身打算再湿一湿毛巾，无意之中他看见刘大香从山墙那边走了过去。望着刘大香的背影，他突然想起刘小香今天要来找他的事情。想到咄咄逼人的刘小香，杨克明转身回到屋里，穿了一件衣服就去了食堂。他跟老王多要了一个青稞面馒头，说自己到地里去中午不回来了。

老王把馒头递给他说，你这个样子就别下地了，在家里休息休息。

杨克明说了一句不碍事，接过馒头出了食堂。

杨克明骑着马儿一出了农场院子，颓丧的心情渐渐好了许多。枣红马在草地上轻松地奔跑着，他觉得自己也像枣红马一样在草原上轻松奔跑。

暖洋洋的天气把草原变得像母亲一样温暖。前些日子还能看见的残雪已经无影无踪，鲜花盛开的草地一眼望不到头。

杨克明毫无目标的策马游走，枣红马仿佛知道杨克明的意思，甩开蹄子朝着肖合力雪山奔跑。洁白的肖合力雪山在阳光下闪烁着白色的光芒，山顶上的云像一堆乱七八糟的棉花堆在山顶。杨克明打算去看看肖合力雪山，可是拐过一个山包后，布哈河挡住了去路。这里河面开阔，河水湍急，哗啦啦的水声一直传向远处。杨克明跳下马背，站在河边望着河水发呆。

他知道，清亮的布哈河水从肖合力雪峰下流淌出来，一路奔流不息，蜿蜒穿过草原流向青海湖。他打消了去看肖合力雪山的念头，一屁股坐在草地上吃起了馒头。吃了一半时他停了下来，把剩下的馒头喂给了枣红马。他轻轻拍拍枣红马的脖子，亲昵地把脸贴到枣红马的脸上。那一瞬间，他觉得心里暖洋洋的就像头顶上的太阳一样。就在这个温馨时刻，他忽然听到河水里发出一阵扑通扑通的声音，他急忙转过身子向河里望去。清亮的河水变得乌龙起来，河水里密密麻麻的湟鱼群争先恐后从河水中游过。河面上像开锅的水一样翻起无数浪花，开阔的水面立刻显得拥挤起来。杨克明被这个壮观的场面惊呆了，他睁大眼睛望着河水中的湟鱼，激动得几乎喘不上气来。他知道河里的湟鱼是青海湖特有的一种无鳞鱼，实际上就是裸鲤，当地人把这种鱼叫作湟鱼。他不止一次吃过这种鱼，虽然这种鱼身体里布满了细小的白刺，但肉质细嫩味道鲜美。让他惊叹和不可思议的是，这里的河里怎么会聚集如此多的湟鱼，密密麻麻挤作一团。杨克明觉得大自然太神奇了，神奇的让人无法想象。就在他不可思议的时候，他忽然想起现在已经是六月份了，他曾经看过一个资料，资料上说每年这个时候，青海湖的湟鱼便会顺着布哈河水逆流而上，返回出生地甩子产卵。想到这里，他明白了，现在正是湟鱼繁殖的季节。难怪，往日平静的布哈河突然变得热闹起来，整个河面在阳光下就像沸腾着满河的金银闪闪发亮。

布哈河一刻不停地在沸腾，看得杨克明有了困意。他身体一歪躺到草地上，两个眼皮立刻变得沉重起来。也不知道睡了多长时间，当他醒来的时候，头顶上的太阳已经开始偏西。他知道时间不早了，不情愿地从草地上爬起来伸了个懒腰，扭头又看了一眼沸腾的布哈河，然后向枣红马走去。

草原上的风没有规律，就像天上的云彩一样随时随地在变换。刚才还风和日丽的艳阳天，一转眼就刮起了大风。扑面而来的西北风穿透了衣服，也把心里的烦闷吹得一干二净，杨克明觉得浑身轻松得就像一个风筝，几乎毫不费力就飘回了农场。可是，当他推开宿舍房门的时候，这种轻松的感觉顷刻间就消散了。没容他做出任何反应，刘小香就像只青蛙似的从床上蹦了起来，你到哪里去了，我等了你半天。

杨克明说，我出去转了转。

刘小香看着杨克明吃惊地问道，克明，你的脸怎么肿成这样了？

杨克明坐在凳子上说，骑马摔的。

刘小香又问，疼吗？

杨克明说，不疼。

刘小香没有说话，转身又坐在了床上。杨克明看了刘小香一眼说，小香，我考虑了两天，我觉得咱俩不合适。

刘小香疑惑地看着杨克明问，你真是这么想的？

杨克明低着头说，我真是这么想的。

刘小香说，你看着我说，你到底是怎么想的？

杨克明抬起头说，就是这么想的。

刘小香看着杨克明问道，克明，你跟我说实话，是不是我姐找你了？

杨克明犹豫了一下说，你姐姐也是为你好，你应该听你姐姐的，她考虑得比较周全，我也希望你能过上好日子。

刘小香站起身子说，我的日子我自己过，谁也不能勉强我。克明，我想好了，我这一辈子就是你的人。

杨克明说，小香，你不要激动，这是一辈子的大事。

刘小香走到杨克明跟前问，你是不是害怕了？

杨克明站起来说，我也是为了你好。

刘小香眼睛里布满了泪花，他看着杨克明说，为我好你就娶我。

杨克明说，我答应你姐姐了。

刘小香继续说道，你又没有卖给我姐姐。你是不是害怕我姐夫，就因为他是你的领导，以后欺负你，给你小鞋穿？

杨克明说，我真的是为了你好。

刘小香提高嗓门说，杨克明你听清楚，你要是为了我好，你就把我娶了。

杨克明张了张嘴，没有说话。

刘小香扑进杨克明怀里，两个拳头鼓槌似的敲打着他的胸脯说，你说娶我，你说娶我呀！

杨克明闭上了眼睛，两串清亮的眼泪虫子似的从眼睛里悄悄钻了出来，顺着脸颊滑了下去，落在刘小香的头发里。刘小香抬起头看了看杨克明，掏出手绢擦去杨克明脸上的泪水，双手抱着杨克明的脑袋，对着杨克明的嘴使劲亲了一下，然后转身跑出了屋子。

刘小香回到家时，刘大香吃惊地看着妹妹问道，咋了，嘴撅得能挂个油瓶，你今天咋回来了？

刘小香走到刘大香跟前说，姐，我求求你，以后不要再管我的事情，我不是三两岁的小孩子了，我的事情我自己会处理好。

刘大香睁大眼睛看着刘小香说，你这是哪根神经又乱了？我告诉你妹子，你听仔细好了，婚姻大事父母做主。娘远在千里之外，我就替咱娘给你做主。你现在啥也别想，想啥也没有用。要想你就想想刘书记家，想想刘书记的小舅子，人家那个家就是一个福窝窝，有多少人想去还没有那个福气哩。

刘小香反驳道，你要想那个福窝窝，干脆你嫁给他小舅子算了。我今天也告诉你，你也听仔细好了，婚姻大事我自己做主，嫁人我就嫁杨克明，除了他我谁也不嫁。

刘大香生气地在妹妹脑袋上戳了一指头骂道，你现在不愁吃也不愁喝，每个月还拿着十几块钱的工资，翅膀硬了是吧，翅膀硬了就学宋江开始反朝廷了是吧，我告诉你妹子，你就是孙悟空，也翻不出如来佛的手心。

刘小香冷笑了两声说，我还就不相信你这个如来佛，我就是不嫁你能把我吃了，你就是把我吃了，我也不嫁给刘书记的小舅子。还是那句话，要嫁你去嫁。

刘大香气得哆嗦了一下，抬起手扇了妹妹一个耳光。

刘小香用手捂着脸说，打死我也不嫁刘书记的小舅子。

此时的刘大香已经气得冲昏了头，骂道，你滚，你滚，这里不是你的家，我没有你这个妹妹。

刘小香扭头冲出了家门。

刘小香一口气跑到院子时，迎面碰上扛着铁锹回来的马国强。马国强问道，小香，你这是去哪里？

刘小香低着头说，农业队。

马国强说，天马上就黑了，明天早晨再回吧。

刘小香说，没关系，天黑前我就回去了。

马国强看着一脸不高兴的刘小香说，还是明天早晨回去吧。

我回去了。刘小香一边说一边匆匆忙忙走了。

望着刘小香的背影，马国强若有所思了片刻，然后，扛着铁锹去了马厩。他牵出自己的马，利索的把马鞍放到马背上，系好马肚带，抬脚跨上了马背。心有灵犀的马儿甩了甩脖子，迈开蹄子朝大门口跑去。马国强追上刘小香之后说，小香，还是我送你回去吧，天黑了一个人不安全。

刘小香看了看马背上的马国强说，谢谢姐夫。

马国强说，什么话，跟我客气啥。

刘小香走到马跟前，马国强伸出手拉着刘小香上了马背。马国强让刘小香搂着自己的腰，刘小香听话地搂住了他的腰。马国强抖了抖缰绳，马儿就小跑起来。过了一会儿马国强问刘小香，跟你姐吵架了？

刘小香有气无力的嗯了一声。

马国强说，你不说，我也知道是为了啥。你姐这个人刀子嘴豆腐心，她是让穷日子过怕了，所以，希望你有一个好的归宿。说良心话，杨克明这个小伙子不错，要不然我也不会撮合你俩人的事情。可是，谁也没有想到半路杀出个程咬金，这个事弄得我也头疼，我是个大男人，又是农场的场长，我亲自给杨克明说合你俩的事情，到头来弄了个搬起石头砸自己的脚。唉，说句老实话，现在见了杨克明我脸上还臊得不成。可是，认真想一想，你姐姐说得也没有错，如果跟刘书记能成为一家人，也算你有了一个好的归宿，你姐也是为了你好啊，一个女人这一辈子最大的幸福，就是嫁个好男人。

刘小香说，姐夫，我知道你挺为难，我也知道你们都是为了我好，可是，我又不是一个东西，今天给这个人，明天给那个人。再说，我就是喜欢杨克明。杨克明不光有文化，关键他这个人善良，跟着他不会挨打挨骂。我害怕打人的男人，也不喜欢门不当户不对的家庭。刘书记家的门槛太高，我也不敢迈进那个家门。

马国强叹口气说，唉，小香，姐夫理解你，你是个好姑娘。这个事情走着看吧，俗话说，车到山前必有路，俗话还说，好事多磨嘛对不对？

刘小香跟姐夫说了一路话，心情也好了许多。她抬起头看见农业队的房子时，拍拍姐夫的背说，好了姐夫，你回去吧。

马国强勒住缰绳说，别再生气了，还是那句话，车到山前必有路。

刘小香滑下马背说，放心吧姐夫。

马国强调转马头走了。望着消失在暮色之中的马国强，刘小香轻叹一声。

马国强回到家里时，屋里已经点亮了煤油灯。刘大香问丈夫怎么这么晚才回来，马国强就把送刘小香的事情说了一遍。刘大香把锅里的饭菜端上桌说，死丫头，把我气得心疼。我看小香是鬼迷了心窍，我说啥话她都听不进去。

马国强说，小香跟你想的不一样，我觉得小香想的也有道理。

刘大香质疑道，咋了，看见小姨子哭鼻子，耳朵根子就软了？

马国强说，我连耳朵都没有了，还有啥软不软的。不过，我觉得小香说得也有道理，门不当户不对，迈进刘书记家这个门槛，是享福还是受气谁也不知道。

刘大香说，国强，你可不能像墙头上的草一样左右摇摆，现在咱俩一定要绑在一起，绝不能让小香的眼泪把咱俩泡塌了。

马国强劝道，大香，小香也不是孩子了，她的事情由她去吧，咱们别当拦路虎了。

刘大香说，怎么能由她自己呢，小香不懂事你也不懂事啊。你想想，既然刘书记提出这个事情，说明人家把咱当了一回事，咱们要是不给人家这个面子，以后你还怎么进步？你要是不能进步，咱们永远也别想离开这个鬼地方。

马国强没有再说话，一边吃饭一边听着妻子唠叨。妻子唠叨累了，端起茶缸骨碌骨碌喝了几口水。马国强吃完饭，把筷子放到桌上说，我出去走一走。

刘大香问，天都黑了，还去哪里?

马国强说，有点事找老王说一说。

刘大香说,你快点回来,我把水都烧好了,我想洗洗身子,你帮我搓搓背。

马国强嗯了一声就走出了房门。走到院子时发现天格外黑，黑洞洞的天空连一颗星星也没有。马国强心里紧了一下,没有多想就去了杨克明宿舍。

正在煤油灯下看书的杨克明听到门响扭头望去，发现马国强已经走进了屋子，他急忙站起身问，马场长，找我有事情?

马国强说，我找老王问个事情。

杨克明说，老王还没有回来。

马国强说，克明，今天晚上天阴的厉害，不会下雪吧?

杨克明说，说不清楚。

马国强说，不应该下雪啊，都六月了还能下雪?

杨克明指着手里拿的书说，资料上说，这里气候寒冷，天气变化无常，四季不分明，五六月份下雪也不奇怪。

马国强忧心忡忡地说，如果真的下了雪，庄稼不是全毁了吗?

杨克明说，如果气温不降到零度以下，就是下雪也没关系，相反，还有助于庄稼的保温和保水。

马国强说，今年是咱们农场第一次种庄稼，也是我第一年当这个场长，但愿能有一个好的收成，别给全县的大跃进拖了后腿。

杨克明搬了一个凳子放到马国强脚下说，马场长你坐。

不坐了，我去食堂找老王。马国强说完就往外走。

杨克明把马国强送出门外，望着黑咕隆咚的天空，他的心里也忐忑不安起来。他没有经历过这里的一年四季，也无法判断庄稼的结果，他唯一知道的一些情况，完全是从当地记录的资料上获得的。他觉得如果只是下雪还问题不大，如果下雪再加上气温大幅度下降，那可就麻烦大了。晚上杨克明钻进被窝，还在想这个问题。整个一晚上他就没有睡踏实，一个晚上起来几次出门察看天气的情况。早晨睁开眼睛就跳下床，急急忙忙出门看天气情况，出乎他意料之外的是，阴沉了一晚上的天空，不但没有下雪反而天气有所好转。肖合力雪山顶上的乌云已经散去，明亮的光芒在一点点向天空扩张。杨克明松了一口气，转身回到屋里开始刷牙洗脸。

老王坐在床上抽着烟锅说，这下放心了吧，昨天晚上你像丢了魂一样，一会儿出去了，一会儿回来了，来来回回折腾了几趟。

杨克明说，担心下雪，担心气温下降。

老王说，你担心有啥用，下不下雪那是老天爷说了算。

杨克明说，我是农业技术员，我得知道天气变化的情况。

老王把烟锅在床边磕了几下，站起身子说，你有没有要买的东西，我今天到县城拉粮食去。

杨克明想了想说，正好牙膏用完了，帮我买个牙膏，你等一下我给你拿钱。

老王说，我也不知道多少钱，买回来再说。

杨克明想了想说,那也行。哎,对了,昨天晚上马场长找你,找到你没有?

老王走到门口说，找到了。马场长写了个要求增加粮食的报告让我送到县委去，我看这个报告也是白写。现在到处都缺粮食，哪有多余的粮食给咱们。

杨克明说，马场长也是没有办法，无非是碰碰运气。

老王嘴里嘟囔了一句，摇了摇脑袋走了。杨克明洗漱完之后，正准备去食堂吃饭，就看见马国强走过来兴奋地说道，克明，天慢慢放晴了，看来不会有啥问题了。

杨克明说，草原的天像孩子的脸，说哭就哭说笑就笑。不像在老家，看看天上的云彩，就能知道个一二三。

马国强说，昨天晚上一夜没有睡好，一会儿梦见丰收了，一会儿又梦见下雪了，一会儿梦见棕熊了，一会儿又梦见狐狸了，你说说我一晚上瞎忙了些啥。

杨克明笑了笑说，马场长，你心理压力太大。

马国强说，虽然我也是农民出身，可我十几岁就当兵走了，对地里的农活也是稀里糊涂。现在把这么大个农场交给我，心里觉得沉甸甸的。在部队我是连长，管着百十号人，那些战士像木偶人一样好管理。转业到这里不行了，把几百口子没有受过训练、毫无组织纪律的青年农民交给我，你说我心里咋能轻松呢？

杨克明说，马场长，按照报纸上的说法，你这也是在创造奇迹。县委刘书记说，在社会主义的今天，什么人间奇迹都能创造出来。

马国强叹气道，不当家不知柴米贵，山歌好唱曲难谱啊！

杨克明说，吃过早饭我想去地里转一圈。

马国强说，好，你去转一圈。我上午去牧业队看看牛奶厂办得咋样了，王生财这个家伙属核桃的，不敲打就没有办法。

那我吃饭去了。杨克明说完向食堂走去。

马国强转身也回家吃饭去了。吃过早饭，马国强先去办公室转了一圈。他从桌子上拿起一张昨天送到的《人民日报》扫了一眼。《人民日报》上的日期是 1960 年 5 月 25 日。马国强算了算日期，整整晚了二十多天。突然一条醒目的标题吸引了马国强的眼球。

1960 年 5 月 25 日　我国登山队从北坡征服珠穆朗玛峰

1960 年 5 月 25 日 4 时 20 分，中国登山队胜利登上海拔 8848 米的珠穆朗玛峰，这是人类历史上第一次从北坡登上世界第一高峰。

年轻的中国登山队员——王富洲，贡布（藏族），屈银华，于 1960 年 5 月 25 日 4 时 20 分集体安全地登上了世界最高峰——海拔 8，882 米的珠穆朗玛峰，从而完成了人类历史上的从珠穆朗玛峰北坡攀上它的顶峰的壮举。我国登山健儿在顶峰竖起红色测量觇标，经 3 天观测，精确计算出珠穆朗玛峰海拔高度为 8848.13 米……

就在这个时候，天空上响起了一阵闷雷声。马国强歪着脑袋听了听，然后放下手上的报纸走了出去。天上乌云多了起来,刚才还有些放亮的天空,转瞬间就变得像块灰不溜秋的破抹布笼罩着天空。马国强放进肚子里的那颗心，随着渐渐阴沉的天空不由自主又提到了嗓子眼上……

杨克明围着庄稼地转了差不多一个上午，庄稼长的已经有一巴掌高了，绿油油的一直铺到远处的山冈下面。特别是麦子的长势比青稞还要好，望着绿油油的麦苗，杨克明心里有些后悔了，当初马场长说得也许有道理，应该青稞麦子各种一半。可是,在毫无把握的情况下,他实在没有这个勇气。如果今年效果不错，那么明年就可以大胆试种。当然，现在说什么都为时过早，一切都得等到秋后才能下定论。离开麦地之后，他跨上马背准备返回农场，拐过一个小山时，杨克明看见山坳里一个破败的寺院周围有不少藏族人在磕头。寺院门前一个泥土砌成的香炉里青烟缕缕。杨克明觉得好奇，骑着马走了过去。望着那些虔诚的藏族人，他跳下马背走到一个青年人跟前打了一声招呼，你好!

那个青年人也对着他笑了笑，露出一口雪白的牙齿回敬了他一句，你好!

杨克明没有想到，眼前这个藏族青年汉语说得这么流利，他觉得这个青年一定是县里学校的老师。于是他继续问道，你是学校的老师吧?

青年人说，我还是民族学院的学生。不过，今年就毕业了。

杨克明点点头，怪不得你汉语说得这么好。我是青年农场的，路过这里时，看见这么多人在磕头，我挺好奇的，这些老乡磕头是什么意思?

青年人说，这是藏族人的一个节日，叫娘乃节。每年农历四月初的时候,我们藏族人就开始过这个节日,这个节日一般要过九天。从第一天开始,牧民信徒们就开始断绝饮食修苦行,当然也不是完全禁食,如果饿得不行了,也可以吃一点儿东西。信徒们在寺院周围扎好简易帐篷集体守斋，第七天中午吃一次素食，第八天戒语，就是禁止说话交谈，第九天结束。这个节一年过两次，九月下旬还有一次。

杨克明点了点头说，知道了，我以为是祈求佛祖保佑什么呢。

青年人又笑了笑，雪白的牙齿就像白瓷一样闪着光泽，你们农场为什么在这里种青稞麦子？这里从来就是牧场，不可能变成农场。

杨克明说，上级领导有一个打算，想把这里变成一个米粮川。既能种粮又能放牧的西部江南。

青年人说，老乡们说，这里要是能种出来麦子，牦牛头上就能长出三只角。

杨克明看了青年人一眼，青年人也看了他一眼。杨克明觉得青年人不屑的眼光有些嘲讽的意味，他心里很不舒服。他觉得没有什么话再说，就告别了青年人，慢悠悠地拉着马走了。走出山坳的时候，草原上刮起了风。杨克明望了一眼灰蒙蒙的天空，天空上越来越厚的云层，让他的心变得有些沉重。

一只黑色的鹰站在一块突兀的石头上。由于离得不是太远，杨克明看清楚了黑鹰淡黄色的喙和淡黄色的爪。他拉住马缰绳，直盯盯望着那只鹰，那只鹰也直盯盯地望着他。在老家时，他见过老鹰在村子上空极有耐心地盘旋，然后闪电似的俯冲下来抓小鸡，鸡飞狗跳的场面就是现在想起来还是那么震撼。不过，他从来没有这么近距离观察过草原上的鹰。他想再往前走一点儿，但是这个想法刚冒出来，山冈上的鹰就跃了起来，两个足有一米多长的翅膀忽扇了几下，就从他头顶上飞了过去，他清楚地听见有力的翅膀拍打空气的声音，那种力量让他感到有些不可思议。他扭头四处寻找着黑鹰，灰蒙蒙的天空上已经没有了黑鹰的影子。

杨克明回到农场已经中午了，这时候天空飘起了雪花。杨克明把枣红马送回马厩之后，出来就站在院子里望着天空。零零星星的雪花有铜钱般大小，轻飘飘的好像无数白色蝴蝶在飞舞。杨克明伸出手掌，雪花落到手掌上就融化了。空荡荡的地面上，没有堆积雪花。杨克明放心了，目前的气温不会被雨雪造成灾害。

温柔的雪花飘飘洒洒下了一夜，早晨突然刮起了西北风。在猛烈的西北风中，温柔的雪花摇身一变，变成鸡蛋大小的冰雹。迅猛的冰雹像密集的碎石子一样从天而降，砸得窗户玻璃破碎了一地。响亮的声音之中杨克明被惊醒了，他翻身跳下床，光着脚丫子跑到门口拉开房门，朦朦胧胧的天色里，冰雹戛然而止，门口的地面上铺了厚厚的一层冰雹。

马国强和杨克明几乎是不约而同奔向马厩。俩人把马拉出马厩，连马鞍都没有来得及放，跨上光溜溜的马背就向大门口奔去。静悄悄的草原上，两匹马儿踏着满是冰雹的草地奔跑。跑到庄稼地的时候，两匹马儿已经大汗淋漓。马国强和杨克明跳下马背,走到庄稼地边上。庄稼地已经被厚厚冰雹覆盖，看着就像铺满了一层光滑的鹅卵石。杨克明用手挖开冰雹，冰雹下面的庄稼没有一棵能站立起来。杨克明两腿一软跪在了地里。

马国强一个屁股蹾坐在地上，扯着嗓子骂了一句，老天爷，我操你娘!

望着一片狼藉的庄稼地，杨克明想起十八年前的河南老家，那一年他才三岁，什么也不记得，只是听母亲说那一年是民国三十一年，老家发生了大饥荒，家家户户都揭不开锅，房前屋后，村前村后的榆树都被扒得光溜溜的跟擀面杖一样，家家户户都有饿死的人。实在活不下去，全村有一半人出门逃难，村子白天晚上安静得没有一点儿声音。后来他长大了，陆陆续续从大人们嘴里听说了那一年的事情。那一年就是一九四二年，老家大旱，又是抗战时期，老家有不少国民党部队。这些部队不顾大灾之年，对水深火热之中的老百姓强征暴敛，使得老百姓雪上加霜。就是因为那一年的故事太惨烈了，所以，初中毕业的他放弃了读高中的机会，毅然决定报考农业技术学校，目的就是发展农业，不让父老乡亲再过那种苦难的日子。没想到在老家没有实现自己的抱负，来到这里同样无法实现自己的抱负，一场冰雹就轻而易举击碎了他美好的理想。当天晚上他几乎一夜没有睡觉，他开始怀疑这场毁灭性的灾难，是出人意料的天灾，还是我们过于自信过于盲目的问题。从一开始他就觉得这里不适合种粮食，可是大跃进的豪迈又是那么的鼓舞人。报纸上雪片似的振奋人心的消息，难道全部都是千真万确的？如果不是千真万确的，怎么可能堂而皇之发表在党报上面。说心里话，他无法想象一亩地里怎么就能长出几万斤粮食，可是，真的就长出来了几万斤粮食。他不知道是自己太幼稚，还是这个时代太幼稚。想了一个晚上，越想越糊涂，他觉得自己就像喝多了酒一样，一切都变得迷迷糊糊，变得不可思议。直到天快亮的时候，他才迷迷糊糊睡着了。

跟杨克明不同的是，当天晚上马国强病倒了，并且开始发高烧。整整一个晚上嘴里不停地说着胡话，吓得刘大香不知所措。刘大香一会儿就给丈夫额头上换一块凉毛巾，一会儿又给丈夫嘴里喂一口凉开水，可是浑身仍然像一个火炉一样热得烫人。刘大香觉得今年丈夫不知道被哪个小鬼跟上了，要不然一个倒霉接着一个倒霉，春播的时候让棕熊扯去一只耳朵，耳朵好了没有几天，庄稼又让冰雹毁了，现在丈夫又烧得跟火炭一样。想着想着她突然想起在老家时，有一次自己也是发高烧，娘在屋子里烧了几张纸，又在自己身体上面绕了几圈，口中念叨着一些没有听清楚的话。说也奇怪，第二天早晨，她的烧居然退了下去。想到这里，刘大香跳下炕，找出一张报纸在煤油灯上点着，学着娘的样子，嘴里一边念着，大鬼小鬼快出去，大鬼小鬼快出去，一边在丈夫身体上绕了一圈，然后又在屋子里转了两圈，最后，把手里剩下的报纸扔到地下，用脚丫子狠狠地踩了几脚。

第二天早晨，马国强身上没那么滚烫了，刘大香心里痛快了一些。可是，她没有告诉丈夫昨天晚上装神弄鬼的事情，丈夫从来不相信这些东西，她也不想告诉丈夫这些事情。她端了一茶缸水走到炕前说，烧了一晚上，嘴上都烧起了水泡。

马国强坐起身子，接过茶缸说，嗓子眼里跟着火一样。

刘大香说，吓死人了，怎么好端端的就发起了高烧。

马国强一口气喝完了茶缸里的水说，我梦见老家的山上着火了，我一个人在山上救火哩，这边的火扑灭了，那边又烧了起来，我跑过来又跑过去，把人累死了。

刘大香接过丈夫手中茶缸说，啥也别说了，躺进被窝睡觉。

马国强看了看妻子，重新躺进了被窝。

刘大香见丈夫躺下了，就出门去食堂找老王。找到老王之后，就把丈夫生病的事情说了一遍，想从食堂里借几个鸡蛋，给丈夫补补身体。

老王说，食堂里也没有鸡蛋，不过还有一些羊肉，羊肉熬汤喝比鸡蛋补人哩。

刘大香说，那也行。以后我还你。

老王说，嫂子，你这是在打我的脸。

刘大香说，国强知道了要骂人哩。

老王说，这还不好说，就说别人打了一只黄羊给了一块肉，他又吃不出来黄羊肉和绵羊肉的味道。

刘大香没有说话，跟着老王去库房拿了一块羊肉就回家了。回到家之后，只见丈夫睡得踏实，就忙着去给丈夫做饭。半上午的时候羊肉汤熬好了，刘大香又往汤里下了一些挂面，然后就喊丈夫吃饭。她伸手摸了摸丈夫的额头，发现丈夫的额头滚烫滚烫，刘大香有点害怕了，她急忙跑出门去找杨克明。刚拐过房头，就看见杨克明从办公室走了过来。刘大香走到杨克明跟前，把丈夫的情况告诉了杨克明。

杨克明说，嫂子，你先回去，我去找拖拉机送马场长到县医院。

刘大香说了一句谢谢你，就转身回家去了。杨克明和刘大香分手之后，直接去了农机站。一会儿工夫，拖拉机就停在了马国强家门口。刘大香在拖斗里铺了一块帆布，大家扶着马国强上了拖斗坐在帆布上。

马国强说，用不着大惊小怪，就是感冒发烧。

刘大香从屋里又抱出一床被子交给杨克明说，路上给他披在身上，千万不能再着凉啊。

杨克明说，放心吧嫂子。

刘大香忽然拍拍大腿说，国强，你还没有吃饭呢？！

马国强挥挥手说，走吧。

拖拉机冒黑烟走了，刘大香一直站在门口看着拖拉机从大门口消失。

坐在拖斗里的马国强看着满是冰雹的草原闭上了眼睛。杨克明把被子披到马国强身上说，马场长，嫂子说的对，不能再受凉。

马国强说，到了县城先去汇报工作，把受灾的情况汇报一下，然后再去医院。

杨克明说，马场长，先送你去医院，我去汇报情况。

马国强说，死不了人，不就是感冒发烧嘛。

杨克明没有吭声，望着马国强嘴上的小水泡，他心里一阵酸楚。颠簸的拖拉机在坑坑洼洼的土路上行驶着，坐在拖斗里的马国强和杨克明就像两个不倒翁似的前仰后合左右摇摆。不远处的草滩上几只牦牛用蹄子刨着冰雹啃食青草，那个场面看得让人心生悲切。

拖拉机开进县委大院，停在了县委书记刘厚民的办公室门前。马国强把身上的被子扔在拖斗里，跳下车领着杨克明就去敲刘书记的门。没有想到刘书记不在办公室，秘书说刘书记天不亮就下乡查看灾情去了。马国强把灾情给秘书说了一下，让他一定转告刘书记。汇报完了工作，俩人又爬进了拖拉机的拖斗里。到了医院正好碰上乔玉英值班，乔玉英诊断完之后对马国强说，马场长，先得拍个片子，看了片子才能确诊病情。

马国强说，乔大夫，就是感冒发烧，打两针吃点药就行了。

乔玉英说，你既不咳嗽又不流清鼻涕，不像是感冒症状。刚才给你量体温，你还在发烧，我估计有别的什么炎症。

马国强问，有那么严重？

乔玉英说，严重不严重看了片子就知道了。走吧，我带你去拍片子。

马国强跟在乔玉英屁股后面出了门诊室。走廊最尽头的透视办公室门前站着好几个等着透视的人，乔玉英领着马国强直接进了透视办公室。杨克明没有跟进办公室，在走廊的长椅上坐了下来。长长的走廊里有好多间办公室，每一个办公室门框旁边有一块牌子，牌子上面写着各个科室的名称，这个布局跟老家那个医院差不多。小学六年级的那个冬天，有一天早晨，奶奶肚子疼得在炕上直打滚，父亲和他用架子车拉着奶奶去公社卫生院。公社卫生院检查完之后，卫生院的大夫说奶奶得的是急性盲肠炎，必须送县人民医院开刀。父亲和他又拉着奶奶去县医院。从公社去县城医院有三十里路，那天天空飘着雪花，父亲在前面拉车，他在后面推车，紧赶慢赶到了人民医院已经是下午，他和父亲浑身的衣服都湿透了。父亲把昏迷了一路的奶奶背到急诊室，大夫翻开奶奶的眼睛看了看，表情沉重地对父亲说，瞳孔放大，人已经凉了。

听大夫这么一说，父亲急忙用手去摸奶奶的脸和手。奶奶的脸和医院的墙皮一样苍白，她的脑袋歪在父亲怀里一动不动。回去的路上，天空白茫茫一片，片片雪花落在他和父亲的脸上就变成了水，雪下了一路，脸上的雪水也流了一路……

就在杨克明想奶奶的时候，乔玉英领着马国强从透视办公室走了出来。乔玉英一边走一边说，马场长，片子明天才能出来，你现在就开始输液，等明天片子出来后才知道哪里有问题。

马国强说，乔大夫，有啥大不了的还非得住院。

乔玉英回到办公室说，马场长，我再给你量一次体温，如果烧退了你就回去，如果没有退你就得住院。

马国强没有说话，坐在凳子上开始测量体温。几分钟后马国强把体温表掏出来递给乔玉英，乔玉英看了看体温表说，马场长，你还在发烧，必须住院输液。

马国强看了看杨克明，杨克明说，马场长你就住院吧，彻底检查一下。

马国强无可奈何地说，好吧。

离开医院之后，杨克明上街给马国强买好了碗筷和洗漱用具就要回去，马国强说，回去告诉你嫂子，输两天液，烧退了我就回去了，让她别操心。

杨克明说了一声知道了，就离开了病房。

第二天上午刘厚民来医院看望马国强，当时马国强正躺在床上输液，一看见刘厚民进来，马国强急忙坐了起来。刘厚民将马国强按到床上说，躺下，躺下。

马国强说，刘书记，你工作忙还来干啥。

刘厚民坐在凳子上说，昨天晚上乔玉英说了你的情况，再忙也得来看看你。

马国强难过地说，刘书记，一场冰雹，农场的庄稼全毁了。

刘厚民沉重地说，不仅仅农业受了灾，牧业受灾一样严重。昨天我跑了一天，受灾的面积大，灾情严重。据说，这是几十年未遇的冰雹灾害。

马国强问，那怎么办啊？

刘厚民说，毛主席早就说过，我们的同志在困难面前，要看到前途，要看到光明，要鼓起我们的勇气。毛主席说得好啊，就像是给我们说得一样。在通往共产主义的道路上不会一帆风顺的，不是这样的困难，就是那样的困难，关键是我们要有勇气去面对困难、解决困难、战胜困难。冰雹毁灭了我们的农牧业，但是冰雹毁灭不了我们的决心和勇气。今年失败了还有明年，明年失败了还有后年，只要有愚公移山的精神，没有干不成的事情。就像我们党的革命历程一样，经过五次反围剿，经过八年抗战，又经过三年的解放战争，革命才取得了彻底胜利。

刘厚民一番慷慨激昂的话就像打气筒似的，让泄了气的马国强气球似的一点点又膨胀起来。他觉得在刘厚民面前，自己渺小得有一些可怜，脆弱得不像一个男人。想到这里，马国强看着刘书记说，刘书记，我明白了。天大的困难也吓不倒我们大干社会主义的决心，也阻挡不了我们前进的步伐。

刘厚民拍拍马国强说，虽然我们面前有困难，可是我们的前途无比光明。

马国强用力点了点头。

刘厚民看了看手腕上的表说，好好治病，有什么困难就给乔玉英说，我还有一个碰头会要开。

望着刘厚民的背影，马国强觉得浑身轻松了许多。

下午的时候，马国强的透视片子洗出来了，乔玉英从片子上没有发现问题。她又拿着片子和其他大夫会诊，结果还是没有发现问题。乔玉英觉得奇怪，身体内部没有炎症怎么会一直发烧。她拿着片子去了病房，马国强看见乔玉英走进病房便问道，乔大夫，有什么问题吗？

乔玉英走到床前说，没有什么问题。

马国强一脸的轻松，说，我说嘛，就是感冒引起的发烧，没有什么大不了的。

乔玉英说，要是感冒发烧，吃了退烧药就应该退烧的，可是，今天早晨你依然在发烧，这就有点奇怪了。

马国强说，休息两天就好了。

乔玉英看着马国强没有耳朵的脸问道，马场长，你耳朵受伤的地方有什么不舒服吗？

马国强下意识地摸了一下没有耳朵的脸说，有时候像针扎一样疼，不过一会儿也就没事了。

乔玉英笑了笑说，我怎么就没有想到呢。其实，就是受伤耳朵的问题。你这只受伤的耳朵一直没有好利索，一直在发炎，所以才会引起发烧。这下算是弄明白了，马场长，你可以出院了。不过，回去以后消炎药不能停。

马国强翻身下了床，一边收拾东西一边说，那我就回去了。见了刘书记替我说一句话，就说我马国强不会被困难吓倒的。

乔玉英把马国强送到门口停下脚步说，马场长，老刘给你说了没有，关于我兄弟玉山和你小姨子的事情?

马国强愣了一下说，说过这件事，只是这一阵子忙得晕头转向，我还没有顾得上问小姨子呢。

乔玉英说，说来也是缘分，那天你小姨子她们来找老刘，还是玉山把她们领到家里的。别说玉山了，我第一眼就看上你小姨子了，我还开玩笑说，马场长在家开花店呢。

马国强说，一个农村姑娘，又没有啥文化，我怕配不上你兄弟。

乔玉英说，不是我说你马场长，你这个思想有点问题，什么时候了还讲门当户对这些封建的东西，农村姑娘怎么了，农村姑娘朴实勤劳，没有资产阶级娇小姐身上的臭毛病。再说了,我家玉山也是农村出来的,要说门当户对,他们俩正好门当户对。

马国强说，如果能成，当然是一件好事情。

乔玉英说，所以咱们要给他们创造条件，我知道姑娘脸皮薄不好意思，要不然哪天让玉山抽时间去农场和你小姨子见见面?

马国强说，我回去问一问小姨子。

乔玉英客气地说，对了马场长，吃了中午饭再走，我马上就下班了。

马国强说，我还是回去吧，家里事情多着呢。

乔玉英没有再挽留，马国强提着东西走出了医院大门。马国强站在大门口东张西望的时候，一辆拖拉机开了过来，当他看见站在拖斗上的妻子时，马国强咧开嘴笑了，自言自语说道，正瞌睡呢枕头就送来了。

第四章　风景如画

长翅膀的奶牛

冰雹之后天气出人意料的热了起来，天蓝得透明透亮，云彩就像撕碎的羊毛一样懒懒散散随意飘在空中。草原又变得生机勃勃一片翠绿，各种野花在温暖的阳光下竞相绽放。远处的肖合力雪峰在阳光里开始融化，融化的雪水把布哈河变得更加清亮更加欢畅。河岸两边的黑刺在河水的滋润下，枝条上已经结出密密麻麻的青涩果实。

就在风景如画的日子里，农场几个生产队连续不断跑了一百多人。这一百多人里有少一半是女青年，甚至还有个别党员干部也逃跑了。

马国强气得把桌子快拍散架了。生产队长们的脸像霜打的茄子，坐在凳子上一个劲抽烟，屋子里烟雾缭绕跟着了火似的。马国强指着灰头土脸的队长们骂道，早就给你们敲过警钟，你们就是不听。照这样逃跑下去，农场还怎么办？王生财，你们牧业队又逃跑了多少人？

蹲在墙角的王生财慢腾腾站起来说，唉！咋说哩马场长，我都没有脸面跟你说，这个牧业队让我伤透了脑筋……

马国强提高了嗓门说道，有屁就放，啥时候了还跟个娘们似的。

王生财说，我们牧业队也跑了十几个，还有牛奶厂……

先别说你那个牛奶厂。马国强烦躁地打断王生财的话问道，我问你到底跑了十几个人？

王生财装模作样掰着指头算了起来，马国强不耐烦地拍拍桌子吼了起来，算不过来把袜子也脱了掰着脚趾头一块算。

王生财放下手说，马场长，算来算去不说牛奶厂不行啊，牛奶厂一共三个人，跑得一个不剩，还偷走了两头奶牛，加起来一共跑了十三个人。

马国强听完控制了一下情绪说道，战场上这样，肯定是溃败。虽然咱们农场不是战场，但是这么个跑法，肯定也是一败涂地。大家说一说，有什么办法不让他们逃跑。他们年轻人不懂事，不知道逃跑的严重后果。你们这些当干部的要告诉他们，咱们农场是国有农场，人员编制国家都备了案。咱们不是农村的自由市场，想来就来想走就走，也不是收容所，想来就住一晚上，想走抬脚就走，这还像啥样子？！农场要给每一个逃跑人员家乡的政府写公函，让当地政府把他们押送回来，问题严重的坏分子，交给县公安局处理。大家都说一说自己的想法。

王成喜想了想说，为啥这些人不安心工作，千方百计想办法逃跑呢？客观原因是气候条件不好，生活条件差，认为农场没有啥前途，主观原因我认为还是思想教育的问题。没有在青年人中树立起吃苦耐劳的精神，没有树立起革命的乐观主义思想，所以，导致了青年人不求上进，思想涣散，不安心工作，出现了打架赌博，盗窃公家财产和逃跑现象。我们队虽然逃跑的人不多，可是有一些人散布谣言扰乱人心，起到了严重的危害作用。对于这一部分人应该严肃处理，起到打击一小撮教育一大批的作用。

王生财接着也说，我们队的张有贵就是一个害群之马。这个人在老家就是一个好吃懒做的二流子。成天啥也不干，一有机会就往姑娘宿舍钻。听说还偷偷摸摸看姑娘上厕所，偷姑娘的裤头和袜子，吓得姑娘们一看见他就像看见狼一样，闹得人心惶惶。

马国强说，把这个张有贵送到县公安局集训队，各个队找一两个典型都送到集训队接受劳动教养。现在农业受灾无法正常工作，除了上午平整土地，加固水渠之外，下午一律开始学习整顿，提高觉悟，树立信心，并且对不良现象开展严肃批判。牧业队除了在外的放牧人员一律开始学习整顿。场部机关干部也要下到各个队参加学习，监督整顿。一句话，咱们干部首先要有信心，要有不打胜仗不收兵的决心。

沉闷的会议一直开到中午才结束。马国强留大家在食堂吃了一顿简单的中午饭之后，大家回到办公室门前各自解开自己的马缰绳，纷纷跨上马背一阵风似的离开了场部大院。马国强走到办公室门口停住脚步，他看了一眼杨克明说，克明，明天你去牧业队参加学习。王生财这个人窝窝囊囊，我对他没有信心。虽然他也是当兵出身，在部队还当了几天排长，可是没有一点儿领导能力，办事还不如个娘们。你去了之后，拿出一些办法，改变一下牧业队的面貌。

杨克明反问道，马场长，你看我行吗？

马国强说，你有脑子，也有文化，我看没有问题。你放开胆子干，我支持你。

杨克明说，我试试吧。

马国强鼓励道，你年轻，是咱们农场的培养对象，肩膀上压压担子，多锻炼锻炼，对以后的工作有好处。

杨克明说，那我今天就住到牧业队去，晚上跟王队长商量商量，研究一下工作方案和具体计划。

马国强点点头说，也好。

杨克明匆匆忙忙走了。马国强回到办公室端起茶缸喝了几口水，屁股一歪坐在办公桌上，刚拿起一张报纸，就听见汽车马达的声音。他抬起头朝门外看了一眼，一辆嘎斯吉普车停在了门口。这辆嘎斯汽车他认识，是县委刘书记的汽车。马国强心里惊了一下，扔下手里的报纸走了出去。让马国强没有想到的是，乔玉英和一个小伙子从吉普车里钻了出来。马国强有点惊讶地问道，乔大夫你怎么来了？

乔玉英笑嘻嘻地反问道，怎么，我就不能来啊？

马国强说，不是那个意思，我还以为是刘书记来检查工作呢。

乔玉英说，老刘本来也想来看看你，这几天下乡检查工作，吃住都在老乡家的帐篷里，帐篷里面太潮湿腰病又犯了，爬也爬不起来，一个人在家躺着呢。

马国强问，刘书记的腰病这么严重，怎么不好好治一治。

乔玉英说，治也没有什么用处，战争年代留下的伤病。

马国强把乔玉英她们让进办公室后，乔玉英指着小伙子说，这是我兄弟乔玉山，在咱们县公安局工作。

乔玉山客气地点点头说，马场长你好！

马国强也点点头回应道，你好！

乔玉英笑着说，那么客气干啥，说不定以后还在一个锅里抢饭勺呢。

马国强有些尴尬地笑了笑问，你们吃饭了没有？

今天星期天吃两顿饭，放下饭碗我们就来了。乔玉英边回答边看着马国强的耳朵问道，唉，马场长，你耳朵的炎症完全好了吗？

马国强说，你给我开的药还没有吃完就好了。要么有一句话说，妙手回春呢，就是说你这样的大夫。

乔玉英笑着说，马场长，你可真会打比喻。

马国强说，这样吧，去我家里坐坐，办公室连一口开水也没有。我去找刘小香，她们今天还不休息。

乔玉英说，也好。

马国强把乔玉英他们领回了家，刘大香热情地又搬凳子又倒水，一个劲抱怨屋子太小，委屈了客人。

乔玉英说，创业时期，没有那么多讲究。

刘大香看着乔玉英带的东西说，来就来了，还拿那么多东西干啥？

乔玉英客气地说，头一次来你们家，空着两只手像啥样子。

马国强对刘大香说，大香，你陪乔大夫她们说说话，我去找找小香。

乔大夫指了指司机说，小李子，你跟马场长一块儿去。

司机站起身跟着马国强一起出了门，客气地拉开车门，让马场长上车。

马国强笑了笑，钻进了吉普车。司机从车吉普前面绕过去钻进车里打着马达，吉普车慢慢向前滑去。拐出大门之后，吉普车在马国强的指引下，顺着一条坑坑洼洼的土路朝着布哈河驶去。没有一顿饭的工夫，吉普车就到了农业队。马国强下了吉普车就直奔刘小香的宿舍。到了刘小香的宿舍，刘小香坐在床铺上正在织毛线。看见马国强突然闯了进来，刘小香吃了一惊，问道，姐夫，你怎么来了？

马国强说，笑话，我是你姐夫怎么就不能来。

刘小香赶快起身说，你坐姐夫。

马国强坐到床上说，你们今天干啥呢？

刘小香说，地里没有活干，就在宿舍里干点手工活呗。

马国强问刘小香，你好长时间没有回家了，真的跟你姐姐生气了？

刘小香说，我一个人在这里清净。

马国强埋怨道，多大的人了，还耍小孩子脾气。跟我回家，你姐姐想你了。

刘小香看着马国强说，我就烦她叨叨。

马国强说，叨叨也是为了你好，她咋不去叨叨别人哩。

刘小香放下手里的毛线活说，那就走呗。

马国强补充道，小香，姐夫跟你说几句话。

刘小香说，我听着呢。

马国强犹犹豫豫地看着刘小香说，我今天来还有一件事情，这个话让我咋说呢……

刘小香问，是不是我姐姐咋了？

马国强说，你姐姐好着呢。我想说的事情还是刘书记小舅子的事情。

刘小香一听便不耐烦地说，我不想听，你也别说。

马国强说，小香，你听我说完好不好。你当我是来做你思想工作的？其实，我也不想干涉你的事情。当初，我看杨克明小伙子不错，才主动给你穿针引线，谁知道后来事情搞得复杂了，我心里也不舒服。说句老实话，我现在看见杨克明我都不好意思。

刘小香说，姐夫，我知道你对我好，我心里有数，我的事情你以后再别管了。

马国强说，不管不行啊小香，今天刘书记老婆领着她兄弟来了，意思就是要和你见见面，现在还在家里坐着呢。

刘小香听完撅着嘴一屁股坐在床上说，让她们坐着去，我不回去。

马国强说，小香，你要是不回去说不过去，同意不同意是你的事情，但是今天你必须回去和人家见个面。

刘小香说，我既然不同意还回去干啥？

马国强说，最起码给人家一个面子，也是给县委刘书记一个面子，说透了也是给你姐夫一个面子。如果你连这个面子都不给我，我以后还咋工作，刘书记是我的顶头上司啊小香，这个道理你应该明白。

刘小香泪眼汪汪地看着马国强点了点头。

马国强站起身说，小香，我知道为难你了。你记住我的话，心里咋想的脸上不要表现出来。

刘小香又点了点头。

走吧。说完马国强走出了刘小香的宿舍。

刘小香不情愿地跟在马国强后面也出了宿舍。

返回农场的路上吉普车里显得很沉闷。为了使气氛轻松一些，马国强故意没话找话说，一会儿说东，一会儿说西，可是说了半天没有人搭理他，他自己也感到没有意思就闭上了嘴。就在他无趣的时候，司机师傅打破沉默说，马场长，你们这里有水有草是个好地方。

马国强说，我心里也纳闷，这一片土地长庄稼比长金子都难，可是，长草就跟长头发一样，不知不觉就长了。

司机师傅没有再说话，专心致志开着汽车。汽车快拐进农场大院的时候，刘小香忽然喊了起来，停车，停车，快停车。

司机师傅不知道发生了什么事，手忙脚乱踩了一脚刹车，吉普车前后晃了晃停住了。刘小香打开车门跳了下去，马国强莫名其妙朝车窗外面望去，就看见杨克明骑着马从大门里面拐了出来。马国强看了看司机师傅说，她们一块的同事。

司机师傅拿出香烟递给马国强一支说道，抽烟马场长。

马国强摆摆手说，你自己抽吧。

司机师傅点着香烟不慌不忙抽了一口，又不慌不忙把吸进嘴里的烟吐了出来。马国强伸出手想按一下喇叭，但很快又把手收了回来。他扭头向车窗外看了一眼，杨克明骑着马走了，刘小香也朝吉普车走了过来。

马国强他们回到家的时候，大家一下子安静了。刘大香热情地拉着刘小香的手说，妹子，我给你介绍一下，这是乔大夫，这是乔大夫的兄弟乔玉山。

刘小香点点头算是打了招呼。刘大香接着说，我这个妹子胆小，见了生人就像一只老实的兔子。

马国强坐在凳子上说，都坐下说吧，站着说话不自在。

刘大香拉着妹妹坐到了炕沿上说，妹子，我看你好像瘦了。

刘小香抿着嘴低下了脑袋，两只眼睛盯着自己的双手。乔玉英看了兄弟一眼，兄弟正微笑着看着刘小香，眼睛里闪烁着兴奋的光芒。乔玉英笑着说，小香她们那次去我家找老刘的时候，我就觉得小香这姑娘腼腆得跟画上的古代女子一样，她们走了以后，老刘还夸奖小香说，这个姑娘稳稳重重，人也长得好看，小香，你们现在忙不忙？

刘小香看了乔玉英一眼说，地里的庄稼被冰雹打了，现在就是平整农田，加固水渠的活儿。

乔玉英说，没事了就到家里来玩。我们家老刘成天在外面忙，玉山也是成天忙，家里就剩我一个人冷冷清清的，你来了陪我说说话儿，也有一点儿热乎气。

刘大香拍了一下妹妹的腿说，听见没有小香，乔大夫跟你说话呢。

刘小香低着头说，路程远不方便。

乔玉山接上话说，没关系，我来接你，我们局里有一辆摩托车。

乔玉英接着话茬说，就是，让玉山来接你。

刘小香低着脑袋没有说话。

马国强站起身子说，乔大夫，今天就在这里吃晚饭。你们在家里慢慢说话，我去食堂安排一下。

乔玉英抬起手腕看了看表说，那可不行，我们也得回去了。今天认识了，以后咱们常来常往，有的是机会。

刘大香跳下炕说，不吃饭可不行，虽然没有啥好吃的，稠不吃稀也得吃，哪能空着肚子回去。

乔大夫说，说老实话，我也不想回去，在这里有说有笑多热闹，可是不行啊，老刘一个人在家里躺着呢，他还是一个病人。

马国强说，对了乔大夫，我这里有张熊皮，你带回去给刘书记，可能对他的腰伤有好处。

乔玉英说，马场长，你自己留着用吧，你们这些当兵的人风里来雨里去的，哪个没有一点儿老伤。

马国强说，我没有留下什么老伤，放在我这里也浪费了，还是拿给刘书记吧，他用得上。

乔玉英也不再推辞，说，哎呀，那我替老刘谢谢你了。

马国强从墙角拿起卷好的熊皮递给乔玉山说，我这只耳朵就是它给我扯掉的，这个家伙比老虎还厉害。

乔玉山说，马场长，你应该留个纪念。

马国强说，心里记着就行了。

太谢谢你了，马场长。乔玉山很客气地回应道。

大家客客气气出了门，又在恋恋不舍地气氛中分了手。望着离开的吉普车，刘大香羡慕地说，你看人家多风光，出来进去都有小汽车。小香你看见了没有，你要是嫁到刘书记家，出门也是坐小汽车。

马国强笑了两声没有说话。刘大香扭头看了一眼，发现刘小香不知道哪里去了。刘大香看着丈夫说，你好好跟小香说说，她听你的话，我跟她一说话就得吵架，这么好的人家到哪里去找，就是打着灯笼也找不到。

马国强说，小香脾气犟，她决定的事情恐怕不好办。

刘大香说，现在小香是鬼迷心窍，等她明白了，她就知道咱们是为了她好，回屋咱俩慢慢跟她说。

马国强没有吭声，跟着妻子回了家。回到家里刘大香奇怪地说，哎，小香哪里去了，是不是又去找杨克明了？

马国强说，杨克明去了牧业队，她到哪里去找。

刘大香说，那她疯到哪里去了，我出去找找。

马国强埋怨道，你累不累呀，她又不是一个小孩子。

刘大香一屁股坐在炕沿上说，这个死丫头，还没有一头猪聪明。

马国强拉开门说，我去办公室了。

刘大香突然站起身子问道，杨克明真的去了牧业队？

马国强说，不相信你去看看。

刘大香风风火火出了家门，一口气去了杨克明的宿舍。望着妻子的背影，马国强无奈地摇了摇头。

杨克明到了牧业队没有去找王生财，而是直接去了张文清宿舍。张文清是杨克明的老乡，俩人不是一个村的，但村子挨着村子从小也都认识。杨克明了解张文清，张文清人比较聪明，他们在一个学校读过三年初中。虽然来到农场也见过几面，但杨克明的到来还是让张文清吃了一惊。望着提着铺盖卷进来的杨克明，张文清张了张嘴一时间不知道说什么。杨克明笑笑说，文清，我来跟你们挤一挤可以吗？

张文清接过铺盖卷问道，克明，你，你犯错误了？

杨克明反问道，你希望我犯错误啊？！

张文清疑惑地看着杨克明，那你不在场里好好当干部，到我们这里来干啥？

杨克明说，你这个老乡真不够意思，这一路把我干得嗓子都快冒烟了，也不说给我倒一口水喝。

张文清把手中的行李往炕上一扔，忙着给杨克明倒水去了。杨克明坐在凳子上开始打量起屋子来，屋子里一个土炕占了半边地方，土炕上乱七八糟堆着几床被褥，靠墙的地方摆着一张断了一条腿的破桌子，桌子上面是一个不大的窗户，透过窗户可以看见外面的蓝天白云。

张文清把一碗水递给杨克明说，水不热了，但也不凉。

杨克明接过碗，一口气喝光了碗里的水说，真痛快。

张文清问，我再给你倒一碗？

杨克明用手擦了擦嘴说，不喝了。

张文清接过杨克明递过来的碗问道，克明，你不明不白的突然来我们这里，我心里乱哄哄的，到底是咋回事情？

杨克明把情况给张文清说了一遍，张文清脸上露出了笑容，我也说吗，你咋能犯错误。刚才猛然看见你，我心里咯噔了一下，不知道你是咋一回事。

杨克明笑了笑说，说明你关心我这个老乡呗。

张文清转身把炕上的被褥往两边堆了堆，又把杨克明的铺盖放到中间说，你挨着我睡，晚上咱俩说话方便。

杨克明问，其他人哪儿去了？

张文清说，山里放牧去了，天黑才能回来。

杨克明问道，那我今天来得巧了，你要是去放牧我还没有地方去呢。哎，文清，你今天怎么没上班，是不是休息？

张文清说，我请了病假。

杨克明问，哪里不舒服？

张文清说，我哪里都舒服，就是不想上班。

杨克明笑了一下说，闹情绪了？

张文清说，看不惯，心里憋屈。

杨克明问道，什么事情让你心里憋屈？

张文清张了张嘴，又把话咽进了肚里。

杨克明说，到底怎么一回事，连我都信不过啊。

张文清看着杨克明转了话题说，你是场里的干部，下到队里怎么不去找王生财给你安排住宿？

杨克明说，就是不想找他，才来找的你。文清，有什么话你就痛痛快快地说，是不是信不过我？

张文清说，队里的干部互相包庇，我信不过他们。克明，我没有把你当外人，我就给你说说我们队里的情况。

杨克明说，你慢慢说。

张文清像竹筒倒豆子一样说了起来，我们队就像土匪窝，拉帮结派欺软怕硬，赌博偷盗什么坏事都有。年初刚来的时候，队里有三百多头牦牛，几十匹好马，才半年时间就剩下十几匹马，二百多头牦牛了。

杨克明吃惊地问道，这些牛和马都哪儿去了？

张文清说，丢的丢，卖的卖，就这么折腾没了。

杨克明问，干部们不管吗？

张文清撇撇嘴说，干部还不如一块脏抹布。俗话说，上梁不正下梁歪，队里的干部带头折腾，他们手下的兄弟也跟着折腾。有人实在看不下去了，就跟他们对着干，结果不是被打就是不给饭吃。为啥我们队里逃跑的人多，有一部分人就是因为看不惯他们的所作所为才逃跑的，还有一部分人是被逼得没有办法逃跑的。特别是王生财这个家伙，简直就是一只披着人皮的狼。表面上看着老实巴交，其实一肚子坏水，什么坏事都少不了他。

杨克明说，真是知人知面不知心，画虎画皮难画骨啊。今天上午他还在会上叫苦不迭，说你们队跑了十几个人，说牛奶厂的人也跑了，还偷走了两头奶牛……

张文清打断杨克明的话说，全是鬼话。我听说奶牛就是他的一个小兄弟偷偷卖给了山里面的一户藏民。我怀疑队里丢的那些牛和马都被他们卖了。前些日子，他的两个小兄弟失踪了十几天才回来，就在那个时间里丢了三十多头牦牛和几匹马。

杨克明听完后惊讶地说，王生财胆子也太大了，简直无法无天。

张文清说，在我们队这一亩三分地上，他就是说一不二的皇帝。人家好吃好喝，还有女人伺候，不是皇帝是啥？

杨克明反问道，指导员不管吗？

张文清说，两个人好得穿一条裤子还嫌肥哩，指导员害怕事情败露，前几天领着几个人也跑了。

杨克明从口袋里掏出一个小本子，一边写一边说，文清，往下说。

张文清说，他的事情多了，慢慢给你说，我先把你睡觉的地方收拾妥当。

杨克明走过去准备和张文清收拾床铺，一抬头看见窗户外王生财和一个女人肩并肩走了过去。杨克明拍拍张文清，指了指窗外。

张文清向窗户外看了一眼说，这个女人叫杨桂花，是王生财的姘头。

杨克明说，文清，晚饭你给我打回来，我先不见王生财。

张文清说，我没有办法给你打回来，我自己都是泥菩萨过河自身难保。现在每顿饭一碗稀菜汤，两个小青稞面馒头，我请了病假，只有一个青稞面馒头。

杨克明苦笑着说，那我只好饿肚皮了。

张文清说，躲了初一躲不了十五，见见他害怕啥，你装聋作哑就行了。

杨克明想了想说，你说得也是，反正总得见面，不见面怎么参加学习。

张文清舒了一口气说，你可是我的救星，你来了我就能吃饱饭了。

吃晚饭的时候杨克明跟着张文清去了食堂。张文清把饭碗递进窗口说，两碗菜汤，六个馒头。

大师傅不屑地看看张文清撇了撇嘴说，我当是谁哩，原来是你小子，屎壳郎爬铁轨，在我这里冒充什么硬汉。

张文清说，你不给是吧，我是给场部的杨克明干部打饭，别怪我没有给你说清楚。大师傅从窗口伸出脑袋看了看站在张文清旁边的杨克明问，你是场部来的干部?

杨克明笑了笑说，你看我不像是吗?

大师傅疑惑地想了想说，不对吧，咋没有人给我打招呼哩。

杨克明说，错不了师傅，我是场里来的杨克明。

大师傅一脸犹豫地给他们打了饭。

张文清和杨克明坐在简陋的饭桌前正在吃饭的时候，王生财轻手轻脚走了进来，当他看见杨克明时，大惊小怪地叫了起来，哎哟，杨技术员你什么时候来的，来了怎么也不打声招呼。

杨克明说，我也刚到，跳下马背就碰上了老乡张文清。这不，话还没有说就拉到食堂来吃饭。

王生财指了指张文清，一副埋怨的口气说，你也是，见了老乡啥都忘了，你应该告诉我一声，一点儿规矩都不懂。

张文清说，我饿得前胸贴到后背上了，心里就想着赶快来吃饭，所以，就忘了向你汇报了。

杨克明说，王队长，这可不能怨张文清，是我把他拦住了。

王生财说，你太见外了。今天将就一下，明天让食堂给你开小灶，虽然没有啥好东西，起码得有一个炒菜，要不然太不像话。

杨克明说，王队长太客气了，我是来参加你们队学习整顿的，不是来享受的，再说，现在又是困难时期，你给我吃小灶让大家咋看我。马场长还再三嘱咐我，一定要和群众打成一片，同吃同住同劳动。

王生财说，我安排你先住下，有什么事情明天再说。

杨克明看了一眼张文清说，我就和张文清他们挤一挤，同吃同住同劳动嘛。

王生财说，咱们队专门有一间招待房，你就住到那里，咱们联系也方便。

杨克明推辞道，就几天的工夫又不长住，我还是跟张文清他们挤一挤吧，我一个人住到招待房里太冷清。

王生财叹口气说，好吧，随你吧。又看着张文清说，我把人就交给你了，有什么困难就告诉我。

张文清说，放心。

王生财又说道，杨技术员，那我就回去了，明天早上咱们再商量学习的事情。

杨克明客气地把王生财送到门口，返回来的时候张文清说，咱们也回去吧。

杨克明收拾好碗筷就跟张文清走出了食堂。这时候太阳已经落了下去，雪山顶上的夕阳变成了一条金红色的河，河水金灿灿的就像一条天河在雪山顶上流淌。

杨克明和张文清在夕阳里一边散步一边说话，直到夕阳散尽天色暗下来才回到宿舍。宿舍里的其他人也都回来了，张文清把杨克明介绍给大家，几个小伙子片刻工夫就跟杨克明无话不说。晚上大家躺在土炕上，没有一点儿睡意，你一句我一句就像一锅沸腾的水。杨克明一边听一边趴在枕头上做着笔记，不知不觉窗外已经有了亮色。

杨克明参加了三天的学习整顿，在这三天里他走访了几十个人，对牧业队的情况有了基本了解，对王生财的情况也比较清楚了。傍晚吃饭的时候他对王生财说，王队长，我觉得学习整顿可以告一段落了，我打算明天回去汇报一下情况，看场领导对下一步工作还有啥指示，你觉得怎么样？

王生财听完后说，我觉得可以，再抓两个落后分子的典型也就差不多了。说老实话，杨技术员，大多数都是来自农村的青年，一没有文化，二没有素质，浑身都是小农思想的毛病，你还没法说他们，说轻了跟放屁一样，说重了他记你的仇，到处造谣生事说你的坏话，你在场部工作感觉不到什么，你要是在我这个位置上工作，不出一个月保证谣言满天飞，不相信你来试一试就明白了。

杨克明说，我来了三天就有所感触，基层工作不好干呐。天高皇帝远，大家就像一盘散沙，要想把大家的心聚拢起来的确不容易。

王生财用筷子敲敲碗说，我就喜欢和文化人打交道，什么事情一说就明白。你说的没有错，我们牧业队就像一盘散沙，一人一个心眼，一人一个想法，乱哄哄的就像一群绿头苍蝇。

杨克明说，那我明天回去汇报工作。

王生财回应道，随时欢迎你回来。

杨克明说，我肯定要回来的。

王生财笑了笑说，那我肯定欢迎。

两个人从凳子上站起来，互相看着对方莫名其妙的哈哈笑了起来。

这二天早晨杨克明连早饭也没顾得上吃就急急忙忙往农场赶。由于昨天晚上把枣红马喂饱了，枣红马就像吃了兴奋剂一样撒开四蹄疯狂奔跑。初升的太阳从水汽腾腾的肖合力雪山顶上冉冉升起，湿漉漉的草地像水洗过一样焕然一新。草丛中不时有被马蹄声惊飞的鸟儿在天空中飞翔鸣叫。新的一天在马蹄声中豁然明亮起来，天地之间一下子变得灿烂无比。

灿烂的阳光里杨克明回到了农场。他在办公室门口跳下马背，直接去敲马国强办公室的门。敲了几下没有动静，杨克明从玻璃窗往里面看了看，转身去了马国强家。刘大香拉开门看见杨克明惊了一下，说，克明，你回来了。

杨克明说，我刚回来，马场长怎么不在办公室？

刘大香闪开身子说，进来吧。

杨克明说，嫂子我不进去了，我找马场长有事情。

刘大香说，老马昨天去了农业队，晚上就没有回来。

杨克明说，嫂子，那我走了。

进屋喝口水，看你脑门上的汗水。刘大香边说边示意让杨克明进屋。

杨克明没有再理会刘大香便急急忙忙去了食堂，食堂还没有做好饭，他拿了两个冷馒头就出了食堂的门。吃中午饭的时候，他在农业队食堂里找到了马国强。马国强一看见杨克明，一下从凳子上站起来问道，你咋来了克明，出啥状况了？

杨克明说，吃完了饭再说吧。

马国强端起碗说，门口去说。哎，克明，你没有吃饭吧？

杨克明说，等一会儿再吃吧。

马国强没有再啰唆，跟着杨克明朝外走去。刚走出食堂，迎面碰上了来打饭的刘小香。刘小香惊讶地看着杨克明问道，克明，你啥时候来的？

杨克明说，我刚到。

刘小香又问，吃饭没有？

杨克明回头看看马国强说，等一会儿再吃，我找马场长有事情。

马国强看着小香说，克明从牧业队赶过来有事情。

刘小香没有吭声，看着他们神神秘秘地走到一片空地窃窃私语。就在这个时候，王成喜在食堂门口大声喊道，马场长，你还喝不喝汤了？

马国强转身喊了一声，不喝了。

杨克明从口袋里掏出小本子，详详细细把他所调查的情况一五一十做了汇报。马国强听着听着就皱起了眉头。杨克明汇报完了，马国强半天没有吭声。

杨克明看着马国强不说话，就补充道，马场长，我觉得王生财的问题必须快刀斩乱麻，一旦他有所察觉肯定会溜之大吉，他这个人看着唯唯诺诺，其实一肚子鬼点子。指导员三胖子就是害怕露出马脚，前几天带着几个老乡连夜逃跑了。

我日他娘！马国强把手里的碗狠狠地摔在地上骂道，我一直认为他太老实，像个娘们一样软弱无能，原来这个狗娘养的一直在给我演戏，好你个王生财，原来你就是一匹隐藏的害群之马，害群之马呀！

杨克明问道，马场长，现在怎么办？

马国强挥挥手说，还有什么好说的，抓人，抓人，抓这个王八蛋，回场里带几个民兵连夜行动。

杨克明说，马场长，我觉得越是这个时候，咱们越是应该冷静。王生财的事情已经不是一般的错误，他的问题已经构成了犯罪。我觉得咱们应该给县委汇报，最好让公安局出面逮捕，可以起到威慑作用，再一个也是以防万一，现在各个队都有枪，假如王生财有所准备那就麻烦了，王生财这个家伙当过兵会用枪，他手下也有不怕死的亡命徒。

马国强拍了拍杨克明的肩膀说，克明，你考虑的比我周全，就按你说的办。我说克明，你不简单呐，年轻轻地遇事不惊，想问题有深有浅，又有专业知识，你真是一个当干部的材料。

杨克明不好意思地低下头说，马场长，你别臊我了。

马国强说，不说了，不说了，我去找王成喜安排一下工作，你赶快去吃饭，吃完了饭咱们回农场。

食堂已经开过饭，空空荡荡的食堂里面就刘小香一个人坐在那里。杨克明走过去坐在凳子上问道，小香，你吃过了吗？

刘小香说，我吃过了，你快吃吧，饭都凉了。

杨克明端起碗喝了一口菜汤说，还热乎着呢。

刘小香看着杨克明问道，克明，你从牧业队赶来，跟我姐夫鬼鬼祟祟说什么呢，是不是出了啥事情？

杨克明说，王生财的事情，这个家伙把牧业队搞得乌烟瘴气一塌糊涂。

刘小香问，那咋办？

杨克明边吃饭边说，善有善报恶有恶报。

刘小香又问，你还回牧业队？

杨克明说，现在还不知道。

刘小香看着狼吞虎咽的杨克明说，我还准备到牧业队去看你。

杨克明惊讶地说，你可不敢去，让你姐姐知道了，她还不跟你闹。

刘小香说，我才不管呢，我自己的事情不用她操心。

杨克明劝道，小香，听我一句话，你姐姐真的也是为了你好，你要是进了刘书记家的门，比在农场好多了。

刘小香说，命里面没有我也不想，我就想和你在一起。

杨克明说，我说了不算。

刘小香看着杨克明问道，我都不怕你害怕啥？

杨克明说，小香，不是害怕不害怕那么简单的问题，这里面关系比较复杂，弄不好大家都不好受。乔大夫和她小舅子都来过你家了，你要是有个啥，你姐姐姐夫的脸往哪里搁。

刘小香嘟囔道，是我嫁人，又不是他们嫁人。

杨克明放下碗说，我得走了，小香。

刘小香在桌子下面拉着杨克明的手没有说话，杨克明也使劲捏了捏刘小香的手。就在这时，马国强在门口喊了一声，克明，吃完了没有？

杨克明松开手站起身子说，来了。

刘小香恋恋不舍地站了起来。杨克明深情地看了刘小香一眼，扔下手里的筷子跑出了食堂。

在回去的路上，马国强对杨克明说，克明，咱们农场人员结构比较复杂，虽然大部分人员是来自农村的男女青年，可是干部各行各业的都有，总的来说素质比较差。其实我一直在琢磨各个队干部的配置问题，刚才我还在想这个问题。现在牧业队出了这么大的事情，说明在用人上出现了严重问题。我的意思，这一次在牧业队学习整顿之后，你就留下在牧业队当队长。

杨克明说，马场长，我不是当队长的材料。

马国强说，我看你就是当队长的材料。你年轻稳重有想法，政治思想可靠，工作作风正派，锻炼锻炼就是一个好干部。

杨克明说，可我还不是党员。

不是党员没关系，可以火线入党。这个做法在部队很实用，在地方也一样实用。马国强说道。

杨克明说，让我考虑考虑。

马国强提高了嗓门说，还考虑个啥，娘们兮兮的，男人干啥事情应该坚决果断，啥也不说了，你就做好去牧业队的准备。

过了清亮亮的布哈河，就是通往县城的土路，杨克明拉了拉马缰绳说，马场长，咱们还回农场干啥，直接去县里汇报情况吧。

马国强笑了笑说，我也糊涂了，脱裤子放屁多一道手续。

杨克明说，马场长，我可以去牧业队试一试，不过，我有一个要求。

马国强说，只要条件允许，十个要求也行，我全力支持你的工作。

杨克明说，到了县公安局，你得让他们把王斌放了，不管怎么说，他是我的兄弟，再说，逃跑也没既成事实。

马国强问道，成，就是这个要求？

杨克明说，就是这个要求。

马国强看了杨克明一眼，挥挥手中的马缰绳，马儿心领神会地奔跑起来。枣红马也跟着奔跑起来。坑坑洼洼的土路上两匹马儿身后扬起了淡淡尘烟。

赶到县委大院的时候，两匹马儿已经是大汗淋漓。马国强和杨克明把马儿拴好后就急急忙忙去了刘书记的办公室。刘厚民听完汇报后，也觉得情况严重，他打电话叫来了公安局的领导，大家开了一个碰头会，并且指示公安局积极配合这一次的抓捕行动。碰头会开完临出门时，刘书记对马国强说，政治思想是灵魂，一定要做好政治思想工作，政治思想稳定了，工作也就稳定了。否则，按下葫芦浮起瓢，手忙脚乱就无法工作。

马国强说，刘书记你放心，现在全场正在开展学习整顿，我们一定借这个机会认真学习。

刘书记看马国强一脸严肃，故意换了轻松的口气说，忙完这一阵子我去农场看一看。对了，谢谢你老马，你给我的那张熊皮真的很管用，睡了几天腰就不痛了。

马国强笑了笑，就跟着公安局的领导离开了办公室。

乔玉山领着杨克明去了集训队，见着王斌的时候，完全出乎杨克明意料。王斌几乎瘦得脱了形，而且也没有表现出来愤怒的样子。看着萎靡不振的王斌，杨克明心里一阵酸楚。乔玉山指着王斌说，王斌，今天你可以回农场了。

王斌吸溜了一下鼻子，低下了脑袋。

乔玉山看了杨克明一眼说，你把他带回去吧，这一段时间他表现还可以。

杨克明向前走了几步，忽然又停下脚步说，王斌，咱们回去吧。

王斌依然低着头，不紧不慢跟在杨克明身后向大门口走去。出了大门口之后，杨克明问道，王斌，你怎么瘦成这个样了？

王斌抬起头看了杨克明一眼说，日他娘哩，一天饿得跟鬼一样，还动不动就打人，不瘦才怪呢。

杨克明说，委屈你了。

王斌一脸歉疚地说，前几天翠平来看过我，她都给我说了，我冤枉你了克明。你打我几下吧，要不然我没有脸见你。

杨克明打了一下王斌说，说啥呢，啥也别说了，咱们是兄弟。

王斌不再说啥，揉了揉湿淋淋的眼睛跟着杨克明走了。

一声狼嗥

杨克明来牧业队参加学习整顿，王生财就没有把杨克明当一回事。在他的心里，杨克明就是一个有点文化的毛头小子，他只是装装样子而已，没有想到杨克明连坚持到最后的勇气都没有就跑了回去。晚上躺在被窝里，王生财看着杨桂花问道，桂花，你打算什么时候离开这里？

杨桂花说，你走我就走，你不走我也不走。

看着杨桂花可人的样子，王生财把杨桂花紧紧搂在怀里说，说心里话，我还真舍不得让你走呢。你要是走了，晚上谁给我暖被窝。可是，不走又不行，在这里待下去早晚不会有什么好果子吃。

杨桂花娇滴滴地把脑袋靠在王生财的胸脯上说，我哪里也不去，就跟你在一起。我不但给你暖被窝，还想给你生一个儿子呢。

王生财抚摸着杨桂花的脸说，你可不敢给我生儿子，我在老家有儿子。

杨桂花说，我就是想给你生个儿子，想跟你过一辈子。

王生财说，等等看吧，如果情况好了咱们再说。

杨桂花兴奋地爬起来亲了王生财一口，那我就回去了。

王生财说，回去吧，省得长嘴婆们说闲话。

杨桂花没有说话，慢腾腾穿着衣服。望着杨桂花丰腴的屁股，王生财伸手捏了一下说，要不是害怕他们说闲话，我真不想让你回去。

杨桂花不慌不忙穿好衣服，又不慌不忙穿好袜子穿好鞋，扭过身子又亲了一口王生财，恋恋不舍地说了一句，那我回去了。

王生财说，把门关好。

杨桂花走到门口理了理头发，然后轻轻拉开了门。就在拉开门的一瞬间，杨桂花突然惊叫起来。在杨桂花的惊叫声中，王生财急忙坐了起来准备去拿挂在墙上的步枪，可是一切都为时已晚，几个公安人员已经冲进屋子站在了他的跟前。在公安人员的监视下，王生财穿好衣服像只绵羊似的跟着公安人员走了。

乔玉山推了一把脸色苍白的杨桂花说，你也一块走。

杨桂花战战兢兢地跟在王生财身后出了屋子。

漆黑一片的夜空里，传来一声悠长的狼嗥。

公安局的汽车拉着王生财和杨桂花连夜返回了县城。两只红色的尾灯就像兔子的眼睛慢慢消失在夜色里。站在王生财门口的张文清说，马场长，深更半夜的，你们干脆到我们宿舍凑合一下算了。

马国强问张文清，我们去了你们睡哪里？我跟杨克明就在王生财这个狗窝里凑合一下，反正天也快亮了。

张文清说，那也好，王生财这里条件好一些。

马国强没有理会张文清，拍了一下杨克明的肩膀说，咱们进去说。

杨克明看了看张文清说，文清，你也回去休息吧。

张文清犹豫了一下转身走了，杨克明跟在马国强身后走进了屋子。

屋子里的煤油灯把屋子映照得明明亮亮的，马国强在屋子里转了一圈说，真是没有想到啊，王生财这个狗日的居然是一匹害群之马。要不是你来参加学习整风，这个家伙还不知道要干多少坏事。堡垒最容易从内部攻破，这句话说得真有道理。克明，这句话是谁说的？

杨克明坐在床上摇摇脑袋说，不知道。

马国强说，不是列宁就是毛主席，反正是一个伟人说的。

杨克明一边脱衣服一边说，马场长，咱们也睡一会儿吧。

马国强不但没有瞌睡，反而更加兴奋起来。他一屁股坐在床上说，克明，天都快亮了还睡个鬼觉，咱们说说话儿。

杨克明把脱了的衣服又穿在身上，两眼直勾勾地望着马国强。突然，马国强从床上站起身子，走到墙边拽了拽木头箱子上面的铁锁。铁锁没有锁，马国强轻轻一拽就开了。马国强打开箱子看了看，箱子里面除了衣服就是衣服。马国强把衣服一件一件扔到床上，最后在箱子底下发现了一个鼓鼓囊囊的牛皮纸信封。马国强打开牛皮纸信封看了一眼说，日他娘啊，看看这个狗日的贪污了多少钱。

杨克明说，都是卖牦牛的钱。

马国强把牛皮纸信封扔到床上说，克明，你数一数有多少钱，全部充公。

杨克明把信封里的钱倒在床上，清一色的十元钞票铺满了半床铺。马国强愤怒地说道，这个狗日的，不知道卖了多少牛羊，幸亏发现得早，要不然他把牧业队卖光了，我还蒙在鼓里呢。

杨克明把钱码得整整齐齐，数了一遍又一遍，一共一千八百块钱。杨克明把钱装进牛皮纸信封说，我从来没有见过这么多的钱，这些钱在我们老家能盖十间房子了。

马国强重新坐在床上说，克明啊，牧业队没有一个正派人当家后果不堪设想，王生财就是一个典型例子。我琢磨了一个晚上，你来牧业队当队长是最合适的人选。

杨克明说，马场长，我是学农业的，不是学畜牧的，农业对我比较合适。再说，我也没有当过领导……

马国强打断杨克明的话说，学啥不学啥不重要，我什么都没有学过还能当场长，你有什么不行？当领导关键是要正派，其他都是扯淡的事情。

杨克明推脱道，马场长，我真的不行，你还是另外考虑别人吧。

马国强说，就这么决定了。你先干着，有什么问题以后再说。反正今年庄稼已经泡汤了，谈不上什么农业了，我相信你一定能干好。等天亮了开个会，我在会上宣布一下你的任职，你就放心大胆地干，有什么事情我兜着。这些钱就留给牧业队，明天交给会计，作为牛奶厂的资金，你把牛奶厂好好办起来，免得刘书记说咱们青年农场总是拖大跃进的后腿，尤其今年农业一塌糊涂，所以，咱们一定要把牛奶厂办得有模有样，让全县人民都能喝上咱们青年农场的牛奶。

杨克明想了想说，马场长，牧业队离县城那么远，就是有牛奶，运输也是一个问题。我觉得不如把牛奶厂办到场部，场部离县城距离近，运输也方便。马厩旁边那几间破房子，正好可以当奶牛厂。

马国强眼睛一亮，说，是啊，牛奶厂办到这里，就是有牛奶也是鞭长莫及。克明，幸亏你提醒了我，否则又得办傻事。你说得对，牛奶厂就在场部办。

杨克明说，牧业队提供奶牛，派人去办厂也行。

马国强很欣慰地说，有文化就是不一样，克明啊，凭你的能力一定能把牧业队搞好，你就在这里好好干吧，你就住在王生财这里，连被褥都不用回去拿了，王生财这个狗日的都给你准备好了。

杨克明说，那不行，我还嫌他不干净呢。

马国强说，好吧，明天你回去准备一下，后天就来上任。

杨克明说，非要让我来当这个队长，我想让张文清当我的副手，张文清这个人我了解，人正派，工作勤恳。

马国强拍了一下大腿说，没有问题，就这么定了，明天我就宣布张文清是副队长。

杨克明抬头看了一眼窗户说，看样子睡不成了。

马国强走到门口拉开房门，几缕柔弱的亮光随着门挤进了屋子。

第二天上午，马国强召集牧业队的干部和骨干分子简单开了一个会。会上马国强通报了王生财的事情，同时也宣布了对杨克明和张文清的任命。会议结束之后，张文清紧紧握着杨克明的手，眼睛里满是激动的泪水。

杨克明说，等着我，明天我就回来。

张文清点点头说，王生财被公安局抓了，大家像过年一样高兴。派你来牧业队当队长，大家心里又燃起了一把火。

杨克明拍拍张文清的肩膀，转身跨上马背一溜烟地跑了。

回到场部之后，马国强对杨克明说，晚饭到我家吃，让你嫂子炒两个菜，算是我给你送行。

杨克明说，还真想嫂子炒的菜了。

马国强说，早一点儿过来，咱们说说话儿。

杨克明笑了笑朝宿舍走去。杨克明万万没有想到，当他推开房门时，刘小香正斜靠在墙上翻看着一本书。刘小香一看见杨克明，把手里的书往床上一扔，一下子从床上跳到地下说，你可回来了，我等你半上午了。

杨克明问，有什么事情？

刘小香拿起暖瓶给杨克明倒了一茶缸水反问道，没有事情就不能来看看你？

杨克明坐在凳子上说，小香，我不知道该说什么……

刘小香把茶缸递给杨克明说，你不说我也知道你心里是咋想的，我就不明白你一个大男人怎么还不如一个女人干脆。你告诉我，你到底喜不喜欢我，反正我喜欢你。

杨克明接过茶缸喝了几口水说，说老实话小香，我喜不喜欢你，难道你看不出来？可是，你不明白小香，这里面的事情不那么简单。换个别人倒也没什么，可偏偏是县委刘书记的小舅子。如果我一意孤行不管不顾，那么你姐夫是不是因为我要受影响？说心里话，马场长是一个好人，我不想因为咱俩的事耽误了他的前途。

刘小香说，我知道我姐夫是个什么样的人，他不会因为咱们的事情埋怨你。再说了，我相信刘书记也不是那种打击报复的小人。

杨克明叹了一口气站起身子说，你姐姐挺看好这门亲事。

刘小香倔强地说，我的事情谁也管不了。

杨克明没有说话，就那么直盯盯看着刘小香。刘小香含情脉脉地说，克明，你怎么不说话，我喜欢听你说话。

杨克明说，明天我就要去牧业队工作了。

刘小香睁大眼睛问道，为什么？

杨克明说，王生财被公安局抓走了，我去接替他的工作。

刘小香愣了一下，随后就转身跑出了杨克明的宿舍。望着空荡荡的门口，杨克明一屁股又坐在了凳子上。门外的天像张宣纸，被鲜艳的夕阳一点点染成了淡红色。

刘小香走到家门口时，跟做贼似的从门缝里朝屋里窥探了一眼。姐姐刘大香正在锅台前炒菜，马国强悠然自得地坐在凳子上泡脚。刘小香轻轻哼了一声，马国强抬起头看见了刘小香。刘小香急忙把一根指头放在嘴唇上示意马国强不要说话，然后又冲着马国强招了招手。马国强莫名其妙地望着刘小香一言不发。刘小香摆摆脑袋示意马国强出来。马国强连脚都没有擦，穿上鞋就走了出去。

神神秘秘的什么事？马国强问道。

刘小香说，姐夫，你得答应我一件事。

马国强问，都不知道是什么事，我怎么答应你。

刘小香撅着嘴说，我不管，反正你得答应我。

马国强说，怎么跟个小赖皮一样，好好，你说什么事？

刘小香笑了笑说，我要求到牧业队工作。

马国强问道，你见到杨克明了？

刘小香点点头。

马国强想了想说，这件事我得考虑考虑。

刘小香说，还考虑啥呀，你点点头的事情。

马国强说，我让你去了牧业队，你姐跟我有唱不完的戏。

刘小香眼睛一转说，把她蒙在鼓里。

马国强看着刘小香问，前前后后都想好了，世界上没有卖后悔药的，到时候我可是担当不起。

刘小香说，我想好了，生是杨克明的人，死是杨克明的鬼。

马国强笑了笑说，真不要脸皮，也不怕人家笑话。不过，你眼力不错，杨克明是个好小伙子。

刘小香说，姐夫，你同意了？

马国强指着刘小香说，你的事情你做主。我建议把乔玉山的事情处理干净再去牧业队，否则闹得乌烟瘴气，杨克明怎么工作。

刘小香说，我知道。

马国强又强调道，不要鲁莽。

刘小香说，先不要告诉杨克明。

马国强说，废话真多，还不去叫杨克明来家里吃饭。

刘小香一阵风似的刮过了房山头。

刘大香刚刚把菜摆到小桌上，刘小香就进了家门。刘小香装模作样地抽搐着鼻子说，好香的味道啊。

刘大香看着妹妹问，你怎么回来了？

刘小香说，想你和姐夫了。

刘大香撇撇嘴说，偷吃了谁家的蜂蜜，能把活人甜死。

刘小香转身望着马国强说，姐夫，你们真不够意思，我不在家的时候，你们偷偷摸摸尽做好吃的。我好心好意回来看看你们，我姐还疑神疑鬼。

刘大香说，少说那些没用的，小香，没有事多往县城跑跑，这么大的姑娘了，也该操心一下自己的事情。

刘小香故意问道，我去县城干啥？

刘大香反问道，你说去干啥？我告诉你小香，别傻乎乎心里没数，过了这个村，就没有这个店。不要以为自己长得漂亮就不知道姓啥了，比你漂亮的姑娘有的是，人家能给你这个机会，是咱们家给你修来的福。

刘小香撅了撅嘴说，我的事情不用你管。

刘大香指着妹妹说，你说什么，你再说一遍。你既然来到这里，我和你姐夫就得管你，不但要管你，还要管好你。老马，你说是不是？

坐在凳子上的马国强笑了一下回应道，那是。

刘大香瞅了一眼马国强说，那是什么，和稀泥抹光墙。

马国强说，小香又不是小孩子，该干啥不该干啥她心里明镜一样。

刘大香骂道，她明白个屁，鬼迷心窍。

马国强说，少说几句没人把你当哑巴。

刘大香解下身上的围裙不耐烦地说，老马，你去看一看杨克明，怎么请还请不来。

刘小香乘机说，我去看看。

刘大香沉下脸说，不许去，少给自己找麻烦。

马国强看着门口，提高嗓门说道，说曹操，曹操就到。

马国强话音还没有落地，杨克明就进了家门。看见桌上摆好的饭菜，杨克明说，不好意思，让你们久等了。

客气啥，赶快坐下吃饭。马国强一边说一边给杨克明抬小凳子。

杨克明坐在小凳上说，真香啊，好长时间没有吃嫂子做的饭菜了。

刘大香说，嫂子也想给你做好吃的，可是没有好东西做呀，有一句话咋说来着，对了，叫巧妇难为无米之炊是吧。

杨克明看了一眼刘小香说，嫂子说得没错。

刘小香低头抿着嘴在笑。

马国强说，快吃吧。

杨克明望着桌上的菜说，又是炒土豆丝，又是炖湟鱼，这还不是好东西，如果天天如此，跟共产主义也差不了多少。

马国强说，那可差多了，共产主义的标准是，楼上楼下，电灯电话，大块吃肉，大碗喝酒，大秤分金小秤分银。

刘大香瞅了马国强说，吹牛不上税，我才不相信呢。

马国强说，社教干部说的，这是我们奋斗的目标。

刘大香坐在桌前说，说那些没用的不能当饭吃，都愣着干啥，赶快吃饭吧。

马国强拿起筷子也说，吃吧吃吧，要是有瓶酒就好了。

刘大香说，到了共产主义天天有酒喝，你就慢慢等着吧，说不定到时候酒比布哈河的水还多。

马国强瞟了妻子一眼说，抬杠。

刘大香看着杨克明说，克明，拿筷子吃啊。

杨克明拿起筷子吃了起来，屋子里突然变得安静下来。

午夜空投

吃晚饭的时候乔玉英还没有回来，刘厚民以为她又值夜班，就自己动手煮了一些挂面。挂面下到锅里后，觉得胃有点儿不舒服，他没有当回事就稀里糊涂吃了一碗白水煮挂面。大概挂面煮得有些硬，刚撂下饭碗胃就开始隐隐作痛。他赶紧吃了几片胃疼药，脱了鞋躺在了床上。这个时候乔玉英回来了，见丈夫躺在床上，乔玉英觉得不对头，就问丈夫哪里不舒服，刘厚民就把吃挂面的事给她说了一遍。乔玉英埋怨丈夫说，本来这个地方海拔高，气压底，开水达不到沸点，煮挂面就得多煮一会儿，你自己胃不好，还是大大咧咧不管不顾。

刘厚民边用手搓着胃边说，老毛病，躺一会儿就没事了。锅里还有挂面，你热热再吃。

乔玉英坐在床边说，把衣服脱了好好睡一觉，身体暖和了胃就舒服了。

刘厚民说，晚上三个炼钢炉要点火，我得去看看。

乔玉英心疼地说，睡一会儿再去也不迟。

刘厚民说，我也没有瞌睡。

乔玉英苦笑了一下说，哎，马国强那个小姨子刘小香真有意思，让人琢磨不透她是怎么想的。玉山去看了她两次，两次她都像哑巴一样，弄得玉山一头雾水。

刘厚民说，姑娘脸皮薄，又是农村姑娘，多接触几次就好了。

乔玉英说，我看那个刘小香不一般，你忘了，上一次来咱们家泼辣着呢。

刘厚民问道，什么时候来过咱们家里？

乔玉英说，你忘了，就是玉山领她们来的，还有一个技术员，叫什么来着我忘记了。

刘厚民想了想说，想起来了，是跟那个杨技术员一块来的，代表马国强来汇报工作。哎，玉英，是不是咱们有一点儿自作多情，剃头挑子一头热啊？

自作多情？乔玉英撇撇嘴说，像咱们这样的家庭，不知道有多少姑娘眼红呢，什么自作多情，我看刘小香这丫头脑子有问题。

刘厚民说，好了，他们的事情咱们不管。成了是缘分，不成也很正常，婚姻这个事情不是按照咱们的意志发展的。没有当兵之前，我父母在老家给我说了一门亲事，女方是我姨家的姑娘。后来参加了革命，一直到解放了青海，谁能想到我娶了一个漂亮的大学生，一个穿白大褂的大夫。

乔玉英撒娇地打了一下丈夫说，活该胃疼，好了，你睡一会儿，我抓紧吃饭，吃了饭我还要去医院替王大夫值夜班。

刘厚民问，王大夫怎么了？

乔玉英站起身说，王大夫去西宁学习了。

刘厚民没有说话，望着离去的乔玉英闭上了眼睛。

清澈见底的布哈河底，铺满了色彩斑斓的鹅卵石。哗哗流淌的河水里就是不见一条鱼，刘厚民失望地把手中的渔网扔到岸边，抬起头向河对面的黑刺林望去。密密麻麻的黑刺林一直扩展到天边，就像一大片乌云在草原上漂浮。刘厚民百无聊赖地从口袋里掏出一支香烟，正准备点火时突然听见黑刺林里噼里啪啦有了响动，刘厚民顺着响动望去，就看见几只土黄色的狼站在河对岸望着自己。刘厚民一下紧张起来，急忙从腰里掏出手枪准备射击，就在这时，不知从什么地方响起了激烈的枪声，几只狼钻进黑刺林没有了踪影。刘厚民纳闷地四处张望，激烈的枪声仍在继续，刘厚民在激烈的枪声中猛然惊醒了。他一下从床上坐了起来，就听见咚咚咚的砸门声。刘厚民跳下床，迅速穿上鞋走到门口问道，谁啊？

门外传来公安局长朱实奎的声音，刘书记，是我，公安局的朱实奎。

刘厚民把门打开，朱实奎立刻闪了进来，刘书记，发现国民党的空投，几个箱子里面全是武器，还有马步芳的一封信，内容是极其反动的告青海人民书。

刘厚民转身回去从床上拿了一件衣服往身上一披说，老朱，咱们边走边说。

朱实奎顺手把门关上，跟着刘厚民走进了浓浓的夜色。当刘厚民和朱实奎走进会议室的时候，会议室里已经坐了不少的人。屋顶上一盏雪亮的汽灯把每个人的脸照得一片苍白。刘厚民不慌不忙坐到自己的位置上，他环顾了一下四周问道，人都到齐了吗？

坐在旁边的索南县长说，差不多了。

刘厚民提高嗓门喊道，那咱们开会。老朱，你先说一说情况。

朱实奎抽搐了一下鼻子说，情况是这样的。晚上 9 点炼钢炉开始点火，三个炼钢炉几乎同时点的火。就在大家为点火成功欢呼的时候，头顶的夜空里响起了轰隆隆的飞机声，大家好奇地向天空望去，就看见几个降落伞晃晃悠悠落了下来。谁也没有想到落下来的箱子里面全是武器，还有马步芳的反动传单，基本情况就是这样。

刘厚民扫了大家一眼说，情况已经很清楚，这是国民党反动派反攻大陆的雕虫小技，这也不是第一次了，没必要大惊小怪。关键问题是潜伏在我们身边的特务分子，这才是最危险的敌人，说明我们县上有接应空投的特务。我估计他们接应的暗语，就是在今天晚上以三堆火为号，阴差阳错的是恰恰今天晚上我们三个炼钢炉点火，给天上的敌人造成了错觉，也给接应的特务来了个措手不及。

索南县长接过刘厚民的话说，刘书记分析得没有错，肯定就是这么一回事。我认为我们现在最主要的任务是搜捕特务，不过，现在是晚上不利于搜捕，咱们天一亮就开始搜捕，而且要把牧民群众发动起来，让特务没有藏身之处。

刘厚民接着索南县长的话茬继续说，索南县长说得对，全县布下天罗地网，让他们插翅难飞。

索南县长听完说道，天一亮我就下牧区布置工作。

朱实奎接着说，我已经安排公安局的人连夜在县城巡逻。

刘厚民说，老朱，你做一个具体方案，这件事情由你负责。

朱实奎说，知道了。

刘厚民递给索南一根香烟说，索南县长，让他们开会，咱俩去看看炼钢炉。

索南点着香烟抽了一口说，我看过点火了。

刘厚民摇了摇脑袋，跟大家一起走出了会议室。

天蒙蒙亮的时候天上飘起了小雪，没有一顿饭的工夫雪花又变成了小雨。天空雾气腾腾，凉飕飕的冷风让人觉得冬天已经来临了。刘小香吃过早饭后犹豫了片刻，最后还是决定去找队长请假。她给队长撒了一个谎说，自己难受了一个晚上，要去县城医院看病。好在没有什么农活可做，加上又是雨天，队长非常痛快地批准了她的假。刘小香回到宿舍从纸箱子里面翻出一件棉衣穿在身上，又找了一块塑料布往脑袋上一披就匆匆出了房门。小雨中的草原没有了往日清新开阔的感觉，变得一片迷茫混沌。刘小香觉得远处的天空和头顶上的天空变成了一个颜色，模糊了远和近的距离。她低头看了看脚下，才一会儿工夫两只黄球鞋已经像从水里捞出来一样。刘小香抬起手抹了一把脸，小雨在她抹脸的当儿忽然戛然而止。刘小香奇怪地向天边望去，天边的乌云已经散开，一道彩虹把天空一劈两半，一边朦朦胧胧，一边已经显现出海的颜色。刘小香精神一振，顺手取下脑袋上的塑料布，谁知扑面而来的一股强风，轻而易举就把塑料布变成了一个白色的风筝飞上了天空。望着飞上天空中的塑料布，刘小香开心地笑了起来。

拐过一个不大的小山时，一个灰色的东西从小山上闪了过去。刘小香心里一惊，一动不动地望着小山发呆。山腰上几块零乱的石头就好像脸上长得疙瘩一样，刘小香觉得一点儿也不舒服。她定了定神，长长舒出一口气。就在这时，她看见一只狼的脸从乱石后面伸了出来。刘小香顿时觉得后背发凉浑身发冷，上下牙齿由不得磕碰起来，心脏也像敲鼓一样响个不停。她咽了一口唾沫，努力让自己平静下来。她扭头打量一眼四周，发现右边是一片黑刺林，她觉得只要到了黑刺林就是胜利。她又咽了一口唾沫，深深吸了一口气，大摇大摆向黑刺林走去。走到黑刺林跟前，她迅速捡了一根手腕粗的黑刺木棍，急忙转身环顾四周。四周空荡荡的什么也没有，刘小香突然觉得口干舌燥两腿发软，就在这时，黑刺林里一阵窸窸窣窣的声音又让她紧张起来。她急忙蹲下身体，屏住呼吸朝黑刺林里窥探过去。密密麻麻的黑刺一根挨着一根就像一堵乱七八糟的墙，什么也看不清楚。刘小香舒了一口气，就在她打算起身赶路的瞬间，黑刺林里又有了响动。她急忙伏下身体把自己隐藏起来，同时两只眼睛仔细地在黑刺林里搜寻。顺着窸窸窣窣的响声刘小香看见了两条慢慢向前移动的腿。刘小香被眼前的事情弄糊涂了，她不知道这个人在黑刺林里干什么，这个家伙又是个什么人，但鬼鬼祟祟的表现说明一定不是个好东西。一想到这里，刘小香握紧了手里的黑刺棍，两眼一动不动盯着慢慢移动的两条腿。

刘小香从小跟着父亲学习过武术，也跟男孩子们打过架，父亲说她反应快出手也快是习武的材料。可是，慢慢长大后她对武术失去了兴趣，她觉得一个女孩子应该腼腆文静一点儿，习武翻跟头是男孩子们的事。她把想法告诉了父亲，父亲也不强求她，只说可惜了一块好材料。

黑刺林里的响动越来越大，那两条腿已经近在咫尺，刘小香把身体藏进黑刺林,那两条腿已经移到了刘小香眼前。只见这个人穿着一双翻毛皮鞋，手里拿着一把手枪，从背影看身材不是那么魁梧。他站在那里东张西望了片刻，小心翼翼地朝前走了几步又停了下来。刘小香轻轻站了起来，弯着腰向前走了两步，举起手里的棍子对准那个人的后脑勺狠狠打了下去，这个人的身体晃了一下，一声没吭像块门板似的趴在了地下。刘小香迅速走过去，扔下手里的棍子，蹲下身子把他的皮带抽了出来，不慌不忙用皮带将那人的双手倒背着捆了起来，然后把他的鞋带解下来，用鞋带把几个手指头牢牢地捆绑在一起，随后把掉在地上的手枪捡起来。望着手里乌黑的手枪，刘小香长长地舒了一口气。

趴在地上的人半天没有动静，刘小香害怕他死了，就把他翻了过来，用手在他的鼻子下面试一试，知道他没有死还在喘气，刘小香放心了，她开始打量这个男人。这个男人留着小分头，一副清瘦的面孔，嘴唇上稀稀拉拉长着几根老鼠胡子，一件中山装穿在他身上显得有一些宽大。刘小香心里想，躺在地上这个人到底是干什么的，他手里怎么会有手枪？刘小香一边琢磨一边摆弄着手里的手枪，突然手枪响了一声，子弹打在一块石头上溅出一片火花。刘小香吓了一跳，急忙把手枪扔在了地上。她抬起头四处张望了一下,好像子弹炸碎了乌云,整个天空蓝汪汪得像无边无际的大海，几片白云像帆船一样在大海上荡漾，一只黑鹰舒展着翅膀就像一只安静的风筝在滑行。刘小香紧张的心情轻松了一些，她收回目光看了一眼躺在地上的男人，那个男人一动不动像睡着了似的。刘小香弯腰重新捡起地上的手枪，就在她直起腰的时候，几匹快马从小山后面冲了过来。刘小香激动地挥着手喊道，快来人啊，快来人啊……

几匹马儿风一样刮到了刘小香跟前，刘小香一眼就认出了马背上的索南县长。她高举着手里的枪说，索南县长，这个人有手枪。

索南县长跳下马背笑着说，有手枪就对了，他是潜伏的国民党特务。

特务？刘小香吃惊地睁大了眼睛。

索南县长拍拍刘小香的肩膀问道，你叫什么名字，你立了大功啊，真不简单，一个姑娘赤手空拳活捉了一个特务。

索南县长的话刚说完，大家立刻鼓起掌来。刘小香忽然觉得脸上火辣辣的，她在掌声中不好意思地低下了头，两个脸蛋像擦了胭脂一样妩媚。

刘小香跟着索南县长回到县城时已经快中午了，刘厚民听完汇报后异常兴奋。他敲着桌子说，刘小香同志立了大功，我们要通报表扬，号召大家向她学习。

索南县长也说，刘小香同志是个榜样，榜样的力量是无穷的。

刘厚民提高了嗓门说，我早就说过，不必大惊小怪。群众的眼睛是雪亮的，任何牛鬼蛇神都逃不出革命群众的天罗地网。

索南县长看了看手腕上的表说，革命也得吃饱肚子才行啊，开饭时间快过了。

刘厚民拍了拍脑袋说，吃饭，让食堂加两个菜，慰劳一下我们的巾帼英雄。

刘小香不好意思地说，刘书记，我有一点儿事想和你单独谈谈。

刘厚民看了索南一眼说，索南县长，你在食堂等着，我们一会儿就去。

索南说了一句好吧，就离开了刘厚民的办公室。

刘厚民说，小香，有什么事尽管说。

刘小香看着刘厚民说，刘书记，我今天来找你，就是想告诉你，我早就有对象了，只是我姐姐和姐夫不知道，所以才闹了一场误会。你回去转告乔玉山，不要让他再去找我了，这样影响不好。

刘厚民愣了一下，很快便轻松地说道，我明白了小香，你是一个直言不讳的好姑娘，我喜欢你直率的性格，你放心，我会转告乔玉山，并且会做好他的思想工作。

刘小香高兴地说，谢谢你刘书记。

刘厚民说，新社会新国家，不兴媒妁之言，更不兴包办代替，人人都有自由恋爱的权利。小香姑娘，能不能告诉我你的男朋友是谁，我真的为他高兴。

刘小香说，青年农场的技术员杨克明，不，他现在是牧业队的队长。

刘厚民停顿了一下说，我想起来了，小伙子不错。

刘小香说，刘书记，那我就回去了。

刘厚民说，那怎么行，吃了饭再走，我还让食堂为你加了两个菜呢。

刘小香说，我带干粮了。再说，路途太远……

刘厚民打断刘小香的话说，什么也别说了，吃完饭坐我的吉普车回去。

刘小香望着刘厚民不知说啥是好。

刘厚民看着刘小香说，走啊，吃饭去。

刘小香腼腆地笑了笑，跟在刘厚民身后出了办公室。

第五章　沸腾的草原

几声叹息

三个国民党潜伏特务像做梦似的稀里糊涂全部落了网。公安局长朱实奎在汇报会上兴奋地说，在短短的两天之内，三个潜伏特务全部落网了。青年农场刘小香抓了一个特务，牧民洛桑抓了一个特务，我们公安干警抓了一个特务，可以说，我们在县委和县政府的亲自指挥下，打了一个漂亮的歼灭战。经过连夜审讯，特务如实交代了罪行。正如刘书记分析的那样，他们的空投暗号就是燃烧的三堆火，空投日期正好是我们炼钢炉点火的时间……

刘厚民插话说，真是无巧不成书啊，世界上真的还有这么巧的事情。

朱实奎说，特务们原定在雪山下点起三堆火接收空投物资，谁知道飞行员误把炼钢炉当成了三堆火。特务们见事情败露，商定分头行动在刚察县一个旅馆碰头。没想到那天晚上草原上夜黑风大，黎明前又下起了雨雪，变化无常的天气让他们走错了方向，所以才没能跑出县境，成全我们打了一个干净漂亮的歼灭战。

刘厚民说，我听说有一个特务被藏獒咬伤了，现在还在医院里治疗？

索南县长说，就是被洛桑家的藏獒咬伤的，要不是洛桑听见动静，恐怕那个特务早就没命了。

刘厚民对朱实奎说道，朱局长，你们拿出一个材料尽快上报，同时请示一下公安厅这些空投武器怎么办。我的意思是把这些武器全部留下，眼看冬天就要到了，咱们需要这些武器狩猎过冬，索南县长，你的意思呢？

索南县长点点头，我完全同意刘书记的想法，不仅仅我们需要这些武器，牧民也需要武器，特别是民兵也缺少武器。

朱实奎点了点头说，我知道了。

刘厚民说，没有什么事情，咱们就散会。

索南县长最后又补充道，刘书记，我带着兽医去江河公社，江河公社一个生产队的羊群发现了炭疽病。

刘厚民说，好吧。

索南县长把笔记本往口袋里一装就匆匆忙忙走出了办公室。刘厚民和朱实奎在办公室门口分手后，一个朝东一个朝西走去。

刘厚民回到家里时，天已经完全黑了下来。正在吃饭的乔玉英放下饭碗问道，你吃饭了没有？

刘厚民说，中午饭吃过了，晚饭还没有吃。

乔玉英看了兄弟乔玉山一眼说，玉山，你去看看食堂还有什么吃的没有？

刘厚民说，别麻烦了，家里有什么我就吃什么。

乔玉英说，就剩下一个青稞面馒头和一点儿咸菜。

刘厚民坐在饭桌前说，有青稞面馒头和咸菜就不错了，四九年我们打兰州的时候，两天两夜没吃没喝，饿得实在没有办法，我们就跑到老乡地里挖土豆吃，生土豆也觉得那么好吃。

乔玉山听完后说道，姐夫，那是特殊年代跟现在不一样，我还是去食堂看看有什么剩菜没有。

刘厚民摆了摆手说，算了，你给我拿几根生葱，再把酒瓶子拿过来。

乔玉英问道，今天怎么突然要喝酒，是不是有什么好事情？

刘厚民说，可以说是双喜临门。第一喜，两天之内干净利索地把潜伏下来的国民党特务一网打尽。第二喜，三个炼钢炉全部一次点火成功，你说，我是不是应该喝一杯庆祝庆祝。

乔玉英一脸惊喜地说，那应该庆祝庆祝。

乔玉山把生葱和酒瓶放在桌上说，姐夫你慢慢喝，我回公安局了。

刘厚民说，坐下陪我喝杯酒，我还有话跟你说。

乔玉山又重新坐到桌前，拿起酒瓶子给刘厚民倒了一杯酒，也给自己倒了一杯酒。

刘厚民端起酒杯抿了一口，拿起一棵生葱咬了一口津津有味地吃了起来。

乔玉英笑着说，你们山东人就是离不开大葱大蒜。

人家说山西人是交枪不交醋罐子，我们山东人是交枪不交大葱头。刘厚民笑着回应道。

乔玉山喝了一口酒问道，姐夫，有什么话要给我说?

刘厚民看了乔玉山一眼说，没什么大事情，是你个人的事情。你看上的那个刘小香姑娘，人家已经有男朋友了，而且交往也不是一天两天了。你就把这件事忘了吧，以后就别去打扰人家了。

乔玉英走到桌前问道，既然刘小香有男朋友了，马国强两口子怎么不早说啊，他们一会儿唱白脸，一会儿又唱红脸，到底是什么意思?

刘厚民看了一眼乔玉英说，人家什么意思都没有，马国强两口子也不知道刘小香有男朋友。

乔玉英问，老刘，这些情况你是怎么知道的?

昨天刘小香亲口给我说的。刘厚民边说边咬了一口大葱。

乔玉山一口喝了杯中酒说，知道了姐夫，以后不会去打扰她了。

刘厚民看了一眼乔玉山说，不要有什么包袱，好姑娘有的是。

如果没有其他事，我就回公安局了。乔玉山说完就往外面走去。

乔玉山出门后，乔玉英生气地说，我看刘小香这个姑娘就不是什么好东西，看着文文静静，没想到鬼心眼还不少，小小的年纪就学会了两面三刀……

刘厚民不耐烦地打断乔玉英的话说道，你不要信口开河胡说八道，我看刘小香是一个正直诚实的姑娘，她能来告诉我真实的情况，说明她心里坦坦荡荡，而且，说明她也不是那种攀高枝贪富贵的姑娘，我挺喜欢这个朴素坦率的姑娘。

乔玉英瞥了刘厚民很不屑地说，知人知面不知心，我觉得刘小香这个姑娘不那么简单。

刘厚民又拿起一根葱，用手擦了两下就吃了起来。他一边吃一边说，你说对了，小香姑娘真是不简单。昨天她一个人赤手空拳抓了一个国民党特务，县上还准备给她和有功人员立功通报呢。

你说什么，她抓了一个特务？乔玉英看着丈夫问道，她亲手抓的？

刘厚民一字一句地说，是她自己一个人抓的特务。

唉！乔玉英一声叹息，半天没有再言语。

其实，为了刘小香的事情，叹息的不止乔玉英一个人。

吃过晚饭之后，刘大香烧了一锅热水让马国强烫烫脚。马国强说，一会儿还得出去转一转，你自己先洗吧。

刘大香坐在小凳上脱了鞋袜，两只脚丫子踩在盆沿上说，明天场部的拖拉机要去县城拉粮食，我准备跟着拖拉机去县城买些生活用品，顺便去看看乔大夫。你说，第一次去看人家，买点啥东西好呢？我知道人家啥都不缺，可我总不能空着两只手去吧。

坐在床上的马国强看了妻子一眼没有言语。

刘大香又说道，如果小香进了刘书记家的门，咱们也有希望搬到县城去住了。

恐怕小香进不了刘家的门。马国强接着刘大香的话说。

为啥？刘大香问道。是不是人家反悔了？

马国强说，不是人家反悔，是小香根本不愿意，小香心里只有杨克明。

刘大香生气地说，那怎么成，小香真是吃错药了。我就是不明白，杨克明有什么好，怎么就把她的魂勾走了。

我说，你就别折腾了，俗话说，强扭的瓜不甜。再说，小香的脾气你又不是不了解，犟得跟头牛似的，你就别想把她们扭到一块。马国强劝刘大香道。

刘大香瞪了一眼马国强说，不行，还由着她了，这件事情不能由着她的性子胡来，我明天就去找她。

马国强张了张嘴，把想说的话又咽回了肚里。

刘大香看着马国强问，国强，你说咱们该咋办？

马国强，要我说啊，小香自己的事情自己做主，咱们别当婆婆也别当公公。

那不成！刘大香激动地抬了抬脚，谁知洗脚盆失去平衡，盆里的水泼了一地。

马国强望着刘大香笑了笑说，我再给你烧锅热水？

刘大香没好气地说，烧什么水，我看你在烧火。

马国强站起身子走到门口说，我出去转一转。

刘大香没有言语，听见“砰”的关门声。

第二天吃过早饭刘大香就去了农业队。让她没有想到的是，在她去往农业队的同时，刘小香已经背着行李过了布哈河，行走在去往牧业队的路上。快中午的时候，刘小香觉得肚子咕咕叫个不停，便放下背上的行李，坐在山坡上从挎包里拿出一个青稞面馒头吃了起来。

八月的草原只有三种颜色，头顶上蓝得纯粹的天和天上自由漂浮的白云，一望无际的绿色一直铺到雪山脚下。雪山在阳光照射下泛出冷冰冰的光芒，围绕在雪山顶上的云彩像一条洁白的哈达镶嵌在天地之间。刘小香觉得，天就在自己的头顶上，云彩也在头顶上，只要自己站在山顶上伸长胳膊就能拽下哈达一样的云彩。老家的天老是灰蒙蒙的，这里的天就不一样了，好像被水洗过一样那么干净明亮。她觉得挺奇怪，同样的一片天，为什么就是两个样子？她把最后一口馒头塞进嘴里，就觉着脚下面有个软乎乎的东西在蠕动，她低头看了一眼，裤腿边一只毛茸茸的小狗，她将小狗抱在怀里仔细打量起来，小狗大概刚刚满月，两只眼睛还有一点儿发蓝，一身土黄色的茸毛软得就像一团棉花。她用手指头从嘴巴里抠出一点儿嚼碎的馒头放在小狗嘴边，小狗毫无兴趣地把脑袋扭向一边，刘小香开心地笑了笑，然后站起身子重新背上行李，抱着小狗顺着山坡向草原走去。

山坡下面是一片平坦的草原，草原上一条孤独的小路一直通向远处的地平线。渐渐偏西的阳光给孤独的小路上投下一个孤独的影子。太阳停在雪山顶上休息的时候，刘小香也到了藏在山坳里的牧业队。当她敲开房门出现在杨克明面前时，杨克明惊得大张着嘴巴没有吐出一个字。

刘小香笑着说，杨队长，不认识我了，我是刘小香。

杨克明问道，小香，你怎么来了？

刘小香走进屋子对杨克明说，累死我了，快帮我把背上的行李拿下来。

杨克明取下行李放在床上问道，小香，到底是咋回事，出啥事情了？

望着一脸紧张的杨克明，刘小香一把搂住杨克明说，我想你了，克明。

杨克明一把推开刘小香问道，小香，到底出啥事情了？

刘小香忍不住地笑着说，看你紧张成啥了，我调到你们牧业队了，今天来向你报道。

杨克明问，真的？

刘小香说，当然是真的，马国强场长亲自同意的。

杨克明舒了一口气说，小香，真有你的，我算是服了。

刘小香把怀里的小狗举到空中说，我还带来了一只小狗。

杨克明看着刘小香手中那只可爱的小狗说，那你就好好养着吧，咱们这里需要狗。小香，你先休息一下，我去食堂给你打饭。

刘小香把手里的小狗放在地上，一屁股坐在床上打量着屋子。明亮的夕阳给屋子涂抹了一层温柔的色彩，温柔的色彩里的屋子井井有条，就跟杨克明在场部的宿舍一样收拾的利索干净。沿着床铺一圈的墙上贴着土黄色的牛皮纸，没有油过漆的木箱上一盏煤油灯的玻璃灯罩闪着亮光。箱子上面的墙上有一张毛主席的标准画像，画像已经有些发黄，上面还落着几只苍蝇。刘小香挥挥手驱赶着苍蝇，几只苍蝇离开了画像，唯独落在耳朵上的一只苍蝇纹丝不动，刘小香站起身子跳起来用手拍了一下，就觉得手掌被什么东西扎得生疼，她仔细看了看那只苍蝇，原来是墙上的一个钉子。刘小香重新坐在床上，忽然觉得这个屋子里是那么温馨，就好像自己心里想要的那个家一样。刘小香轻轻闭上眼睛，继续想着家的模样，她觉得屋子中间应该有一个小饭桌，饭桌上热气腾腾的菜香弥漫在屋子里，那种滋味多么美好啊。一想到这里，她就觉得真就闻见了淡淡的菜香的味道。

小香，吃饭了。杨克明的说话声，惊醒了沉浸之中的刘小香，她睁开眼睛看见了箱子上的饭菜。

杨克明把一双筷子递给刘小香说，快吃饭吧，青稞面馒头，白菜粉条汤。

刘小香接过筷子就吃了起来。望着狼吞虎咽的刘小香，杨克明心里暖洋洋的。虽然刘小香的突然出现让他有些吃惊，但这也是意料之中的事情。那天在马国强家吃饭之前，他在宿舍里告诉刘小香自己要去牧业队工作时，刘小香看了他半天没有言语，但是从她激动的眼神里面，杨克明已经猜出她的心思。他了解刘小香，刘小香是一个有头脑又泼辣的姑娘，只要她想做的事情，她会不顾一切去做，她不会去看谁的眼色，也不会去讨好任何一个人。她就是她自己，活得纯粹活得真实。就在杨克明沉思的时候，刘小香抬起头看了他一眼问，你怎么不吃饭？

杨克明说，就一双筷子，你先吃吧，我也不饿。

刘小香把筷子递给杨克明说，你怎么不早说，我包里有筷子。

杨克明没有接筷子，拿起一个馒头咬了一口问道，小香，你姐姐像变了一个人似的，她怎么同意你来牧业队？

我和我姐夫串通好的，她还蒙在鼓里呢。不过，过些日子当她知道我成不了刘家儿媳妇时，她自然而然就平静了。刘小香说着也拿起了一个馒头吃了起来。

杨克明拿着馒头的手顿时停在了半空中，他有点埋怨地说，小香，你也太任性了……

啥也别说了，生米已经做成熟饭了。刘小香放下筷子，一口气把去县城找刘书记的事情和在路上发生的情况一五一十地告诉了杨克明。杨克明惊讶地看着刘小香说，我的娘哎，你简直就是穆桂英转世啊。刘小香被杨克明说得不好意思起来，她看了一眼杨克明，羞答答的低头笑了。

屋里的夕阳消散了，弥漫在暮色中的屋子变得越来越暗，杨克明点着煤油灯说，小香，我送你去宿舍休息，工作的事情明天再说。

刘小香撅起嘴说，你亲我一下，要不然我就不走了。

杨克明把刘小香紧紧搂在怀里说，真想把你吃到肚子里去。

刘小香害羞地说，你吃吧，反正我是你的肉，想咋吃随你的便。

两个人温存了一阵子，杨克明放开刘小香，拿起刘小香的行李说，纸里包不住火，雪里埋不住死人，你姐姐要是知道了你的所作所为，还不知道会气成啥样呢。

刘小香把小狗抱在怀里调侃道，没有那么严重，姊妹之间打断骨头连着筋，再说，我姐那个人刀子嘴豆腐心。

杨克明笑了笑走出了屋子。

正如杨克明意料的那样，刘小香匆匆忙忙刚离开了农业队不久，刘大香就风风火火赶到了农业队，看着捉迷藏似的姊妹俩，弄得王成喜一头雾水。当刘大香知道妹妹去牧业队的事是丈夫马国强在里面做了手脚之后，气得差一点儿背过气去。蒙在鼓里的王成喜虽然不清楚是怎么回事，但一脸怒气的刘大香让王成喜觉得事情有些蹊跷。王成喜拐弯抹角试探了几次，刘大香就跟哑巴似的什么也不说。中午的时候，王成喜要留她吃饭，刘大香却不给他这个面子，王成喜没有办法，只好派了一辆小马车把刘大香送回了场部。气呼呼的刘大香进了家门，像只母老虎似的一下扑到正躺在床上睡觉的马国强身上又抓又打，睡梦中的马国强一下坐了起来，两手抓住刘大香的手说，干啥，干啥，你疯啦！

我就是疯了，让你们逼疯了。刘大香吼道。

马国强问，一大早就不见你的人影，你干啥去了？

刘大香骂道，马国强，马国强，你真不是个好东西。我问你，你为啥跟小香串通一气欺骗我，你为啥硬要拆散好端端的一桩婚事，你到底安的什么心？

马国强放开刘大香的手说，大香，你听我给你说……

不听！不听！老驴放屁。刘大香打断马国强的话说，少给我装红脸包公，我还不知道你心里咋想的，你害怕小香成了刘家人你脸上无光，觉得自己没有本事，所以你就棒打鸳鸯散……

胡说八道。马国强说，我咋不希望小香找个好人家，可是小香自己不愿意。她心里只有杨克明，谁的话也听不进去，小香的脾气你又不是不知道。

刘大香追问道，小香去牧业队你为啥不告诉我？

马国强说，我要是告诉你，小香还去得了吗？再说，我也觉得小香跟乔玉山不太合适。乔玉山去找过小香两次，小香都爱答不理的，小香说，乔玉山在她面前那副盛气凌人的样子让她受不了，她觉着跟杨克明在一起心里踏实。既然小香真心真意跟杨克明好，杨克明也真心真意跟小香好，我就不能在他们中间当绊脚石。我也知道，因为小香的事情，乔大夫和刘书记可能对我有些看法，有看法就有看法吧，我不能昧着良心拿小香当筹码吧，你说是不是？

刘大香突然安静下来，两只眼睛直勾勾地望着墙壁发呆。马国强一把将刘大香揽进怀里，疼爱地用手抚摸着她的脸说，闭上眼睛睡一会儿，大太阳底下跑了一天，脸上的皮都晒爆了。

刘大香歪在马国强怀里说，杨克明高兴了。

小香也高兴了。马国强边说边随手将刘大香揽在了怀里。

刘大香撅着嘴说，你们都高兴了。

马国强并没有回答刘大香的话，只说道，睡一会儿吧。

刘大香闭上眼睛又说了一句，杨克明真有福气，又当干部又娶媳妇。

刘大香说得一点儿也没错，杨克明安排刘小香住下之后，回到屋里兴奋得没有一点儿瞌睡。不明不暗的煤油灯把杨克明身影映在墙壁上，就像一个奇奇怪怪的皮影。杨克明洗了一把脸，正打算脱衣服上床时，门外传来一声低沉的狼嚎，紧接着就是一片凄凉的狼嚎声。杨克明愣了一下，走到窗户跟前向外张望。窗外一片清亮，一弯透明的月亮挂在半空中，空旷的荒滩上什么东西都没有，只有苍凉低沉的狼嚎在月光里起伏回荡。杨克明虽然没有看见狼群，但他知道狼群就在周围。他觉得奇怪，按理说狼群一般不敢集中在有人的地方活动，可是今天晚上狼群怎么这么反常。一波又一波的狼嚎声像潮水似的涌了过来，杨克明有点儿不知所措。他想出去看个究竟，可是他又没有打开门的勇气，就在他一片茫然的时候，张文清扛着一杆枪敲开了他的门。

杨克明问道，文清，今天晚上是怎么回事，狼群好像疯了？

张文清也一脸疑惑地说道，从来没有发生过这种事情，我估计有人招惹它们了。

杨克明猛然想起刘小香手里抱的那只土黄色的小狗。他一把带上门说，跟我走。

杨克明领着张文清去了刘小香她们宿舍，问清楚小狗的来龙去脉，果然就是刘小香在路上捡的一只小狼崽子。刘小香心有余悸地说，怪不得狼群没命地嚎叫，我还以为是一只小狗呢。

杨克明抱起狼崽子出了门，跟张文清把狼崽送到远处一片空地上放下，然后急急忙忙回到了宿舍。狼嚎的声音消失了，宿舍里安静了下来，杨克明脱了衣服，一口气吹灭煤油灯躺在了床上。

让人没有想到的是，狼群没有把狼崽子带走，小狼崽子像一块石头似的趴在那儿死了。藏族职工索宝抚摸着已经僵硬的小狼崽说，小狼身上有了人的味道，狼群就不会接受它了。这下麻烦来了，狼群不像我们有休息日，它们白天晚上都不休息。

正如索宝说得那样，狼从来就没有休息日。当天晚上，狼群跃过高高的石头墙，跳进羊圈进行了疯狂的报复。看护羊圈的职工，打了几枪才把狼群赶出了羊圈。这天晚上，狼群咬死了八只绵羊和七只山羊。

第二天早晨，杨克明他们赶到山脚下的羊圈，望着一片血淋淋的羊的尸体，都傻了眼，杨克明觉得自己的心也在流血。

看护羊圈的职工说，杨队长，昨天晚上狼群好像疯了一样，开始的时候它们围着帐篷鬼哭狼嚎，最后不顾一切跳上圈墙，冲进羊圈开始撕咬羊群，我从来没有见过这个阵势，一个个跟敢死队的一样勇敢。

索宝听完说道，看这个样子，狼群不会善罢甘休，它们还会来袭击羊群。

杨克明说，除了加高羊圈之外，晚上多派几个人把守羊圈。

张文清说道，咱们队一共就只有两支枪，两个羊圈还有一段距离，我觉得不如把两个圈的羊合在一起，这样把守起来容易一些。

杨克明听完后说，这个事情你负责。

晚上再扎一个帐篷，我带几个人守夜。张文清接着说道。

杨克明看着索宝说，索宝，你是当地的藏族，对草原的情况熟悉，你多给张队长出出主意。

索宝边点头边说，我会尽力的。

在回来的路上，张文清说，克强，你得去找找马场长，给咱们再要几支枪回来，一是守护羊群，二是说话冬天就快到了，没有枪咱们怎么储备过冬的猎物。

我也考虑过这个问题，我想这件事让刘小香去办，我给马场长写一份报告。对了，文清，咱们商量一下，小香既然来了，给她安排个什么工作合适？杨克明说道。

你的意思呢？张文清反问道。

杨克明说，你知道我俩的关系，我安排人家会说闲话。

张文清想了想说，放牛放羊都是男人的事情，我看就让小香在后勤上挺合适。

你看着办吧。杨克明说完再也没说话。

中午吃饭的时候，杨克明在食堂门口碰上了跟刘小香一个宿舍的姑娘秀琴，杨克明问秀琴道，刘小香怎么没有来吃饭？

秀琴回答道，不知道刘小香怎么了，回到宿舍跟谁也不说一句话，一个人蒙着被子就睡觉了。

听完秀琴的话，杨克明随便吃了几口饭，用自己的碗给刘小香打了一份饭菜去了宿舍。杨克明走进宿舍的时候，刘小香正在叠被子。杨克明把饭碗放在木箱上问道，小香，你是不是哪里不舒服？

刘小香一屁股坐在床上说，心里不舒服，第一天来就惹了那么大的祸，给队里造成那么大的损失，我自己都想扇自己一个耳光。

杨克明说，别生气了，赶快吃饭，事情已经过去了。

刘小香哭丧着脸说，克明，我不想给你找麻烦，可是偏偏给你找了一个大麻烦，我心里面特别难受。

杨克明走过去用手抚摸着刘小香的头说，也不能全怪你，你又分辨不清哪个是狼哪个是狗。

刘小香用脑袋顶着杨克明的胸脯呜呜哭了起来，克明，我给你丢人了，你骂我几句或者打我几下，我心里还好受一些。

杨克明说，小香，好了好了，让别人看见笑话。

刘小香说，我不管，靠在你身上我心里舒服一点儿。

杨克明扭头望了一眼门口说道，小香，来人了。

刘小香急忙抬起头，迅速擦了一把眼泪，直挺挺地坐在了床上。

看着刘小香的样子，杨克明忍不住地笑了。刘小香知道被杨克明骗了，也忍不住破涕为笑。

钢花四溅

马国强晚上接到去县委开会的通知，第二天天不亮就骑马往县城赶。到了县委会议室，在靠墙的地方找了一个空座位刚坐了下来，会议就准时开始了。索南县长举起一只胳膊在空中晃了晃大声说道，大家安静，有什么话等一会儿再说，现在准备开会，欢迎刘书记讲话。

刘厚民在掌声中举了一下手，鼓掌声顿时停了下来。刘厚民激情澎湃地说，同志们，今天的会议就两项内容，第一，互相交流办厂的经验，第二，让大家参观钢铁厂出钢的盛况。今天咱们三个炼钢炉同时出钢，这是咱们县的一件大事情啊同志们……

刘厚民的讲话被热烈的鼓掌声打断，刘厚民兴奋地点着一根香烟抽了起来。鼓掌声在烟雾之中渐渐停了下来，刘厚民继续说道，经过几个月的努力工作，全县各项工作都在有序向前推进，特别是通过整风运动，通过社会主义教育和阶级教育，大家提高了认识，认清了形势，对“大跃进三面红旗”的理解更加深刻，也更加有信心。我相信，在大家不懈的努力下，我们一定能够实现牛羊满山跑，粮食遍地长，各种工厂都冒烟的目标，也一定能够实现三年电气化的伟大目标。

刘厚民声情并茂的讲话又一次被热烈的掌声打断，刘厚民挥挥手说，同志们，既然是交流会，大家都说一说，不要光听我一个人说。

刘厚民的话音刚落，胖乎乎的卫生院长就站了起来，他兴奋地看了大家一眼说，刘书记的讲话，就像刮过草原的一阵春风，让大家心里暖洋洋的，也让我们信心倍增。通过整风运动，我们卫生院在县委县政府的领导下，不但办起了中药厂，而且，已经开始生产中药成品了。

坐在马国强旁边的兽医站站长用腿碰了碰马国强，马国强心知肚明的把脑袋伸了过去。兽医站长把嘴贴在马国强的耳根上说，说出来都是笑话，一间走风漏气的破平房，两口大铁锅就是一个工厂，熬出来一堆驴屎蛋一样的东西，味道又腥又辣，吓得没有人敢吃，反正吹牛不犯法。

马国强也用腿碰了碰兽医站长，兽医站长直起身子打了一个呵欠。这时候，妇联主任站了起来，她用力甩了一下脑袋，一根长长的辫子就像鞭子一样甩在了背后说道，人有多大胆，地就有多高产，虽然我们没有种地，可是我们妇联的姐妹们也能顶半边天。我们妇联已经办起了缝纫厂，已经生产出了第一批藏族服装，受到了藏族群众的热烈欢迎。接下来我们要再接再厉，扩大生产，再生产一批中山装和儿童服装，满足人民群众的需要。虽然我们有热情有能力，可是，我们目前还缺少布料也缺少资金，俗话说，巧妇难为无米之炊，希望县委帮助我们解决这些问题……

妇联主任讲到这里时，兽医站长又忍不住把脑袋伸到马国强跟前说，我老婆就在缝纫厂工作，五个人三台缝纫机，既没有布料也没有服装设计，照猫画虎做了几件藏袍就停产了。

马国强看了兽医站长一眼，兽医站长咧着嘴笑了笑，那个笑比哭还让人看着难受。半上午的时间很快就过去了，刘厚民看了看手腕上的表说，同志们，今天的交流会开得积极热烈，大家不仅说了取得的成绩，也说了实际存在的困难，实事求是，达到了交流的目的。虽然，目前我们还有许多困难，可是，我相信在困难面前大家不会低头。就像解放战争时期，面对国民党的飞机大炮，我们从来都没有畏惧过。毛主席说过，我们的同志在困难面前要看到光明，要看到前途。我相信，大家会克服困难，勇往直前，我们的前途一片光明。因为时间的关系，我就不多说了，现在咱们去参观钢花四溅的胜利果实。

在一片热烈的掌声之中交流会结束了，大家情绪高涨地出了会议室，三五成群的向钢铁厂走去。钢铁厂就建在一片荒凉的草滩上，三个炼钢炉像三个高高的碉堡一样竖立在半空中，从炼钢炉里冒出的滚滚浓烟好似三条翻卷的黑龙直冲云霄。

刘厚民指着炼钢炉兴奋地说，大家看看，多么壮观啊，我相信用不了几年，这一片荒滩上到处都是浓烟滚滚的工厂，我们这里不但盛产牛羊，还要盛产粮食，将来还要盛产工业产品，说不定还要生产飞机大炮呢。

刘厚民一番激情似火的话，烧得大家热血沸腾。大家亢奋地围着刘厚民纷纷表达着自己的想法。马国强没有围过去凑热闹，溜边的黄花鱼一样躲到了一边。他点着一根香烟，望着高高的炼钢炉心里无法平静，他觉得就像刘书记说得那样，前途肯定会一片光明，但困难又多得像脚下的碎石子一样，他心里既不高兴也不难过，不知道是个什么滋味。就在他胡思乱想的时候，刘厚民拍了拍他的肩膀说，老马，一个人躲在这里想什么呢？

马国强不自然地笑了笑说，烟瘾犯了。

刘厚民说，我还以为亲家做不成了，你不好意思见我呢。没有关系，心里不要有什么想法。说老实话，我还真喜欢你那个小姨子，性格泼辣，有勇有谋。

马国强接着刘厚民的话说，小香没有啥文化，毛毛躁躁的，做事情不考虑后果。

你可不能小看了小香，这一次小香赤手空拳活捉一个特务，县委还准备给她立功通报呢。刘厚民说着拍了拍马国强的肩膀。

马国强说，小香就是胆子大。

别看小香是你的小姨子，你还是不了解她。那天小香跑到办公室找我，直截了当告诉我她不喜欢乔玉山，她喜欢杨克明，让我转告乔玉山不要再去纠缠她，这件事恐怕你还不知道吧？听完刘厚民的话，马国强惊讶地看着刘厚民。

马国强摇摇头说道，这个丫头一点儿口风都没有漏出来，她要是告诉我，我不可能让她冒冒失失来找你。

刘厚民笑着说，如果小香再有一些文化，你马国强也比不过她。

马国强也笑着说，都说妇女能顶半边天嘛。

就在刘厚民和马国强说得起劲的时候，办公室主任走过来告诉刘厚民该剪彩了。刘厚民乐呵呵地在一片锣鼓声中走到一条红绸跟前，他环顾了一下周围问道，怎么，索南县长呢？

办公室主任说，索南县长下乡了，他让我转告你参加不了剪彩仪式。

刘厚民说，那好吧，我就一并代表索南县长剪彩了。

震耳欲聋的锣鼓声中刘厚民拿起剪刀剪断了红绸子。与此同时，三个炼钢炉里火花四溅，奔腾而出的钢水顺着铁槽款款流出。望着火红的钢水，兴奋的人群在一片热烈的鼓掌声中又跳又叫，热情就像炼钢炉里沸腾的钢水。马国强被这热烈的气氛感染了，他踮着脚尖往前面看，可是沸腾的人群阻挡了他的视线，他在人群里往前挤了挤，一回头正好和朱实奎碰了个照面。朱实奎拉了拉马国强的胳膊说，我正要找你呢，咱们外面说话。

马国强跟着朱实奎走出了人群，来到一块空地上，朱实奎说，马场长，你们农场的王生财罪行累累，法院已经宣判了死刑。我想跟你商量一下，公审大会就放到你们农场去开，这样也可以起到一个震慑作用。

马国强问道，朱局长，王生财的罪行不至于判死刑吧？

朱实奎说，怎么不至于判死刑？他偷偷卖了十几头牛，这个罪行还小啊，那是国家的财产，加上他生活作风糜烂，跟队里好几个妇女搞破鞋，其中，还有一个妇女大着肚皮被他打发回了老家，这些都是他自己说出来的，白纸黑字写得清清楚楚。

马国强沉思了半天后说，朱局长，我的意思公审大会就在县上开吧，到时候我们各个队多派一些人来参加。

朱实奎想了想说，也行。

马国强说，朱局长，我想去看看王生财，不管怎么说，他是我们农场的人，也是参加过抗美援朝的兵。

朱实奎说，说实在的，我心里也不好受。毛主席有一段话是怎么说来着，大概意思是我们的同志在敌人面前英勇无比，在糖衣炮弹面前不堪一击，王生财就是一个活生生的例子。

马国强叹口气说，唉，现在说啥都晚了。

王生财在医院，你要去看他，我给你写张纸条。朱实奎边说边从口袋里掏出一个小本子，从小本子上面扯下一页纸，写了一个纸条递给马国强说，到了外科交给看守的民警。

马国强接过纸条装进了口袋。

剪彩仪式结束后，参观的人群也散了，马国强心事重重地去了医院。在医院的走廊里碰上了乔玉英。马国强愣了一下，有些尴尬地打了一个招呼，乔大夫你好！

身穿白大褂的乔玉英不冷不热地打了个招呼，马场长，你怎么来了，哪里不舒服？

马国强说，我来看一个病人。

乔玉英有些冷漠地说，我正在查房，没有时间陪你了。

乔大夫，你忙你的。马国强赶紧回应道。

乔玉英咧嘴笑了笑跟马国强擦肩而过。一片白云似的乔玉英飘走了，马国强转过身子去了外科病房，老远就看见走廊的椅子上坐着一个民警。马国强走过去把纸条交给民警，民警看了看纸条，指了指对面的病房说，进去吧。

马国强推开房门，躺在病床上的王生财面朝窗户，一条裹着绷带的腿露在被子外面。大概听见了开门声，王生财把头扭了过来，当他看清楚马国强时显得异常激动，两手撑着床铺极力想坐起来。马国强走到床前说，躺着吧。

王生财说，马场长，没有想到你还能来看我。

马国强说，为什么不能来看你，错误是错误，感情是感情。

王生财两眼含泪，一副可怜兮兮的样子，我对不起你马场长，我真的好后悔啊，可惜，世界上没有卖后悔的药。

马国强问，你的腿怎么了？

王生财叹口气说，唉，自作自受，他们说我不老实，没有彻底交代，就用木棍打我……

马国强也叹口气，你啊你……

王生财看着马场长说，马场长，我求你一件事，你帮帮杨桂花吧，她是无辜的，她没有干什么坏事，坏事都是我一个人干的。她跟我好就是为了占点便宜，这个女人不坏，就是有个好吃懒做的毛病，想一想是我害了她呀。我已经这个样子了，判刑也好，关押也好，我是咎由自取，不能因为我让杨桂花背黑锅受连累。

马国强问，杨桂花也在监狱里面？

王生财说，听说她在集训队，集训队也不是人待的地方。

马国强听完后说道，好吧，我去公安局了解一下情况再说。

王生财一把抓住马国强的手说，谢谢你马场长，我替杨桂花谢谢你。

看着王生财的样子，马国强心里五味杂陈。他平静了一下情绪，又安慰了王生财几句，推说自己有事情就离开了病房。走出医院大门，马国强抬起头看了看快到中天的太阳，就急匆匆赶到公安局，把朱实奎堵在了办公室，一口气把自己的想法告诉了朱实奎。

朱实奎拉着马国强出了办公室说，老马，你看看现在几点钟了，从早晨到现在我没有吃一口东西，肚了里空得直往上泛酸水。

马国强说，你回去吃饭，我在办公室等你。

开什么玩笑。朱实奎又拉了马国强一把说，你是铁打的，跟我回家吃饭。没什么好吃的，能吃饱肚子就行。

马国强没有推辞，跟着朱实奎回家吃饭去了。朱实奎的妻子一看就是老实本分的农村人，看见老朱带着客人进了门，二话没说忙着去给客人倒水。朱实奎指了指妻子对马国强说，我老婆从老家来了还不到两个月，见了生人连话都不会说。

马国强笑了一下没有言语。

朱实奎妻子把茶缸放在靠墙的三斗桌上客气地说了一句，你喝水。

马国强也客气地说了一句，谢谢。

朱实奎搬了一个凳子坐在桌前说，家里连个饭桌都没有，就这样瞎凑合。

马国强端起茶缸喝了一口水说，谁家不是瞎凑合。

朱实奎妻子把一盘土豆丝炒粉条和一盘青稞面馒头放在桌上说，吃饭吧，没有什么好吃的东西。

马国强笑着说，我从小就爱吃土豆丝，我娘说我就是土豆命。

朱实奎从桌子下面掏出来半瓶白酒倒进两个茶缸里说，老马，咱们这是第一次在一起吃饭，没有好菜也没有好酒，有这个意思就成。

马国强说，老朱，虽然咱们不是太熟悉，我能感觉到你是个热情的人，听说你也是从部队转业下来的。

朱实奎说，我是从北海舰队转业的。好像你也是军转干部？

马国强点点头说，一军三师三团三营三连。

朱实奎端起茶缸说，老马，为了部队咱们喝一口。

马国强端起茶缸和朱实奎碰了一下，一口气把茶缸里的酒喝进了肚里。他放下茶缸擦了擦嘴说，我不习惯慢慢喝酒。

朱实奎说，我喝不了猛酒，我喝我的酒，你吃你的饭。

马国强拿起一个馒头停在半空，看着朱世奎说，老朱，刚才给你说的事情你还没有答复我呢。

朱实奎笑了笑说，老马啊，你真是个老实人。安心吃你的饭，吃饱饭我跟你一块去集训队，让你把人带回去。

马国强放心地拿起筷子吃了起来。吃过饭撂下筷子后朱实奎就领着马国强去了集训队。马国强没有想到事情办得这么容易，他签了个字就把杨桂花领了出来。一脸憔悴的杨桂花看见马国强忍不住哭了起来。

马国强看着杨桂花说，这是一次教训，回去好好劳动。

穿着一件碎花衣服的杨桂花哭哭啼啼地说，马场长，我没有脸面回牧业队了，你就让我到农业队去吧，我向你保证，从今往后一定好好劳动，决不给你丢人。

马国强停顿了半天后说，场部正在筹办一个牛奶厂，你就留在牛奶厂吧。

杨桂花扑通一声跪在了马国强的脚下，说道，马场长，你就是我的救命恩人，我就是死也忘不了你的大恩大德。

马国强一把将杨桂花从地下拉起来后说，杨桂花你别这样，只要你好好工作比什么都强。

杨桂花拍了拍裤子上的土说，马场长你看着吧，我杨桂花不蒸馒头也要争口气。

马国强说，我听见了。

杨桂花擦了擦脸上的泪水小心翼翼地问道，马场长，你见王生财没有？

马国强犹豫了一下说，没有。

杨桂花叹口气说道，唉，也不知道他咋样了。

马国强没有接杨桂花的话，挥了挥手手说，走吧，拖拉机在粮站等着呢。

杨桂花没有再说话，紧紧跟在马国强身后，就像一只胆小的梅花鹿。

天边的彩虹

早晨起来的时候还是蓝天白云，吃过早饭蓝天白云就不见了，天空上东一片西一片的乌云就像一片片不规则的牦牛毯子。杨克明从食堂出来望了一眼天空，便回宿舍拿了一件雨衣去了牛棚。牛棚前面的草地上，十几头牦牛悠闲地吃着青草，身上又长又厚的毛就像披着一件厚厚的蓑衣。

杨克明把雨衣递给刘小香说，小香，路上小心一点儿，回去跟马场长说，过几天我再去老乡那里买几头奶牛送到场部。

你昨天已经说过了。刘小香边说边把杨克明给的雨衣接了过来。

杨克明看了一眼索宝说，索宝，看样子天要下雨，路上小心点儿。

戴着一顶呢子礼帽的索宝，一边抽着香烟，一边满不在乎地说，放心吧杨队长，我十岁的时候就能把一群牦牛赶到山里头。

杨克明拍了拍索宝的背说，那你们走吧，早去早回，别忘了把枪带回来。索宝把烟蒂从嘴巴里吐到草地上，两个手指头伸进嘴里吹了一声响哨，不远处吃草的两匹马儿就跑了过来。刘小香把手里的雨衣搭在马鞍上，有些犹豫地爬上了马背，两只手紧紧地拽着马缰绳。索宝拉了拉刘小香手里的马缰绳说，把缰绳松一松，这匹马是队里最老实的马，老实得跟绵羊差不多。

刘小香松了松马缰绳，看着杨克明笑了一下。

杨克明说，别紧张，你就觉着在骑一只绵羊。

刘小香故作轻松地说道，我才不紧张呢，大不了从马背上摔下来呗。

索宝很轻松地跨到马背上说，队长，那我们就走了。

杨克明点点头说道，走吧。

索宝挥舞着手里的马缰绳赶着牛群上路了，十几头奶牛在索宝的吆喝声中，就像一群老实的绵羊朝着草山那边的垭口走去。快到垭口的时候，空旷的草原上就响起了索宝高亢明快的歌声。索宝唱的是藏族歌曲，虽然一句也听不懂，但刘小香觉得像草原上温柔的风，像布哈河哗啦啦流淌的水。刘小香抖了抖手里的马缰绳，马儿听话地紧走了几步靠近了索宝。刘小香说，索宝，你的嗓子就像广播里的声音一样响亮。

索宝说，不响亮不行啊，垭口那边如果有什么动物就听不见有人唱歌了。

刘小香被索宝说得稀里糊涂，她皱着眉头问道，你刚才说让动物听歌是啥意思？

索宝说，有时候熊啊，狼啊，还有猞猁啊就在垭口那边，听见有人唱歌它们就会悄悄躲开了，这样就会避免危险发生。

刘小香恍然大悟，原来是这样。

索宝又说道，草原上的人和动物是邻居。

停了一会儿刘小香问道，索宝，你唱的歌那么好听，是什么意思啊？

索宝扭头看了刘小香一眼说，是藏族拉伊，也就是草原情歌。

刘小香又问道，那你能用汉话说一说歌词吗？

索宝想了想说，大概意思就是有一个阿哥去山上打猎了，喜欢他的那个阿妹在草滩上思念阿哥的意思。

刘小香点了点头说，你的嗓子真好听。

索宝自豪地笑了笑说，我们从小在草滩上生活，就像草滩上的百灵鸟一样，高兴了就唱，不高兴了也唱，想怎么唱就怎么唱，每个人都是这样。

刘小香说，你再唱一个，我没有听够。

索宝直了直身子，正准备唱歌的时候，随着一声响雷在头顶上炸开，豌豆大小的冰雹从天而降。刘小香吓得哆嗦了一下，牛群也惊得四散而逃。刘小香不知所措地向索宝望去，索宝的枣红马已经像箭一样射了出去。铺天盖地的冰雹打得人睁不开眼睛，刘小香急忙把雨衣披在头上，用脚后跟使劲碰了碰马肚子，向一头狂奔的牦牛追去。疯狂的牦牛像抽风似的一会儿朝左边跑，一会儿朝右边跑，急得刘小香不知道该怎么办。好在聪明的马儿超过牦牛挡住了牦牛的去路，疯狂的牦牛转身又向牛群奔去，刘小香调转马头奋起直追。追了一会儿她发现索宝已经把四散的牦牛聚拢到了一起，那只狂奔的牦牛跑进牛群里面也安静了下来。刘小香拉了拉马缰绳，马儿打着喷嚏停了下来。这个时候冰雹也突然停止了，灿烂的阳光冲破了乌云的笼罩，水一样撒满了整个草原，广袤的草原在阳光下像铺了一层明亮的珍珠，天边一道彩虹像一个五彩斑斓的项链不偏不斜套在肖合力雪峰的脖子上。

刘小香把雨衣从脑袋上扯下来说，索宝，今天要不是你，牛群肯定跑散了。

索宝不以为然地说，草原的天就是这个样子，想哭就哭，想笑就笑，我们从小就习惯了。我就是想不通你们为啥要在这里办农场呢？这里是放牛放羊的地方，不是种青稞小麦的地方。刚才你看见了，这么大的一场冰雹早就把庄稼打死了。

刘小香沉思了片刻说，我也不知道。如果是这么大的一场冰雹，那么农场的庄稼已经被冰雹打死了。

索宝摇了摇头说，真的搞不明白，像不懂事的牦牛一样。

刘小香接着索宝的话茬说，我也搞不明白。

咱们走吧，这个我能搞清楚。索宝边挥舞着马缰绳边说。

刘小香笑了笑没有言语。

快中午的时候，索宝和刘小香在布哈河边碰上了正在河里捕鱼的马国强。马国强穿着一条裤衩从河里走上了岸，索宝跳下马背叫了一声，马场长。

马国强笑呵呵地说，万事俱备，只欠东风，这下好了，牛奶厂终于有眉目了。

刘小香走到马国强跟前小声问道，你不冷啊姐夫？

马国强看了一眼河里捕鱼的人说，冷也没有办法，趁着湟鱼洄游的机会，多储备一些过冬的食物。

刘小香朝河对岸望去，河对岸的湟鱼堆成了一座小山，小山周围的女人们在给鱼儿开膛破肚，另外一些女人拿着细细的铁丝把开膛破肚的鱼儿穿成一个长串，一串串的鱼儿摆满了河岸。

马国强说，你们把牛赶回场部，交给杨桂花就算圆满完成任务了。

杨克明还给你带了一封信。刘小香边说边准备从挎包里拿信。

马国强一边往河里走一边说，晚上回去给我，回去好好跟你姐姐说说话儿。

索宝看到马国强往河里走，着急地说，马场长，杨队长还让我们今天赶回去呢。

马国强摆了摆手说，明天回去就说，我不让你们走。

索宝扭头看了看刘小香，刘小香做了一个过河的手势，索宝挥舞着马缰绳把牛群赶进了布哈河。乌云似的鱼群被过河的牛群扯成了几片，惊慌失措的鱼群蹦蹦跳跳，溅起的水花沸腾了一河的水。

刘小香推开房门发现姐姐身子朝里正在床上睡觉。她蹑手蹑脚走到床边想逗逗姐姐，刚伸出手就听见姐姐说，这么早就回来了？

刘小香愣了一下，就听姐姐又说，饭在锅里热着呢。

刘小香抿着嘴笑了笑，伸手在姐姐屁股上摸了摸。刘大香晃了晃身体说，打了一天的鱼，你不累啊。

刘小香又调皮地将手伸到姐姐的腰上摸了摸。

刘大香头也没回地说，男人到了八十岁也是闻腥的猫，要是不累，你就上来。

刘小香忍不住笑出了声，刘大香一骨碌从床上坐起来惊讶地看着妹妹说，你这个死丫头吓了我一跳，我还当是你姐夫呢。今天太阳从西边出来了，你咋回来了？

刘小香一屁股坐在床上说，想你了呗。

刘大香撇撇嘴说，蜂蜜又吃多了是吧，你心里还有我？

刘小香撒娇地靠在刘大香身上说，在这里我就你这么一个亲人，我不想你想谁？

刘大香咂了咂嘴说，啧啧，晕死我了。

刘小香看着刘大香没有说话，装出一副可怜兮兮的样子。刘大香轻轻叹了口气，用手指头在刘小香额头上戳了一下故作生气地说道，你真是我的冤家。我就弄不明白，你这个脑袋瓜里面到底是咋想的，放着阳关大道你不走，偏偏要走独木桥。这还不说，你咋又跑去找刘书记，告诉人家你和他小舅子一刀两断，你说说，你尽干些没有屁眼的事情。你姐夫回来一告诉我，差一点儿没把我气死。

刘小香撅着嘴说，人家刘书记通情达理，我跟他说明了情况，刘书记不但没有生气，相反还非常同意我的想法，还表扬我有个性呢。

刘大香听完说道，你就一个二百五，刘书记不这样说咋说？你就没想一想，你要是进了刘书记家就等于离开了农场，说不定以后还能调到省城。我不是说杨克明不好，杨克明也是一个好小伙子，可是，你跟他好就得在农场待一辈子。

一辈子就一辈子我不在乎，你跟我姐夫不也在这里嘛。刘小香看着姐姐，眼里充满了期待。

刘大香说，我要是你，我才不会在这里待一辈子。

刘小香笑着说，那你跟我姐夫离婚呗。

刘大香说，屁话，我能跟你姐夫离婚吗？

刘小香说，还是，只要两个人好，金山银山都不换。

你的事情我也管不了，你自己想干啥就干啥，穿金戴银也好，讨吃要饭也好，都是你自己的选择。刘大香生气地说道。

刘小香抓着姐姐的胳膊摇了摇说，你是我姐，你不管谁管？

刘大香瞪了一眼刘小香说，生米煮成熟饭了我咋管？

刘小香也没有争辩，只是说道，你和姐夫这么多年也没有一个孩子，我觉得你们冷冷清清的，要是跟杨克明结了婚，我多生几个孩子给你们两个……

刘大香突然哈哈大笑起来，说，我的那个娘哎，见过不要脸皮的姑娘，没有见过像你这么厚脸皮的姑娘，脸皮比城墙拐弯还厚。

刘小香一脸真诚地看着刘大香说，姐，我说的是真心话。

刘大香鼻子一酸，把妹妹搂进怀里说，我的傻妹妹。

姐妹俩人抱成一团的时候，马国强提着几条湟鱼进了屋子。望着在床上姐妹俩，马国强提高嗓门喊了一声，出了人命我不负责。

听见马国强的声音，姐妹俩互相看了对方一眼松开了手。刘大香擦了一下眼窝跳下床说，你回来了。

马国强晃了晃手里的鱼说，晚饭吃清炖湟鱼，我都收拾干净了，放上水直接下锅清炖就行了

刘大香接过丈夫手里的鱼，转身把鱼放进了锅里。刘小香从挎包里掏出来一封信交给马国强说，姐夫，这是杨克明让我交给你的信。

马国强接过信看了一眼，随手把信往桌上一扔，坐在凳子上问道，杨克明工作干得怎么样，大家有什么看法?

刘小香想了想说，成天忙忙碌碌，反正没闲着，好像也没有听到大家说啥。对了姐夫，我犯了一个错误，队里损失了十几只羊。

马国强吃惊地看着刘小香问道，你犯了个啥错误?

刘小香就把路上捡狼崽的事情和晚上狼群袭击羊圈的情况说了一遍。

马国强听完后说道，草原狼的脑袋瓜聪明，比老家的狼厉害。我听说，草原狼心里还会记仇，报复起来不顾一切。

刘小香问马国强，要是狼群再报复羊群咋办?

马国强看着刘小香一脸的担心，安慰道，杨克明他们又不是傻子，他们肯定有准备。

正如马国强所预料的那样,杨克明他们做了充分的准备。吃过晚饭之后，红灯笼似的太阳在绚丽的彩云陪衬下，愉快地从肖合力雪山顶上沉落了下去。燃烧的火焰把天边变得一片通红，杨克明他们几个人在火烧云的映照下躲藏到了羊圈里面。他们翻穿着皮大衣躲在拥挤的羊群里，皮大衣的毛色跟羊皮的颜色一模一样。

下午收工的时候，张文清带着人把两个羊圈的羊赶进了一个羊圈，本来就不太宽裕的羊圈，一下子就显得有些拥挤。张文清挪了挪身体说，感觉就像挤火车一样。

外号叫瘦猴的职工说，从老家来的时候，车厢里跟下饺子一样，我身子瘦小，钻到火车座位底下睡了两天两夜就到了西宁，一点儿罪也没有受。

坐在我旁边的一个伙计水喝多了，挤不到厕所跟前，结果美美地尿了一裤子，吓得我一路上没敢喝水，嘴唇干得像爆米花。张文清听瘦猴说完，接着话茬说道。

杨克明说，我们那个车厢里才有意思呢，有个伙计被大便憋的直哭鼻子，最后，实在憋不住屙了一裤裆，车厢里面那个臭啊，简直就没法喘气。可怜那个伙计，一直到了西宁才换了一条干净裤子。

就在大家说话之中，一轮明月挂上了天空。深邃的天空上，星星多得就像稠密的羊群，水一样的月光淌满了整个草原。静悄悄的羊圈里，已经听不到乱糟糟的羊叫声，杨克明看了一眼张文清问道，还有多少子弹？

张文清回答道，两只枪一共有七发子弹。

杨克明叮嘱道，一定要瞄准了再开枪。

张文清说，在老家的时候，公社基干民兵百米靶射击比赛，一人三发子弹，我一发子弹都没有脱靶，一共打了 24 环。一个 7 环，一个 8 环，还有一个 9 环。公社武装部为此还破格让我担任了民兵连长，还奖励了我一个大茶缸和一个军用挎包。

没有看出来你还是一个民兵连长。杨克明惊讶地看着张文清说。

张文清也没有客气，直接说，牛皮不是吹的，火车不是推的，等一会儿你就知道了。

我长这么大从来没有摸过枪。杨克明叹了一口气，语气里有一些失落。

张文清说，其实很简单，瞄准三点一线就行了，关键要多练习，了解枪的习性。

瘦猴听完张文清的话说道，我也只打过靶子，没有打过活物。

等一会儿狼来了我先开枪，咱们要节省子弹。张文清对瘦猴说道。

瘦猴听完后说，我听你指挥，你说打我就瞄准开枪。

张文清停顿了一下又补充道，瞄准的时候要屏住呼吸，手不能发抖。

瘦猴举起枪试了试，发现晚上不好瞄准。

张文清看了一眼瘦猴说道，光线不好的时候，就全凭感觉了。

瘦猴放下枪说，咱们忙活了半天，狼群不来咋办？

杨克明说，来不来是狼的事情，做不做准备是咱们的事情。

瘦猴看了看天空，我都困了。

我给你们讲一个故事。张文清说，从前有一个穷人和一个富人，有一天，俩人前后从县城往家里走。回家的路边有一棵大柳树，前面的穷人走到树下尿了一泡尿，提起裤子就走了。后面的富人走到树下也尿了一泡尿，结果冲出来一个金元宝。

那个穷人就是一个倒霉命。瘦猴接话说道。

我娘说，穷人富人都是命中注定的，命里面没有，累死也白搭。克明，你说是不是？张文清反问杨克明。

杨克明说，啥命不命的，都是封建迷信，我给你们讲一个秀才的故事。说古时候有一个秀才进京赶考，八月十五这一天傍晚住进了一家小客店。客店里住满了客人，没有多余的房间给秀才住。秀才看看天色已晚，就给店家说，无论好坏，只要有个安身之处熬过一夜就可。店家看着秀才无处可去，起了恻隐之心。便说道，楼上有一间房空闲多年，你要是不嫌就在楼上将就一夜。秀才高高兴兴跟着店家上了楼，只见房间里面应有尽有，只是久未人住看着有点脏乱。走了一天路的秀才又累又困，随便打扫了一下床榻就合衣入睡了。睡到半夜的时候，秀才被一阵诱人的飘香弄醒了，睁开眼睛发现屋子里面灯火通明，屋子中间的饭桌上面摆满了饭菜，饭桌旁边还坐着一位年轻貌美的女子。秀才好奇地走到桌前问道，这位姑娘，你是何人？

女子婉约一笑，我是何人无所谓，只是秀才进京赶考，一路奔波鞍马劳顿，小女子略备薄酒一杯，洗去秀才连日的辛苦风尘。

秀才疑惑地望着女子问道，你到底是何许人也？

女子皱起双眉，说，既然如此，我也实不相瞒。你且坐下，听我慢慢道来。

秀才便坐在桌前听女子说话。那个女子看了秀才一眼说，十年前，我郎君也是进京赶考，十年前的今天，我和郎君就住在这一间屋子里。第二天郎君匆忙赶路进京赴考，让我就在这里静听佳音。在等候佳音的那些日子里，我发现我就是李清照的影子。“薄雾浓云愁永昼，瑞脑消金兽。佳节又重阳，玉枕纱橱，半夜凉初透。东篱把酒黄昏后，有暗香盈袖。莫道不消魂，帘卷西风，人比黄花瘦。”

望着一脸哀伤的女子，秀才问道，那后来呢？

女子说，郎君十年寒窗，我不负他。可是，郎君却有负于我，一封休书离我而去。

秀才拍拍桌子，义愤填膺。女子又是婉约一笑，说，今天又是八月十五，我和秀才合一副对联，我提上联，秀才对下联。

秀才说，既然如此，不妨一试。

女子说，如若对上下联，秀才明日继续赶路，如若不然，就别怨我小女子了。听好了秀才，八月十五月儿圆。

秀才对了几个下联，女子都摇摇头。这个时候，屋外响起了三更的更声。女子美貌一下子变得有一些可怕。秀才开始害怕了，越是害怕越想不出来下联，额头上的汗水下雨一般。当四更的更声响起来的时候，女子突然站了起来，面目更加狰狞。秀才哆哆嗦嗦问道，你到底是什么人？

女子说，接到郎君休书后，我就用三尺白绫将自己悬在了房梁上。

秀才一下子从椅子上跌倒在地，这时，女子慢慢向秀才走了过来，秀才慌忙从地上爬起来躲避着女子，俩人开始围着桌子玩起了猫捉老鼠。转了几圈之后，女子脸色苍白，披头散发，两只眼睛放着红光。秀才被女子追赶得气喘吁吁，两腿发软，眼看着就要被女子抓住了，屋外响起了五更天的更声，秀才突然喊道，五更更响更凄凉。女子愣了一下，随即便没有了踪影。

瘦猴缩着脖子问道，那个秀才呢？

秀才赶考去了。杨克明回答道。

瘦猴又问，那个女子是吊死鬼还是一个好鬼。

杨克明笑了笑说，说得对，人分好人坏人，鬼也分好鬼和坏鬼。

瘦猴又问道，杨队长，你知道得多，你说到底有没有鬼？

杨克明指了指瘦猴后面说，千万别回头，你身后就有一个女鬼。

瘦猴笑了笑说，鬼才不喜欢我呢，嫌我骨头多肉少。

张文清却说道，你说错了，鬼也是一把骨头，鬼就喜欢肉少的人。

喜欢我就来呗。瘦猴一边说一边划着火柴准备抽烟，可是刚划出一道火星就被风吹灭了。这个时候风把悠长的狼嗥送进了羊圈。听见狼嗥羊圈里面立刻骚动起来。张文清把子弹推进七九步枪的枪膛，高高的圈墙上就出现了一只狼的脑袋。没等那只狼在墙头上站稳，随着一声巨响，一条火龙从羊圈里飞了出去。

张文清站起身子说，走吧，今天晚上狼群不敢来了，也许这一阵子也不敢来了。

杨克明问道，我没有看清楚，你打着了没有?

张文清笑了笑说，出去看看就知道了。

大家出了羊圈走到圈墙下，杨克明用手电筒照了照，一只土灰色的狼直挺挺躺在草滩上，身体下面红色的血浆就像是一块红绸布。

第六章　草原情歌

爱情的火焰

刘小香和索宝扛着两支七九式步枪回来时，发现门口晒衣服的铁丝上搭着一张狼皮。索宝走到铁丝跟前翻看了一下狼皮说，好枪法，打到了心脏上，肯定是张文清队长打的。

刘小香问，你怎么知道是张文清打的？

索宝说，我见他打过兔子，一枪兔子的脑袋就没有了。

刘小香半信半疑地跟着索宝把枪送到了杨克明的宿舍，正好张文清也在，一问，果然是张文清打的狼。

刘小香说，没想到，张文清还是神枪手。

张文清没有理会刘小香，拿起一支枪兴奋地看了看，说，这下咱们队的力量壮大了，冬天打猎也不发愁了。

杨克明说，文清，队里的枪支弹药你保管，千万不能出什么差错。

张文清一边摆弄枪支一边说，放心，我在民兵连的时候，天天讲这些话，大家脑子里的这根弦，绷得跟阶级斗争的弦一样紧。

杨克明感慨地说，牧业队幸亏有你，要不然我真不知道这个队长怎么当。

张文清扛起一支枪兴奋地喊了一声，索宝，咱们走吧。

索宝扛起另一支枪跟着张文清屁股后面出了杨克明的宿舍。

杨克明关上门问道，小香，马场长和你姐姐都好吧？

刘小香回道，和以前一样。

马场长对咱们送去的奶牛满意不满意？杨克明边说边递给刘小香一个茶缸，这是凉开水。

刘小香没有去接杨克明递过来的茶缸，而是一把抓住了杨克明的手问道，克明，你想我没有？

杨克明反问道，你猜我想你没有？

刘小香说，我不猜，你自己说。

杨克明挨着刘小香坐下说，昨天晚上我还梦见你了，还梦见了好多的桃树，桃树上面桃花开得火红一片。

刘小香扭过身子问道，你梦见咱俩干啥呢？

杨克明回道，没有干啥，就梦见你的脸跟桃花一样好看。

此时，刘小香的声音变得轻柔了很多，她深情地看着杨克明说，看着我的眼睛。

杨克明看着刘小香吞吞吐吐地说，咱俩，咱俩在桃花下面亲嘴来着……

没等杨克明把话说完，刘小香双手搂住杨克明的脖子说，我不让你在梦里亲嘴，你现在就亲亲我。

杨克明举着茶缸亲了刘小香一口，刘小香身体往后一倒，杨克明就势便倒在了床铺上。杨克明不知不觉松了手，茶缸里面的水泼了他一身。两个人不顾一切地抱在了一起，就像两条紧紧缠绕的蛇在床铺上翻滚。过了一会儿，刘小香突然放开杨克明，气喘吁吁地说，克明，咱们结婚吧。

杨克明喘了两口气问，你姐姐愿意了？

刘小香点点头，愿意了。

杨克明不相信地又问了一遍，真的愿意了？

刘小香又点点头，真的愿意了。

杨克明猛地又抱住刘小香亲了起来。当刘小香光滑的舌头鱼一样游进杨克明嘴里时，杨克明觉得自己像一片雪花般立刻被融化了。

公审大会在一个飘着小雨的上午召开了，农场各个队都派人去参加公审大会。会场设在公安局后面的草滩上，参加公审会的人基本上是各个单位的工作人员，没有人头攒动的场面，显得有一些稀松冷清。会场布置得简简单单，两根木头杆中间拉着一条横幅，横幅上白纸黑字写着公审大会四个字。四个大字被小雨淋得走了形，黑乎乎的就像几坨牛粪。公审会快开始的时候，一辆尕斯汽车从公安局开了出来，慢慢停在了横幅旁边。汽车上面站着荷枪实弹的公安人员和几个五花大绑的犯人，每一个犯人背后都插着一块高过头顶的木头牌子，每一块木头牌子上面都有一个鲜红色的叉叉。站在人群中的杨桂花看见汽车上的王生财时，脸色突然白得像一张纸，泪水泉涌一样从眼睛里流了出来。绵绵细雨飘在她脸上，分不清哪个是泪哪个是雨。她就觉得浑身发冷，冷得打摆子一样不停地颤抖。站在杨桂花旁边的刘小香，看了一眼瑟瑟发抖的杨桂花，伸出手紧紧抓住了她的一只手。公安局长朱实奎站在横幅下面的凳子上，大声宣读着判决书。当他宣读到投机倒把分子王生财死刑时，杨桂花两腿一软倒进了刘小香的怀里。

马国强没有参加公审大会，早晨去县委汇报工作，听说刘厚民住院的消息后便又去了医院。刘厚民明显消瘦了，两个腮帮子深深陷了进去，好像一下子老了几岁。马国强的出现，让刘厚民兴奋起来。他坐起来靠在床头上问道，老马，你怎么来了？

马国强说，借开公审会的机会想汇报一下工作，到了县委听说你病了，我就直接来了医院。

刘厚民指了指床边的凳子，坐下说，坐下说。

马国强坐在凳子上问道，刘书记，你哪里不舒服？

没有什么大毛病，就是胃的问题。刘厚民停了片刻又指了指脑袋瓜说，主要是这里的毛病。人啊，再苦再累都能克服，就是脑袋瓜里面的问题不好克服。

马国强担心地说，全县的工作重担都压在你肩上，就是铁打的人也吃不消啊。

刘厚民叹口气，唉，工作多我不在乎，我就是搞不明白，费了那么大的劲，也没有把工作搞好。县里绞尽脑汁想尽一切办法，勒紧裤腰带筹措资金建了三个炼钢炉，本想树立一个典型，谁知道满腔热情换来的是一盆透心凉的冷水。

马国强问道，炼钢炉不是出钢了吗？

刘厚民冷笑了一下说，钢到是出了不少，拿到省里面去化验，基本上都是生铁疙瘩，只能送给铁匠铺打锅碗瓢勺。我就弄不明白，一样的炼钢炉，一样的炼钢技术，别的地方怎么能炼出钢来，我们就只能炼生铁疙瘩。我在报纸上看到，安徽一个县用木材当原料都炼出了优质钢，我们用的是木里煤矿五千大卡以上的焦煤却不行。这几天我一直在琢磨这个事情，问题到底出在了哪里？

马国强满脸疑惑地说，刘书记，说句不好听的话，安徽那个县会不会在编故事……

不可能，刘厚民打断马国强的话，《人民日报》能弄虚作假？

马国强说，刘书记，你也不能埋怨自己，一个行当和一个行当不一样，剃头匠就是剃头匠，打铁匠就是打铁匠。咱们县又不是炼钢厂，炼钢是炼钢厂的事情，胡子眉毛一把抓，最后肯定弄个四不像。

刘厚民指着马国强说，老马，你这话太消极，不像一个干部说的话。

马国强笑了笑说，我就顺口这么一说。

刘厚民问道，老马，你们农场的奶牛厂怎么样了？

我正想给你汇报呢。奶牛厂办得不错，已经开始产奶。现在每天可以生产牛奶二百多斤，我就是想问一问，生产出来的牛奶往哪里送呢？马国强问道。

刘厚民想了想说，跟东方红门市部协商。

马国强点了点头说，知道了。

刘厚民伸伸腿躺平了身体。马国强见状，站起来跟刘厚民告了别就走出病房。离开医院马国强就去了县城里唯一的东方红门市部。

飘了一上午的小雨停了，可是天还是阴得像一块脏抹布一点儿也不明亮。大街上冷冷清清的，偶尔闪过一个骑马的藏族人也是匆匆忙忙。马国强找到门市部王主任把情况简单地说了一遍，王主任是个小个子，黑黢黢的一张瘦脸，很难估计他的实际年龄。不过，王主任倒是非常热情，他给马国强搬了一把椅子，又倒了一茶缸开水说，马场长，我听说过你的故事。

马国强愣了一下问道，我的故事，我的啥故事？

王主任抬起手摸了摸自己的耳朵说，你打熊的故事，大家都说你是个人物。

马国强笑了笑说，什么人物，那是枪打的，不是我打的。武松打虎凭两只拳头毫发无损，我用枪打还丢了一只耳朵，够丢人现眼了。

不能这么说，马场长。王主任边说边掏出一盒大前门香烟递给马国强一支，自己点着一支狠狠地吸了一口，片刻，被吸进肚里的烟就从嘴里冒了出来，王主任不慌不忙又将吐出去的青烟一点儿不剩的吸进了嘴里。

马国强佩服地点点头说，王主任，你这哪里是在抽烟，完全是在变魔术。

王主任把吸进肚里的烟又吐了出来说，我没有烟瘾，就是喜欢抽着玩。

马国强转入正题，王主任，牛奶的事情你看怎么办，我明天就可以给你送来。

王主任听完后说，马场长，说实在话，牛奶可以送来，但是能不能卖出去我心里没有底，你考虑过没有，那么远送来合算不合算。

马国强问道，为什么卖不出去？

王主任说，咱们县城没有内地一个公社人多，藏族干部基本上都是本地人，家里不缺牛奶，汉族干部基本是农村出来的，一个月就那么几个工资，家里孩子又多，既要照顾老家的父母，还要维持一家人的生活。虽然一斤牛奶才几分钱，可那也是钱呐，谁家过日子不是一分钱掰成两半花。按我的想法，不如你们自己留着，给农场职工改善生活。

马国强犹豫地说，这能行吗？要是这样，我们办牛奶厂就没有啥意思了。

你们办牛奶厂本来就没意思，在牧业县办牛奶厂纯粹多此一举。王主任说道。

马国强问，既然没意思，县委还号召办啥工厂？

王主任说，还没有学会走，就想迈腿跑，不摔跟头才怪呢。

马国强又问道，王主任，你说领导们是咋想的？

王主任张了张嘴，把想说的话又咽了回去。马国强看了看王主任，端起茶缸喝了几口水。王主任也看了看马国强，两个人谁也没有说话。过了一会儿，王主任打破有点儿尴尬的局面说，马厂长，最近刚到了一批货，有凤凰牌香烟，大前门牌香烟，还有牡丹牌香烟，你要不要买几盒？

马国强掏出一盒黄金叶香烟，抽出一支递给王主任说，我抽这个就挺好。

王主任接过香烟放在桌上说，黄金叶是我们老家的香烟。

马国强把香烟装进口袋里问道，王主任，县里各个单位不是都在办工厂吗，那他们生产的产品往哪里销呢？

王主任回答说，工厂是办了不少，基本上就没有什么产品。县里花了那么多钱，建了三个炼钢炉，结果炼出来一堆废铁，听说，气得刘书记住进了医院。

马国强站起身子说，雾里看花，啥也弄不清楚。

王主任把马国强送到门口说，马场长，你要送牛奶，我就帮你卖牛奶，卖不出去我就拿回家叫孩子们喝了，总不能看着牛奶坏了吧。

马国强没有说话，抬头看了看天空，天空上又飘起了绵绵细雨，马国强转身走进了绵绵细雨之中。

情绪低落的杨桂花受了风寒，回到家里就打摆子发高烧，最后烧得不省人事。同宿舍的兰英吓得去找马国强，谁知马国强还没有回来。刘大香就跟着兰英去看杨桂花。躺在床上的杨桂花，时不时嘟囔一句含糊不清的话语，嘴上烧出一串亮晶晶的小水泡。刘大香二话没说急忙回到家里，熬了半锅大葱生姜汤端到了杨桂花宿舍。两个人把杨桂花扶起来喝姜汤，迷迷糊糊的杨桂花，一口气喝了两碗姜汤又睡去了。傍晚的时候，杨桂花睁开了眼睛，惊恐地一下坐了起来问道，我这是在哪里？

兰英说，就在咱们宿舍。

杨桂花打量了一下屋子问道，咱们宿舍？

兰英说，桂花姐，你可算醒了，没把人吓死。多亏了刘大香熬的姜汤，要不然我还真不知道该咋办。

杨桂花扭头看了一眼站在床边的刘大香，刘大香说，再喝两碗姜汤，好好睡一觉就没事了。

杨桂花一下扑进刘大香的怀里，哇的一声哭了起来。

刘大香回到家里时，马国强坐在煤油灯下闷着脑袋抽烟。刘大香关上门问，你咋才回来，人家下午都回来了。

马国强说，我有事情。你干啥去了，我饿得说话都没有力气了。

刘大香一边从锅里拿馒头，一边把杨桂花的事情说了一遍。马国强抓起一个馒头咬了一口说，可怜的女人。

刘大香问，王生财是不是枪毙了？

马国强点点头，我没去看，心里不好受。唉，人心都是肉长的，枪毙王生财就好比在杨桂花心里插了一把刀。

刘大香叹了一口气，唉，做个女人不容易。

马国强叮嘱道，没事的时候多跟杨桂花说说话，这一次对她打击可不小。

刘大香说，女人就怕好吃懒做，活得没有志气。

啥也不说了，谁不想活得好一点儿。农场这些姑娘们哪一个都想着办法巴结干部，不是没有志气，日子实在不好过。现在虽然吃不饱饭，总算还有吃的，过些日子更麻烦。我听说，粮食定量还要往下减。农场今年颗粒无收，没有一点儿储备，全部靠计划内的粮食。人就怕饿肚皮，没有吃的人还不疯了。马国强一脸的愁容。

刘大香说，你见着小香没有，这个死丫头也不知道回家看看。

马国强回道，早晨去的时候见了，拖拉机上面人多，我没有问她回不回来。

刘大香说，累了一天，我烧些热水你烫烫脚，早一点儿睡觉。

马国强看着妻子把一锅水放在火炉上面，大概是外面起风了，呼呼直响的火炉就像唱着一首低沉的歌。

马国强想了一晚上，觉得门市部王主任说得有道理，既然牛奶送到县城没有什么意思，不如让职工们喝了增加一些营养。为了不给刘书记留下话柄，他也十天半个月象征性地往县里门市部送个三十斤五十斤的。杨桂花之所以好得这么快，也是沾了这个决定的光。马国强让兰英每天带回一茶缸牛奶给她补养身体。半个月之后，杨桂花的病基本上好彻底了，脸上的气色明显好了许多，两只大眼睛又水灵灵的像带着露水的葡萄。杨桂花心里感激马国强，又没有什么东西报答，只有用努力工作来报答。有一天兰英对马国强说，马场长，自从杨桂花病好了以后，就跟换了一个人似的，整天就知道挤牛奶喂奶牛，没有一句多余的话。

马国强说，她心里不舒服，干活能减轻心里的压力。

兰英说，杨桂花说了，马场长两口子是好人，她要不好好工作就对不起马场长。

你回去告诉杨桂花，我们也没有帮她啥，没有啥可报答的，告诉她不要想那么多，就是帮助了她也是应该的，大家都是同志，都是兄弟姐妹。马国强嘱咐道。

兰英回去把马国强的话告诉了杨桂花，杨桂花用手擦了擦眼睛说，老人们说，好人有好报，坏人有坏报，不是不报时候不到。

兰英问道，桂花姐，你说怪不怪，马场长两口子都是好人，他们咋就没有孩子呢？

杨桂花想了想说，是不是有啥毛病吧。

兰英说，马场长五大三粗的，身体那么好能有啥问题。我们村有两口子也是不生孩子，去县医院检查，大夫说是女方的问题。后来他们要了一个孩子，谁想到要了孩子以后，他们自己又生了两个孩子。人家说，要一个外边的孩子，就能引来家里的孩子。

杨桂花没有说话，呆呆地望着屋顶发愣。

不知道什么原因，奶牛的产奶量无缘无故开始下降了，比以前的产奶量几乎少了一半。杨桂花害怕别人说三道四，就跟兰英商量这个事情。杨桂花说，兰英，我看这个事情最好跟马场长说一说，免得别人胡说八道。

兰英说，奶牛不产奶跟咱们有啥关系，又不是咱们不让它产奶。我说，桂花姐，你想的也太多了。

杨桂花说，不是我想的多，我害怕别人说咱俩把牛奶贪污了。现在生活困难，大家吃不饱饭，两只眼睛都盯着奶牛场。

兰英觉得杨桂花说得有道理，就把情况告诉了马国强。马国强写了一个介绍信，盖上公章交给兰英说，你到县兽医站，让他们派一个兽医来看看。

晚上躺到床上，兰英问杨桂花，桂花姐，你需要买什么东西吗？

杨桂花说，你给我带一些草纸回来，我的草纸用完了。

兰英说，我这里有，你先用就是了。

杨桂花说，我现在不用，准备下一个月的。

兰英扭过脸问道，桂花姐，你说我的例假是咋回事，不是提前就是退后。

杨桂花想了想说，不好说。我在牧业队的时候，好多姑娘都不正常。

兰英问，你正常不正常？

杨桂花回道，我以前不正常，后来正常了。

兰英又问，桂花姐，你是不是吃了什么药？

杨桂花摇摇头说，没有，不过……

不过什么？兰英见杨桂花吞吞吐吐，便追问了一句，桂花姐，给我说说呗。

杨桂花看了兰英一眼，张了张嘴还是没有说出来。兰英急了，跳下地跑过去钻进杨桂花的被窝说，跟我还保密，太不够意思。

杨桂花说，不是保密，没法跟你说。

兰英又说道，有啥不能说的，我保证不给任何人说。

杨桂花看着兰英叹了口气说，唉，咋说呢，你知道我在牧业队的情况，你也知道我和王生财好，可是你们不知道我为啥和他好。我们家里孩子多，日子难过，每年开春我娘都得出去要饭，不出去要饭就得饿死人。我想帮帮家里就跟王生财好了。王生财老家有老婆有孩子，可是我就是要跟他好，因为王生财是干部，他手里有钱啊，我不想让娘年年去要饭，更不想让弟弟妹妹们饿死。

兰英用手擦了擦杨桂花脸上的眼泪说，桂花姐，我知道你不容易。

杨桂花说，开公审会那天，一听见王生财判了死刑，我眼前一黑啥也不知道了。等我醒来的时候，我躺在刘小香的怀里。刘小香把雨衣盖在我身上，自己淋得跟落汤鸡一样，马场长他们一家都是好人，我会报答他们的恩情。

兰英听完后问道，桂花姐，别说这些伤心的话了，说一些高兴的事情。对了，你还没有告诉我吃什么药呢？

杨桂花停了一下说，啥药都不用吃，跟男人睡过觉就好了。

兰英吃惊地睁大眼睛问道，真的？

杨桂花说，我以前和你一样，跟王生财好了毛病也没有了。

兰英突然爆发出一阵上气不接下气的笑声。

第二天一大早，兰英就去了县里。半上午的时候，杨桂花挤完了牛奶，刚坐在草堆上休息，马国强走进了牛棚。杨桂花站起身子说，马场长你来了。

马国强问道，我过来看看，今天的奶量多不多？

杨桂花回答说，和昨天差不多。不知道咋回事，吃的比平时还多，就是不怎么下奶。

马国强说，不要着急，等兽医来了就知道原因了。

杨桂花问马国强，马场长，昨天晚上你听见狼嗥了没有？

马国强一边往外走一边说，有啥奇怪的，没有狼嗥还叫啥草原。

杨桂花吞吞吐吐叫了一声马场长。马国强转过身子看着杨桂花，还有什么事情你就说，我一会儿要去农业队。

杨桂花咬了咬嘴唇说，马场长，你要是想跟我睡觉，我甘心情愿。

你说啥？马国强惊讶地看着杨桂花，刚才你说啥？

杨桂花抬起头说，你想干啥，我都愿意。

马国强突然哈哈笑了两声，说，杨桂花，你这个女人脸皮真厚，没有男人你活不了是吧，我告诉你杨桂花，我马国强不是王生财，以后你少胡思乱想。

杨桂花摆摆手说，马场长你误会了，我不是那个意思。

马国强问，那你是啥意思？

杨桂花说，我知道你老婆不生孩子，我想给你们生一个孩子。我听别人说，只要有一个孩子，就能招来一群孩子。马场长，我没有别的想法，就是想报答你们一家人的恩情，只要你们愿意，生几个孩子我都甘心情愿，我绝对不会坏了你的名声。

马国强鼻子猛然酸了一下，他咬了咬牙说，好妹子，我误会你了。

杨桂花说，我说的都是心里话。

马国强脸上强堆起一个笑容说，全当是一个玩笑话，以后不准这么想。

杨桂花点了点头。

没有事情就回去休息吧。马国强说完这句话，转身走出了牛棚。

灿烂的阳光照得牛棚里一片明亮，杨桂花觉得两个脸颊火烧火燎，她用双手捂住脸颊轻轻地哭泣起来。

县里的兽医三天之后才来到农场。食堂倾其所有做了一盘土豆丝，一盘炒鸡蛋款待兽医。兽医大概有四十岁左右，戴着一副白塑料框眼镜，头发乱糟糟的像个鸡窝。他在牛棚里面转了一圈，撅着屁股用手摸了摸奶牛的乳房之后站起身子说，没有什么毛病，夏天温度相对高一些，奶牛的产奶量就会减少。你们放心，天一凉下来奶量就正常了。

兰英说，早知道没什么毛病，我就不去兽医站了，也省得你白跑一趟。

兽医笑了笑说，你们都懂了，要我们兽医干什么。

杨桂花说，马场长在食堂等你呢。

兽医两手在裤子上擦了擦就跟着杨桂花出了牛棚。 到了食堂饭菜已经摆上了桌，马国强把兽医让到凳子上说，这么远的跑一趟辛苦了。

兽医拿起筷子笑了笑说，革命工作嘛。

马国强从烟盒里抽出一根香烟准备给兽医让烟，兽医已经迫不及待地吃了起来。一阵狼吞虎咽，桌子上比风吹过还干净。兽医放下筷子，用手在嘴上抹了几下说，马场长，天不早了，我也该回去了。

马国强把兽医送到门外说，休息一会儿再走也不迟。

兽医骑在马背上打了一个饱嗝说，马场长，以后有什么事情直接找我就是了。

望着远去的兽医，马国强皱了皱眉头。

草山那边

中午的时候天空一丝风都没有，草原安静得跟挂在墙上的画儿一样。坐在门口晒太阳的杨克明迷迷糊糊之中，看见从绿油油的草地上突然冒出来一个光秃秃的脑袋，脑袋上还有一张大嘴在往外喷血，杨克明吓得猛然睁开了眼睛。就看见张文清站在跟前。杨克明说，坐着坐着就睡着了。

张文清问道，你做了个啥梦，一惊一乍的。

杨克明说，文清，你说怪不怪，我梦见从草地里钻出来一个光秃秃的脑袋，脑袋上还有一个血盆大口。

张文清笑着说，你梦见神仙了。

杨克明惊讶地看了一眼张文清后问道，咋说？

张文清，除了土地爷还能有谁从地下钻出来，要不是土地爷那就是水浒传里边的土行孙。

杨克明笑了笑问，有事？

张文清说，天气眼看就冷了，趁着草还没有黄，我让索宝他们把牦牛赶到草山那边去放牧，抓紧时间让牦牛上上膘好过冬。可是，索宝他们提出来要带一杆枪，说草山那边有棕熊，我做不了主，你看咋办？

杨克明站起身子说，让他们带把枪走吧，索宝有经验，这样也安全一些。

张文清说，行。

杨克明叮嘱道，给索宝说清楚，枪支弹药由他保管。

张文清又说道，还有一个事情。

杨克明问，啥事？

张文清一本正经地说，什么时候喝你们的喜酒？

杨克明说，我当是啥事呢，我都不着急，你着的啥急。

张文清笑了笑说，猪鼻子插葱装象，我都发现了好几次。

杨克明问，你发现啥了？

张文清反问道，你说我发现啥了？

杨克明举起手要打张文清，张文清转身一溜烟跑了。

云蒸霞蔚的肖合力雪山顶上，火一样燃烧的落日把天边的云彩变成了火海。从东边刮过来的风把一片片云彩送到肖合力雪山顶上，一片片云彩像冰块一样慢慢熄灭了燃烧的落日，肖合力雪山笼罩在暮色之中。

刘小香在暮色之中推开了杨克明的房门，煤油灯下写东西的杨克明抬起头看着刘小香问道，小香，有什么事情？

刘小香关上门说，没什么事情。

杨克明说，没有事情就早点儿休息。

刘小香走到杨克明跟前含情脉脉地说，今天晚上我想在你这里睡觉。

杨克明站起身子说，这怎么行，咱俩还没有结婚，影响不好。

刘小香说，害怕影响不好就结婚呗。

杨克明放下钢笔说道，我也想跟你商量一下这个事情。

刘小香一屁股坐在杨克明的腿上说，有啥商量的，你有文化，你选个好日子，咱俩人住到一块不就行了。

杨克明说，没有你说得那么简单，咱们还得回去跟你姐她们商量一下，还要领结婚证，还要买喜糖，喜酒，总得热闹一下，毕竟这是人生的一件大事。

刘小香抚摸着杨克明的脸说，明天咱们就去姐姐家。

杨克明说，你姐姐她们没有意见的话，咱们八月十五结婚，这一天也有纪念意义。

刘小香点了点头说，八月十五是个好日子，是团圆的日子。

杨克明又说道，去县里领结婚证的时候，再给你买身新衣服，买双新鞋，还有……

刘小香用手捂住杨克明的嘴说，不许花那么多钱，留着咱们过日子。

杨克明心里一热把刘小香搂进了怀里。刘小香哼哼了两声从杨克明腿上跳了下来说，隔着裤子挠痒痒有啥意思，脱了衣服上床呗。

杨克明站起身子走到门口插好门，转身走到床边把正在脱衣服的刘小香抱到了床铺上。刘小香一边扭着身子一边说，克明，把灯熄了。

杨克明转身一口吹灭了煤油灯，屋子里黑得伸手不见五指。

刘大香早晨梳头的时候后脑勺落下一绺头发，她转身对正要出门的丈夫说，国强，今天家里要来人。

马国强问，你咋知道?

刘大香，我梳头落了一绺头发。

马国强说了一句封建迷信就出了家门。刚走到办公室门口，身后就传来一阵马蹄声，马国强转身看了看，王成喜从马背上跳了下来。

马国强问，成喜，你怎么来了?

王成喜把马缰绳搭在晾衣服的铁丝上说，无事不登三宝殿。

马国强打开办公室的门，两人进了办公室。王成喜用嘴吹了吹椅子上面的灰尘，一屁股坐在椅子上。马国强拿起桌上一块破抹布擦了擦桌子说，我老婆梳头的时候落了一绺头发，她说今天要来人，真还让她说准了。

王成喜从口袋里掏出一封信扔在桌上说，马场长，老家来信了，我娘病得不轻，我想请假回去看看。

马国强拿起桌上的信看都没有看一眼，反手又把信扔给了王成喜。他掏出香烟递给王成喜一根，自己也点了一根。王成喜喷出一口烟 ，看着马国强的反应。马国强坐在椅子上一声不吭，只顾一口接着一口抽烟。

王成喜说，马场长，我刚才说的……

马国强打断王成喜的话，少一只耳朵我也听清楚了。

王成喜问，那你是啥意思？

马国强反问道，你说我是啥意思？

王成喜没有回答，闷着脑袋一个劲抽烟。马国强也不说话，两个人对着抽烟。小小的屋子里烟雾缭绕。过了一会儿，还是王成喜打破了沉默，他扔给马国强一根香烟，马场长，我知道你啥意思，可是，那是我亲亲的娘啊。

马国强说，我没有说是你后娘。

王成喜问道，你到底是啥意思？

马国强拉开抽屉取出一封信扔给王成喜，谁的妈不是亲娘。

王成喜拿起信从里面抽出信纸看了起来。片刻之后他把信纸装进信封，轻轻地推到马国强跟前。马国强拿起信封往抽屉里面一扔，关上抽屉继续抽烟。

王成喜叹了一口气骂道，种地是农民的本分，农民除了会种地，别的啥也不会，农民要是能炼钢铁，要那些钢铁厂干球啥，农民炼钢铁，开天辟地头一回听说。

马国强说，信你也看了，庄稼都烂到地里了。现在全村人疯了一样，看见树就扑上去扒皮。村里村外的树皮都扒光了，到处是白瘆瘆的树杆，就像死人骨头一样。我娘在坑上已经躺了一个多月，浑身浮肿得跟吃了明矾一样光亮。就像你说的一样，那是生我养我的亲亲的娘。可是，在这个火烧眉毛的节骨眼上没有办法啊。现在这个情况你又不是不知道，隔三岔五就有人逃跑，弄的大家人心惶惶，咱们当干部的要是走了，我敢打包票，用不了半个月，全场的人跑得一个也剩不下。这就跟打仗是一个道理，指挥官临阵脱逃，兵败如山倒。

王成喜把桌上的信收起来装进了口袋，他看了看马国强说，那我就回去了。

马国强皱了皱眉说，粮食定量又下调了，全国的形势都不好，回去动员全队的劳力，在没有下雪之前抓紧时间为过冬做储备，草原上没有树皮可以扒。另外，组织人马进山打猎，储备的东西越多，人心就越稳定。熬过今年冬天，明年要是能长出来庄稼，人心就稳定了，只要不饿肚皮，人心就乱不到哪儿去。

王成喜站起身子说，知道了，马场长。

马国强把王成喜送出门外又说道，如果明年长出庄稼，我给你请两个月假，让你回去好好陪陪亲娘。

王成喜从铁丝上取下马缰绳说，我现在糊涂了，弄不清楚哪些话是真的，哪些话是假的。

马国强说，听毛主席的话，跟共产党走，这一点儿错不了。回去以后要拿出来一种精神，不能有消极的表现。

王成喜跨上马背说，我看人家没有一个傻瓜蛋，就是咱俩个人不清楚。

马国强说，没有粮食能死人，少发几句牢骚死不了人。

王成喜没有搭理马国强，两腿用力碰碰马肚皮，嘴里喊了一声驾，马儿甩开蹄子跑了起来。送走了王成喜，马国强抬起头看了看天上的太阳，转身关好办公室的门，背着双手朝家里走去。

马国强刚拐过房头迎面碰上了杨克明。杨克明满脸微笑说了一句马场长好。

马国强笑了笑，杨队长情绪不错嘛，看来工作顺利，成绩不小是不是？

杨克明说，就是回来看看你们。

马国强问道，走，回家去说。就你一个人回来了，小香没有跟你一块回来？

杨克明说，一块回来的。

马国强笑了笑说，我也说嘛，不可能你一个人回来。

杨克明没有说话，马国强看着杨克明笑了起来。出门倒水的刘大香看见俩人说说笑笑回来了就说道，还是你面子大，克明进家连口水都没有喝就说去看你。

马国强说，男人跟男人有话说。

马国强的话还没有落地，刘小香从屋子里面冲出来喊了一声姐夫。

马国强笑道，几天没有见，小香变得跟凤凰一样漂亮。

刘大香把盆里的水泼到地上说，见过姐夫夸奖小姨子的，没有见过你这么夸奖小姨子的，你见过凤凰长什么样子?

马国强回道，我当然见过，凤凰牌烟盒上面画的就有一只凤凰。

刘大香说，那是一只漂亮的大鸟，人要是长成那个样子有啥好看的。

马国强说，不就是没有夸奖你嘛，咱俩天天见面，有啥夸奖的。

刘大香用手里的盆在丈夫屁股上打了一下说道，你啥时候夸奖过我，我就是个仙女你也不会说一句好话。

马国强说，你要真是一个仙女就好了，水袖一甩，满山遍野就长出庄稼来了，我天天说你好话，天天让你骑在我脖子上。

刘大香笑道，傻瓜蛋，我要是个仙女还用你种庄稼?

马国强拍拍脑门说，就是，还种啥庄稼。

大家一边说笑一边回到了屋里。刘大香把手里的盆放在凳子上，把你们的事情给你姐夫说一说。杨克明看看刘小香，刘小香又看看姐姐。刘大香说，看我干啥，给你姐夫说呀，这又不是见不得人的事情。

刘小香平静了一下说，姐夫，我跟克明商量过了，打算八月十五结婚。

马国强说，我早就说过了，你们的事情你们自己做主，你们啥时间结婚我们都没有意见，是不是大香?

刘大香说，是不是都让你说了。

马国强想了想又说，再等几个月，过春节结婚多好。

刘大香说，我看八月十五这个日子就不错，既然定了日子，就按他们的日子办吧。

马国强应声说道，你姐姐说得对，八月十五也不错，代表团团圆圆。

刘小香高兴地说，谢谢姐夫，谢谢姐姐。

马国强说，在家有父母做主，在外就由我和你姐姐做主。婚礼就在场部办，又是八月十五团圆节，咱们摆上一桌酒席，办得热闹一些。

杨克明说，马场长，我们就在牧业队办吧，简简单单买点烟，买点糖果就行了。

刘小香用脚碰了碰杨克明说，叫姐夫。

杨克明张了张嘴叫了一声，姐夫。

刘大香说，结婚是一件大事，太冷清了不美气，就按你姐夫的意思办吧。

杨克明没有拒绝地说，那我把办酒席的钱放下，你们就多多操心了。

马国强摇了摇手说，那不行，办酒席用你们的钱，那还是你们姐夫吗。我不光要给你们办酒席，还要给你们买新衣服。

刘小香说，姐夫，新衣服就算了，我们没有给你和姐姐买新衣服，心里已经够难受了，哪能再让你们买衣服。

马国强说，刚才我说了，在家有父母做主，在这就由我和你姐姐做主。大香，你看哪一天你和他们去一趟县城，要抓紧时间啊，离八月十五也没有几天了。

刘大香说，我跟小香商量一下。

马国强很高兴，便对着他们几个说，今天咱们家算是全乎了，克明，待会吃饭的时候咱哥俩喝一口。哎，大香，饭怎么样了?

刘大香回道，没有什么准备的，有现成的干鱼，我再炒一个土豆丝就行了。

杨克明说，我去食堂看看有什么菜。

马国强摇了摇手说，不用去了，还是老一套，青稞面馒头，白菜粉条汤。

杨克明说，假如有变化呢，我还是去看看吧。

马国强停顿了一下说，那你就去看看。

刘小香听杨克明要去食堂，便起身和杨克明一起去了食堂。

杨克明和刘小香高高兴兴出门走了。马国强看了妻子一眼说，春节结婚就好了，这几个月咱们也能多攒几个钱，到时候婚礼也宽裕一些。

刘大香说，由她们自己吧，小香说，她已经怀孕了。

马国强笑了一下说，克明看着老老实实，也不是一个省油的灯。

刘大香瞟了一眼丈夫说，男人哪有一个省油的灯，当初你不也是先斩后奏，我就是没有怀上孩子罢了。大男大女就像干柴烈火，有一点儿火星就能烧起来。

马国强撇了撇嘴说道，我就想不明白，同样的土地，为啥有的地撒点种子就长苗，有的地天天撒种也长不出苗，你说奇怪不奇怪。

望着不阴不阳的马国强，刘大香飞起一脚将丈夫从凳子上踹到地上，反问道，有啥好奇怪的，发了霉的种子能长出苗来？

坐在地上的马国强看着刘大香哈哈大笑起来，只听他说，一句玩笑话你就跟母老虎一样。

刘大香瞪了丈夫一眼不客气地说，你这是玩笑话，你这是拿刀子扎我的心。

马国强从地上爬起来用手拍拍屁股说，别伤心了，我又没有说你啥，就是一句玩笑话。没有孩子也好，现在这个样子，有个孩子也麻烦。

刘大香说，啥时间咱俩去医院检查一下，到底是咋回事情。不给你生个孩子，一辈子我心里不舒服。

马国强没有说话，点着一根香烟抽了起来。一缕青烟从嘴里冒出来，顺着脸颊钻进了头发里面，头发上立刻升腾起一团烟雾。

第二天吃过早饭，刘大香她们坐上到县城拉东西的拖拉机买衣服去了。下午回来的时候，刘小香和杨克明回了牧业队。晚上躺在床上，刘大香告诉马国强，给刘小香和杨克明一人买了一套新衣服，一人买了一双新鞋，一共花了四十二块钱。

马国强说，只要他们高兴就行，小香在咱们这里，咱们就得负责，不能让小香不高兴，人这一辈子就这么一回。

刘大香说，家里就剩下二十几块钱了，到时候还要办酒席。

马国强说，该花的钱就花，到时候我的工资也发了。

刘大香扭过身搂着马国强的脖子说，国强，我替我爹妈谢谢你。

马国强说，你这叫啥话，小香在咱们这里，咱们就代表爹妈。

刘大香把身子往马国强身上靠了靠说，国强，我真想要个孩子，你说是种子的问题还是土地的问题？

马国强一脸疑惑地说，按道理说，种子和土地都不应该有问题，咱俩的身体多健康，一点儿毛病都没有，我就是少了一只耳朵也不会影响到种子的问题，你说奇怪不奇怪。

刘大香说，以后每天晚上咱俩弄一回，反正闲着也是闲着。

马国强亲了妻子一口说，中。

刘大香说，那你上来。

马国强爬到妻子身上问道，对了，替我向门市部王主任问好了没有？

刘大香说，你不说我还忘了，售货员说，王主任到集训队改造去了，说他是什么右派言论，售货员还说，王主任还跟公安局的人吵架，让公安局的人打掉了两颗牙齿。

马国强没有吭声，轻轻地从刘大香身上滑了下来。

刘大香看着马国强问，你咋了？

马国强回道，心里不痛快。

刘大香没有再问，两只眼睛呆呆地望着黑洞洞的屋顶。

月光从窗户里溜进来趴在了墙壁上，就像贴了一层白花花的雪霜，马国强觉得屋子里有了寒气，他把被子往上拽了拽，搂着妻子闭上了眼睛。

翻过一座高高的草山就是牧业队的牧场。牧场周围的草山像两只合拢的胳膊一样包围着牧场。山上的草已经开始发黄，牧场里边的草还郁郁葱葱。一马平川的牧场像一块绿色地毯，点缀着各种各样的野花。一只肉乎乎的旱獭从草丛下面的地洞里伸出脑袋四处张望了一下，感觉没有什么危险就跳了出来，紧跟着又钻出来几只肉乎乎的旱獭，直立着身子站在地洞周围，两个爪子像两只小手似的抱在一起。躺在草地上的瘦猴用手碰碰索宝说，索宝，把枪给我用一下，试一试我的枪法。

索宝看了一眼身边的瘦猴说，空枪可以，子弹没有。

瘦猴满脸质疑地问，没有子弹怎么试？

索宝说，如果有一只狼，我就给你子弹让你试一试。

瘦猴指了指不远处的几只旱獭说，这不就是现成的活靶子。

索宝摇摇头一口回绝，不行。

为啥不行？瘦猴反问道。

索宝说，旱獭是喇嘛变的。

瘦猴好奇地问，索宝，给我讲讲，喇嘛怎么变成旱獭的。

索宝便讲了起来，很早以前，草原上有一个喇嘛庙，庙里有一个喇嘛不祈祷不念经，也不点酥油灯，成天花天酒地不务正业。有一天，佛祖驾着吉祥云彩，坐着莲花宝座从草原上空路过，发现了这个不务正业的喇嘛。佛祖十分生气，就把他变成了一只旱獭，让他悔过自新，他的子子孙孙也都变成了旱獭。所以，每天早晨太阳升上天空的时候，它们就钻出地洞，站在地洞跟前，面朝太阳虔诚祈祷，反省自己的过错。

瘦猴笑了笑说，我才不信呢，你们藏族人就是相信这些故事。一座山也是神山，一棵树也是神树，哪有那么多的神仙？

索宝说，你不相信是你的事情，我们藏族人相信有神灵。

瘦猴指了指天空问道，你们还相信天上飞的鹰是吧？

索宝说，鹰是通向人和神之间的使者。

瘦猴说，我娘也相信有神仙，相信有老天爷，相信有阎王爷，还有灶王爷，我是不相信。每年过小年的时候，家家户户给灶王爷上香，说是送灶王爷上天，让灶王爷在老天爷跟前说说好话，来年就不愁吃喝了。狗屁用都没有，年年还不是饿肚皮。去年我们老家办共产主义人民公社，家家户户不用做饭，锅碗瓢勺都拿去炼钢了，天天吃队里的大食堂，吃了没有几个月，大食堂就吃垮球了。钢铁没有炼出来，村里人还要回去种庄稼，又赶上天大旱，大家急得要死，要去山上求雷神下雨。村主任说那是封建迷信，上面知道了了不得，不如拿着毛主席的画像去求雨，毛主席是大救星也是神仙，就是上面知道了也不会说啥。村里人拿着毛主席画像在山上求雨，毛主席大救星，毛主席活神仙，天大旱不下雨，显显灵降甘露，村里人喊了一天一夜，嗓子都喊哑球了。

索宝问道，下雨了？

瘦猴说，尿都没有一滴。要是能下雨，我才不会背井离乡呢。

索宝思索了半天后说，其实，草原也不欢迎你们来，你们一来草原就遭殃了，草原是牛羊的家。

瘦猴看了索宝一眼说，你说得有道理，草原是牛羊的家。

索宝说，这里的气候是给牛羊准备的，不是给粮食准备的。

瘦猴说，我看明白了，谁的官大谁说了算，老天爷说了不算。

索宝没有说话，望着天空上一只盘旋的鹰。鹰展开两只翅膀一动不动，风托着鹰在空中滑翔了一圈又一圈。风也把一阵隐隐约约的歌声送了过来，歌声像奔跑的兔子，温柔地在草原上跳跃。索宝向远处的草山上望去，草山上的羊群像撕碎的白云落在半山腰，歌声就是从那一片白云里飞出来的。

醇香美酒之外，
唯有奶茶解渴，
六月大暑时节，
切莫让我口渴。

父母恩重之外，
唯有情人可爱，
黑夜来临之际，
切莫让我等待。

瘦猴看着索宝问道，索宝，是个姑娘在唱歌，她唱得什么意思?

索宝回道，好听的歌。

瘦猴说，我知道好听，我问你她唱的什么意思。

索宝诡秘地眨了眨眼睛，歌词是唱太阳和月亮的，太阳出来暖洋洋，月亮出来亮光光。

瘦猴从地上爬起来说，废话。你好好听吧，我回去做饭。

索宝顺便说道，没有牛粪了，你顺路捡一些。

瘦猴没有搭理索宝，拍拍屁股朝远处的帐篷走去。

平坦的草原上瘦猴远去的身影渐渐变成了一个小小的黑点，索宝把枪放在草地上，直起身子舒了一口气，一只手放在耳朵边上，一首嘹亮的拉伊从嗓子里滑出来，飞向远处的草山……

可爱的布谷鸟儿，
沿着荆棘飞来，
寒霜还未将绿叶儿变黄，
果实还没有散落，
自由飞翔的布谷鸟，
用温柔的心怀念这一切。

年轻英俊的情人，
沿着河边走来，
海誓山盟还没有被遗忘，
心儿还未给别人，
多情又温柔的情人，
用缠绵的心记住这一切。

飞过去的歌声落到草山上，草山那边很快又飞过来了歌声……

肃穆的宫殿翠绿飘香，
布谷鸟鸣叫歌唱，
歌声扣人心弦，
心中悲伤如云翻滚，
厚厚的云层难以驱散。

美丽的都市繁华喧闹，
妙龄少女的歌声，
时时扣人心弦，
心中的忧愁如云翻滚，

笼罩的乌云难以驱散。

激情悠扬的歌声像一根拉紧的松紧带，两头松了劲便开始迅速地收缩。索宝快走到半山腰的时候，看见了那个姑娘，姑娘头上围着一块草一样绿的头巾，一件没有挂面子的皮袍一直拖在草地上。索宝又往前走了几步停下来问道，你的歌声比百灵鸟的鸣叫还悦耳，我是顺着歌声找见你的。

姑娘说，我的拉伊是唱给白云听的，我的拉伊是唱给草原听的，我的拉伊是唱给羊群听的，不是唱给狼听的。

索宝笑了笑说，你说得没错，狼也听不懂你的拉伊。我的拉伊也是唱给白云听的，唱给草原听的，唱给羊群听的，唱给姑娘听的。

姑娘坐在一块石头上说，草原上风比马跑得快，你的嘴比蜂蜜还甜，我家里有吃不完的蜂蜜。

索宝拍拍身上的枪说，我的子弹比风跑得快，我不是来吃你们家蜂蜜的，我是来看比百灵鸟还迷人的姑娘。

姑娘两只黑葡萄似的眼睛看着索宝说，我知道你是青年农场的，你们搬来的那天我就看见了。

索宝走到姑娘跟前问道，你看见了牦牛和帐篷，你看见我了吗？

姑娘看了索宝一眼说，我看见一只狼从山梁上跑了过去。

索宝把肩膀上的枪取下来拿在手里晃了晃，说，这是一杆钢枪，真正的钢枪，狼看见它就浑身发抖。

姑娘撇撇嘴露出一口雪白的牙齿，说，钢枪不会说话。

索宝愣了一下，说道，不到说话的时候。

姑娘说，钢枪不说话就像一根木棒。

索宝拍拍钢枪说，当然要说话，不过我得等机会。

姑娘说，你不用这么难过，我给你个机会。昨天晚上有几只狼来找我的羊，还咬伤了我的牧羊狗。

索宝想了想问道，你家里没有枪吗？

姑娘摇了摇头。

男人喝醉酒了？索宝继续问道。

姑娘还是摇了摇头。

索宝说，让我想一想。

姑娘从皮袍里面掏出一条风干的肉递给索宝，索宝不客气地接过肉咬了一口，又问道，你的帐篷在哪里？

姑娘甩了一下脑袋说，身后的草山下面。

索宝点了点头说，我知道了。

姑娘说，领头的是一只凶猛的公狼。

索宝一边吃着干肉一边挪到石头跟前，一屁股坐在姑娘旁边，问道，你比羊聪明，能分清公狼和母狼？

姑娘看了一眼索宝，索宝故意往姑娘身上靠了靠，姑娘一把推开索宝说，滚开，你这只讨厌的骚狗。

索宝踉跄了几步站住了。

姑娘挥了一下胳膊又骂道，滚开。

索宝笑了笑，目不转睛地看着姑娘。

索宝回到帐篷的时候，瘦猴正光着膀子抓着衬衣上面的虱子。索宝把枪放在羊皮上说，羊吃草，你吃羊，虱子喝你的血，这是规律。

瘦猴看了索宝一眼说，说话跟刮风一样随便，那我把虱子抓到你身上。

索宝说，留在你身上是你在积德，抓在我身上就是我在积德。

瘦猴瞥了一眼说，索宝，这个大德你留着积吧，我宁愿缺德也要消灭它们。

索宝把剩下的半截干肉扔给瘦猴说，这块干牛肉够你弥补失去的那点血。

瘦猴看了看干肉问道，哪里来的干肉？

索宝说，我带来的。

瘦猴咬了一口干肉说，不够意思，你还给我打埋伏。

索宝问，做好饭了？

瘦猴说，青稞面糊糊就在锅里，上面是青稞面馒头。

要是有口酒就好了。索宝边说边揭开了锅盖。

瘦猴说，你别打我的主意，我那一瓶酒是留着八月十五喝的。

索宝把枪背在肩上站起来说，我找瓶酒去，我家有个亲戚在草山那边。

瘦猴说，来了这么长时间你不说。

索宝说，我也是刚想起来。

瘦猴把索宝送到帐篷门口说，快去快回，我等你。

索宝跨上马背消失在血红的落日之中。

天还没有完全黑下来，帐篷外面的狗就狂叫起来，达瓦抓起腰刀冲出了帐篷。暮色之中她看见枣红马背上的索宝，急忙跑过去拉住了狂叫的狗。

索宝跳下马背说，我来找你给我的机会。

达瓦说，我以为你忘记了。

索宝说，男人的话是帐篷橛子，钉到地里就不会动摇。

达瓦把索宝让到帐篷里问道，你吃饭了没有？

索宝取下枪，盘腿坐在一块羊皮上回道，没有。

达瓦把一碗酥油茶递给索宝说，喝茶。

索宝喝了一口茶，问道，我还不知道你的名字，能告诉我吗？

达瓦把一碗炒面放在索宝跟前说，达瓦。

索宝打量着对面的达瓦，家里其他人呢？

达瓦说，我男人去年冬天得病死了。

昏暗的酥油灯下，达瓦变得温柔多了，也漂亮多了。索宝说，怪不得叫达瓦呢，晚上的月亮就是迷人。

达瓦拌炒面的手停了下来，我应该给你煮肉吃，可惜我没有肉给你吃，家里的羊是公社的。我应该给你拿酒喝，可惜家里没有一瓶酒。

索宝笑了笑，有酥油茶就不错了，看着你比吃肉喝酒香。

达瓦看了索宝一眼问，你有孩子了吗？

索宝说，老婆孩子一大群。

达瓦又笑了笑说，我才不相信呢，她们也在农场？

索宝说，都在草滩上。

达瓦愣了一下，接着便嘎嘎嘎地笑了起来。达瓦清脆悦耳的笑声引来了牧羊狗的叫声。索宝放下手里的茶碗，抓起枪就出了帐篷。明亮的月光下，藏狗在羊圈旁边不停地叫着，不远处的山包上几只绿莹莹的眼睛在夜色里游动。站在索宝身旁的达瓦说，我数了一下有十盏灯，那两盏最亮的灯就是带头的公狼。

索宝说，它们看见咱们了，不敢冒险过来。

那怎么办？达瓦说，不能让它们跑了，要不然没完没了。

索宝轻轻拉了一下枪栓把子弹推到枪膛里，慢慢举起枪瞄准那两盏灯扣动了扳机，夜色里一条火线飞了出去，山包上绿莹莹的眼睛不见了。

达瓦问，打上了没有？

索宝说，过去看看。

没等他们走到山包，藏狗已经站在山包上叫了起来。借着明亮的月光，山包上什么也没有，只有一摊黑黑的血迹。

索宝说，看来伤得不轻，养不好伤它们是不会来的。

达瓦有点遗憾地说，要是白天我就可以做一个狼皮褥子了。

索宝看着达瓦说，我给你当褥子吧。

达瓦羞涩地打了一下索宝，转身跑下了山包。

八月十五

天刚蒙蒙亮的时候，天上飘起了小雨，吃过早饭王斌披了一件雨衣去了翠平的宿舍。王斌隔着房门问了一句，翠平，你起床没有？屋里传出翠平含含糊糊的声音。王斌说，你赶快起床，我去马圈牵马。

翠平把碎花布窗帘撩开一条缝，看着王斌消失在蒙蒙细雨之中。翠平无精打采地放下窗帘，转身靠在窗户上叹了口气。其实，翠平早就起了床，她只是没有一点儿情绪。前几天当王斌告诉她杨克明八月十五结婚的事情之后，她的心情就像阴沉沉的天空一样没有一点儿光亮。她不知道应该为杨克明高兴呢还是为自己悲伤。她恨自己没有勇气，恨自己的懦弱，给别人留下了可乘之机，她恨自己拱手把杨克明让给了刘小香。同时，她心里也在埋怨杨克明，她觉得自己对杨克明的情感杨克明不是不知道，只是杨克明没有往心里去。她不明白杨克明为啥对自己没有感觉，想来想去，她觉得杨克明并非没有感觉，而是自己除了是个女人之外一无所有。她不是不如刘小香，而是没有刘小香的优势，刘小香当场长的姐夫征服了杨克明。连着好几天她的心隐隐作痛，她恨刘小香，也恨让她耿耿于怀的杨克明。在她心里杨克明是一个有文化有感情的正派男人，没想到杨克明也是一个势利小人，因为刘小香姐夫是场长，就委曲求全跪倒在权势面前。他觉得杨克明的目的也太明显了，明显得谁都能看穿，就是想踩着刘小香的肩膀往上爬。同时,她又可怜杨克明和刘小香,她认为杨克明其实就不爱刘小香，只是为了自己的目的才迫不得已跟刘小香结婚。就在翠平胡思乱想的时候，王斌在门外喊她的名字。翠平平静了一下情绪，走过去打开了房门。

天空上还飘着小雨，王斌牵着两匹马儿站在绵绵细雨中看着翠平。翠平犹豫了一下说，等雨停了再走吧。

王斌看了看阴沉沉的天说，这雨停不了，再不走就赶不上婚礼了。

翠平看着王斌牵的马说，我不会骑马。

王斌说，这匹黑马老实得很，老实得走路都快忘记了。

翠平说，那我也不敢骑。

王斌问，那你和我骑一匹马？

翠平没有再说啥，转身回到屋里穿上雨衣走了出来。王斌拍拍黑马的屁股，黑马不声不响顺着原路朝马厩走去。王斌跨上马背伸出手说，翠平，你坐在我后面，搂着我的腰就行了，我在前面还能给你挡挡风雨。

翠平抓着王斌的手爬上了马背，王斌把马鞍前面的一个布包递给翠平说，你把这个小包拿好，里面是两块条绒布，黑条绒是给杨克明的，花条绒是给刘小香的，算是咱俩人送给他们的礼物。

翠平接过小包后说，多少钱我给你。

王斌拍拍马脖子，马儿不情愿地甩着尾巴慢慢朝前走去。翠平紧紧地搂着王斌的腰问道，王斌，到底多少钱，我应该给你多少？

王斌说，你不用管了。

翠平说，那不行，你说多少钱？

王斌问，回来我再给你说中不中？

翠平点了点头说，那中。

王斌说，翠平，你坐稳当了，我让马跑快一些。

翠平说，王斌，你说杨克明多有意思，来了还没有一年就要结婚了。

王斌说，那有啥，男大当婚，女大当嫁。

翠平问道，那你咋不当婚？

王斌打趣地说，没有人嫁我，我一个人咋结婚。

翠平说，队里有的是姑娘，找一个不就得了，你看上谁了我去替你说。

王斌说，我就看上你了。

翠平用手在王斌肚皮上狠狠捏了两下骂道，讨厌。

王斌一边笑一边用脚后跟碰碰马肚子，马儿迈开蹄子跑了起来。

杨克明和刘小香的婚礼没有举行仪式，只是在门上和家里的墙上贴了几个大红的喜字，透出几丝喜庆的气氛。酒席就摆在马国强的家里。一张简陋的办公桌摆在屋子中间，本来就不大的屋子显得更加拥挤。好在客人不多，大家勉勉强强都能坐下。见菜都上了桌，马国强端起一杯酒说，今天是克明和小香大喜的日子，按理说应该排场一些，热闹一些，可是，现在是困难时期，没有条件把婚礼办得红红火火，也没有请什么客人，都是克明和小香的好朋友，大家能来喝一杯喜酒，高高兴兴过一个中秋节，我就非常满意了，大家不要客气，虽然没有什么好吃的，保管大家吃饱饭。来，咱们共同为两个新人喝一杯酒，祝他们互相帮助，共同进步，努力工作，白头偕老。

大家喝了杯中酒之后，说了一些喜庆祝福的话便迫不及待地拿起筷子开始吃菜。桌上一共有六个菜，一盘白菜炒粉条，一盘黄羊肉，一盘土豆丝，一盘炒鸡蛋，一盆红烧湟鱼，还有一大盘凉拌萝卜丝。

见大家吃得差不多了，杨克明和刘小香拿起酒瓶给大家敬酒。杨克明戴了一顶蓝布帽子，穿了一套蓝布中山装，中山装上面的口袋上还别了一支钢笔。人显得干净利索又有文化。刘小香扎了两根又黑又粗的大辫子，上身穿一件黄色列宁服，下身穿一条红条绒裤子，两个脸蛋红扑扑的像擦了胭脂一样。

杨克明和刘小香先是给马国强和刘大香敬了一杯酒，说了一些感谢姐姐姐夫的热情话，然后就开始给客人们敬酒。走到王斌和翠平跟前时，杨克明端着一杯酒给刘小香说，王斌和翠平我们都是一个村子的，从小一块儿长大的好朋友，特别是翠平就跟妹妹一样。

刘小香说，我知道，在农业队的时候，翠平跟我也是好朋友。

翠平一语双关地说，谁跟你是好朋友，你偷偷摸摸跟他好了也不告诉我一声，一点儿也不够朋友。

刘小香说，我不敢告诉你，害怕你把他抢走了咋办？

翠平笑了笑说，我脸皮没有你那么厚。

刘小香也笑了笑说，脸皮厚吃白肉，脸皮薄吃白菜。

杨克明说，啥也不说了，咱们把杯中酒干了，一切都在酒里头。

大家喝了杯中酒，杨克明和刘小香又给别人敬酒去了，望着面如桃花的刘小香，翠平心里忽然火烧火燎的难受，她觉得这一杯酒比毒药还厉害，一点点侵蚀着胸膛里那颗破碎的心。

酒喝得差不多了，饭也吃得差不多了，马国强知道年轻人们要热闹，就和妻子刘小香找了一个借口出去了。年轻人们心知肚明，放下手中的筷子就开始出节目。他们拿一根线绳拴了一块糖吊在空中，让新郎新娘咬糖块。当新郎和新娘脸对脸准备咬糖块的一瞬间，猛地把线绳提起来，新郎和新娘措手不及嘴和嘴就碰在了一起，大家一阵哄堂大笑。

翠平没有笑也不想笑，当她看见杨克明和刘小香的嘴碰在一起时，就像有一根针扎进了心里，她不想看刘小香眉开眼笑的样子，她觉得刘小香就是做给自己看的。她忽然想站起来对准刘小香那张脸狠狠扇几个耳光，刚要抬起屁股又强迫自己坐下，两只手使劲掐着自己的大腿，在心里告诉自己千万不能冲动。可是，越是这样她心里越不舒服，她觉得胸膛里那颗不安的心随时随地都会爆炸。为了让那颗要爆炸的心平静下来，她把王斌叫到门外说要回去。王斌疑惑地看着翠平问道，大家玩的正高兴回去干啥？

翠平说，我不太舒服，咱们早点回去吧。

王斌说，那我去给克明说一声。

翠平抓住了王斌的胳膊说，用不着。

王斌看了看天空说，雨还没有停。

翠平瞪了一眼说，又不是下刀子。

王斌没有再辩解，从晾衣服的铁丝上解下马缰绳。拐过房角之后俩人跨上了马背，马儿在绵绵细雨中出了农场大门。

翠平拍了一下王斌说，这马跟小脚老太婆一样，什么时候才能回去？

王斌说，那你搂紧我的腰。

翠平把脸贴在王斌的背上骂了一句，要死不活的天。

王斌把雨帽往下拉了一下，两脚使劲踢了踢马肚皮，马儿在雨地里奔跑起来。过了布哈河之后，前面是一片黑刺林。翠平突然直起身体说，王斌，你慢一点儿。

王斌拉了拉马缰绳问，咋了？

翠平反问道，王斌，你想不想结婚？

王斌笑了笑说，你真会开玩笑，我跟谁去结婚？

翠平说，你说你想跟谁结婚。

王斌哈哈笑了两声说，我想有啥用，我想跟你结婚你答应吗？

翠平说，也许我答应。

王斌有点不相信地说，你看不上我。

翠平用拳头在王斌背上捶了两下说，停下，停下。

王斌勒住马缰绳停了下来问道，你要干啥？

翠平说，你把脸转过来。

王斌扭过脸看了一眼翠平，没想到翠平猛然在自己脸上亲了一口。

王斌用手摸了摸脸问道，翠平，你是咋想的，平常你对我没有啥意思，今天突然咋对我有意思了?

翠平说，看他们亲嘴，我也想亲嘴。

王斌问，你不后悔?

翠平说，有啥后悔的。

王斌又说道，我啥都没有，口袋比脸干净。

翠平忽然变了口气说，你想啥呢，你口袋干净不干净跟我有啥关系?

王斌摸了摸头问道，你不是说想亲嘴吗?

翠平说，亲嘴就是亲嘴，你别想那么多。

王斌没有说话，刚刚燃起的火焰一瞬间就熄灭了。他抬起头看看天空，天空划过一道又一道闪电，就是没有听见轰隆隆的打雷声。

第七章 九月无雪

西北风

一夜的西北风把绵绵的细雨刮上了天。整整一个晚上，西北风像鞭子一样不停地抽打着屋顶，屋顶呻吟了一个晚上，翠平也呻吟了一个晚上。大概昨天淋雨受风的缘故，回到宿舍翠平就感觉不舒服，身子软绵绵的像煮熟的面条。她连晚饭也没有吃就钻进了被窝。半夜的时候她又开始发烧，浑身烫得像一块火炭。她想爬起来喝口水，身上没有一点儿力气。她迷迷糊糊躺在被窝里听着呼啸的风抽打着屋顶，觉得那个声音有点儿刺耳，就像石头刮玻璃的声音，又觉得像吹口哨的声音，她就在奇怪的声音之中迷迷糊糊闭上了眼睛……

她怎么也没有想到，清澈见底的布哈河水变得跟老家的黄河水一样浑浊。河面上漂浮着一层脏兮兮的泡沫，还有乱七八糟的黑刺枝。她蹲下身子从河里打了一盆水，把衣服泡在盆里准备洗衣服。就在这时，她看见杨克明和刘小香光着身子在河里面洗澡。两个人一会儿搂抱在一起，一会儿又嘻嘻哈哈打着水仗。过了一会儿，杨克明双手举着刘小香走到了岸边，狠狠地把刘小香摔在一块石头上。刘小香躺在地上一动不动，满手是血的杨克明走过来摸了她一下，吓得她大声喊叫起来。

醒一醒翠平，你这是咋了？有声音把翠平从噩梦里拉了回来。

翠平睁开眼睛，满手是血的杨克明不见了，王斌正两眼看着自己。

王斌用手摸着她的额头说，翠平，你烧的烫人，肯定是感冒了。

翠平伸出舌头舔了舔嘴唇问，你怎么在这里?

王斌说，我没有见你去吃午饭，就过来看看你，没想到你烧成这个样子。我去套马车，咱们去县医院。

翠平说，吃几片药就好了。

王斌倔强地说，那不成，不看大夫不中。

翠平说，我经常发烧，我的毛病我知道。我真后悔，上次就不该把你们逃跑的事情告诉杨克明。

王斌说，已经过去了。

翠平看着王斌说道，王斌，带我离开这里。

王斌说，等你病好了再说。

翠平闭上了眼睛。

一连几天翠平的烧都退不下来，王斌有点儿害怕，他不顾翠平反对，赶着马车把她送到了县医院。开始的时候，大夫认为是重感冒引起的高烧，可是连续输了两天液高烧依然没有退，大夫又做了详细的检查也没有检查出来病因，弄得大夫们一筹莫展。

大夫们会诊时，乔玉英说，目前要解决的问题是先把高烧退下来，别的问题慢慢观察，否则，高烧会引起肺炎和其他料想不到的问题。

主治大夫听了乔玉英的建议，加大了输液的计量和口服的药量，果然，第二天就有了明显的效果，顽固的高烧像冰块一样开始融化了。早晨太阳照进病房时，翠平苍白的脸上有了淡淡的红润。王斌兴奋地说，翠平，你的高烧终于退了，我的心里也踏实了。这几天看着你昏迷不醒的样子可把我吓坏了，就像丢了魂一样六神无主。

翠平说，我就像在梦里面一样糊里糊涂，一会儿骑马，一会儿骑驴，一会儿又跟我娘说话。

王斌说，你是被烧糊涂了，做梦也是乱七八糟。这下好了，你的烧也退了，过两天就能出院了。

翠平感激地看了一眼王斌说，王斌，你辛苦了。

王斌坐在床边看着翠平说，这叫啥话，天天辛苦我也高兴。

翠平闭上了眼睛，两行泪水像透明的虫子从眼睛里面钻了出来。王斌用毛巾擦去翠平脸上的眼泪说，我说的是真话，我愿意为你辛苦。再说了，这叫啥辛苦，天天啥也不干，跟休息有啥两样。

翠平把脸扭向一边轻轻地抽泣起来。

王斌说，好了，好了，我啥也不说了，你一哭我心里就发毛，你再睡一会儿，我去给你打早饭。

翠平问道，王斌，你每天咋吃饭？

王斌撒了个谎说，我也在医院食堂吃饭。

翠平又问道，粮食这么紧张，人家让你吃饭？

王斌说，乔大夫给食堂说了说，人家算是特殊照顾我。

翠平问，能不能吃饱肚子？

王斌说，差不多，又不干活。

翠平没有再说话，王斌拿起饭碗走出了病房。路过医生办公室的时候，乔玉英叫住了王斌，乔玉英告诉王斌，翠平的高烧虽然退了，但身体的抵抗力非常差，必须加强营养补充。王斌问乔大夫什么东西有营养？乔玉英说，现在比较困难，有营养的东西也买不到了，无非是牛奶肉罐头之类的东西。王斌说了一句知道了就顺着走廊走了。早饭是面糊糊，馒头咸菜，王斌打好饭对大师傅说，师傅，能不能给我也卖两个馒头，我在医院伺候病人，没有地方吃饭，昨天我就饿了一天肚子。

大师傅说，医院的粮食也紧张，有多少病人都是有数的。

王斌说，师傅，哪怕卖给我一个馒头也中，我两条腿软得没有一点力气。

大师傅从小窗口里面看了看王斌问，你老家是河南哪的？

王斌回道，固始县北庙公社。

大师傅说，咱们离的不远，我家是谷堆公社的，咱们两家中间隔着一个杨集公社。

王斌说，我有个亲戚就在你们谷堆供销社。

大师傅从窗口递出一个青稞面馒头悄悄说，没有多余的。

王斌把饭票递过去说，谢谢你老乡。

大师傅把王斌的手推开说，拿去吃吧。

王斌正准备说两句感激话，发现有人走了过来，他扭头匆匆走出食堂。走出食堂的王斌迫不及待吃起了馒头，拳头大小的馒头两三口就吃光了，最后连手里的馒头渣也一点儿没剩地倒进了嘴里。回到病房王斌看着翠平吃完了饭，躺下睡着之后便离开病房去了门市部。门市部还没有开门，几个等着开门的藏族老乡蹲在墙根，一边抽烟一边说着什么。老乡们头戴狐狸皮帽，身穿光板羊皮的袍子，腰里扎着彩带，彩带上面吊着一把藏刀。王斌觉得这几个藏族老乡挺有意思，就站在门口听他们说话。他们说话语速快，面部表情也丰富，好像在讲一件有意思的事情。就在说笑之中，一个黑瘦的老乡从皮袍里面掏出来一瓶酒蹾在地上，另一个老乡拿起酒瓶在嘴上碰了碰，酒瓶盖就掉在了地上，像喝水一样喝了一口又递给了旁边的一个人，大家你喝一口他喝一口，那个场面温暖而快乐。就在王斌看着他们喝酒的时候，门市部的门打开了。王斌转身进了门市部。门市部里面半明半暗，王斌转了一圈发现货架上面空空荡荡没有多少东西。一个中年妇女走过来问道，你要买什么东西?

王斌说，我想买一点儿有营养的东西。

中年妇女从柜台底下拿出一个苹果罐头说，这个有营养。

王斌接过罐头看了看，问道，有没有肉罐头?

中年妇女说，没有，苹果罐头也没有几个了。

王斌说，再给我拿一个苹果罐头。

中年妇女又从柜台下面拿出一个罐头递给王斌后说，一共两块一毛四。

王斌交了钱装好罐头问，有没有牛奶卖?

中年妇女抬起头看了一眼门口说，你运气真好，青年农场送牛奶的来了。

王斌转身看见杨桂花正提着一桶牛奶走了进来。王斌赶紧走过去接过杨桂花手里的牛奶桶提进柜台放下。杨桂花问王斌什么时候来的，王斌说他在医院伺候病人。

杨桂花说，最近感冒的人特别多。

王斌没有再说啥，走过去打了一斤牛奶，买了一盒大前门香烟就走出了门市部，站在门口等着杨桂花。蹲在墙根的那几个藏族老乡还在喝酒，一瓶酒快喝完的时候，杨桂花慢腾腾地出来了，王斌对杨桂花说，你回去找人给杨克明捎个话，翠平生病住院了，你一说翠平他就知道。

杨桂花说，我回去就告诉他，他们在场部学习呢。

王斌又说道，跟他说再给我借一点儿钱。

杨桂花说，我记住了。

告别了杨桂花后王斌一口气回到医院，他先去了食堂，把那一盒大前门香烟给了大师傅，然后又在食堂烧好了牛奶才回到病房。

正在输液的翠平望着王斌问道，你手里端的啥？

王斌把冒着热气的茶缸放在床头柜上说，牛奶。

翠平两只眼睛一亮，问道，哪里弄得牛奶？

王斌说，门市部买的，还是咱们农场奶牛场的。牛奶有营养，以后我每天买一斤牛奶给你补身体。乔大夫说了，你身体素质不好，抵抗力差，需要营养品。

翠平又问道，那得多少钱？

王斌说，便宜，才七八分钱一斤。

翠平说，我觉得我已经好了。

王斌从挎包里掏出两瓶罐头在翠平眼前晃了晃说，你要是不住医院，哪有这么多好吃的。要不然咱俩换一换，我天天吃好东西。

翠平笑了笑说，傻瓜。

王斌把罐头放到床头柜里说，啥也不要想，等彻底好了再出院。

翠平望着窗外说，天空蓝得跟水洗过一样，比老家的天空蓝。

王斌端起茶缸舀了一小勺牛奶说，翠平，喝牛奶。

翠平说，输完液再喝。

王斌说，输完液牛奶就凉了。

把我扶起来，我自己喝。翠平拗不过王斌，让王斌扶她起来。

王斌一手端着茶缸一手将翠平扶着坐了起来，翠平接过茶缸一口气喝光了牛奶。她重新躺下后说，王斌，我现在是不是已经过上了共产主义的日子?

王斌说，不完全是，听干部们说，真正的共产主义不愁吃不愁喝，天天有肉吃，天天有酒喝，白面馒头随便吃。

翠平问道，假如天旱没有收成，哪来的白面馒头?

到了共产主义天就不会旱了，年年大丰收。王斌边说边给翠平盖好了被子。

翠平又问，老天爷也帮助共产主义?

王斌说，我都不敢想共产主义，一想共产主义我自己都吓一跳。

翠平很惊奇地问，为啥?

王斌说，共产主义不是人过的日子，是神仙们过的日子，我就不相信，到了共产主义人都变成神仙了?

翠平张开嘴还没有说话就咳嗽起来。

王斌说，不说了，闭上眼睛休息一会儿。

翠平像个听话的孩子一样闭上了眼睛。

第二天上午，翠平和王斌正在说话的时候，杨克明走进了病房。翠平看见杨克明的那一瞬间下意识地闭上眼睛。杨克明走到床边轻轻叫了一声翠平，翠平像睡着了一样没有一点儿反应。王斌奇怪地看了翠平一眼说，翠平，克明来看你了。

杨克明说，别叫她了，她睡着了。

王斌有点摸不着头脑，说，刚才还跟我说话呢，一转眼就睡着了。

杨克明说，让她睡吧，翠平脸色不好。

王斌接着话茬说，这两天好多了，刚来的时候脸色跟墙皮一样。

杨克明问王斌，你一直在医院陪着翠平?

王斌反问，我不陪她谁陪她?

杨克明说，这就对了，咱们三个人是从小长大的好朋友，关键时候就得互相帮助，你安心陪着翠平，我回去跟你们王队长说一声，正好我们都在一块学习。

王斌说，你放心，我会好好照顾翠平的。

杨克明从口袋里掏出二十块钱放在翠平的枕头边上说，买些营养品给她补补身体。

王斌说，我以后还你。

杨克明瞪了一眼王斌后说，你说的啥话，咱们之间谁跟谁？我忙得没有时间陪着翠平，你白天晚上陪着她够辛苦了，我表达一点儿意思有啥？

王斌说，其实，也没有啥辛苦的。

杨克明说，那我就走了，我还要去给小香开点药，她这几天也不舒服。

王斌把杨克明送到病房门口，杨克明又把王斌推进了病房，咱俩客气啥，好好照顾翠平，我走了。

王斌回到病房刚坐到床边翠平就睁开了眼睛。

王斌说，克明刚离开病房你就醒了，我去把他叫回来，他没有走多远。

翠平说，用不着。

王斌问，刚才你没有睡觉？

翠平回道，睡了。

王斌说，克明给你留下了二十块钱，让你买营养品补补身体。

翠平拿起枕头边上的钱看也没看就撕成了碎片，随手一扬像雪花一样飘落了一地。

王斌吃惊地看着翠平问道，翠平，你咋了，那是克明给你的钱啊……

翠平一声不吭闭上了眼睛。

三天的学习主要围绕着两个内容，第一，贯彻落实省委和州委的文件精神，高举三面红旗，鼓足干劲，力争上游，把大跃进推向一个新高潮；第二，做好艰难困苦的过冬准备。各个生产队动员一切力量，在入冬之前做好储备工作，组织力量猎杀野生动物，防止动摇不定的青年在困难面前逃跑。三天的学习没有调动起来大家的积极性，每一个人都觉得前途渺茫看不见一点儿曙光。尤其是农业队的王成喜，一肚子的牢骚怪话，气得马国强拍着桌子说，连你都没有信心，怎么教育青年，你这种精神状态，给人感觉就是消极的态度，一副萎靡不振的样子。青年们看不见前途，思想肯定不稳定，不逃跑才是怪事。

王成喜说，我就是天天唱歌天天笑，天天装出一副高兴的样子有用吗？青年们不是傻瓜，连黑馒头都吃不饱他们怎么能安心工作。天天给他们说那些看不见摸不着的空话，就跟讲那个狼来了的故事一样没有人相信。

马国强说，正因为这样，我们才要做政治思想工作，让青年们学习红军二万五千里长征的精神，要让他们看到前途，看到光明，不要被眼前的困难吓倒。

王成喜说，我也是共产党员，也是部队转业干部，说老实话，我都没有看见前途，怎么让青年们看见前途。我们农业队跟牧业队的情况不一样，这里千百年来就是放牧的地方，扩大牧业队的生产没有错，可是，扩大农业生产本身就是方向问题。今年开垦了上万亩土地，浪费了十几万斤种子，结果咋样，赔了夫人又折兵，谁敢保证明年不是今年的下场？马场长，你也是从农村出去的，种地的情况你心里明白，你就不能把这些情况一五一十反映给上级领导？

谁说我没有反映？马国强说，每一次开会我都强调这个问题，可是，领导们说，在这里种地是经过科学论证的，这里的土质完全可以种粮食，关键是我们没有树立人定胜天的决心和敢教日月换新天的勇气。说老实话，我也糊涂了。但是，不管糊涂不糊涂，我们一定要服从上级领导的指示，党叫干啥就干啥，党号召咱们开荒种地，咱们就一个心眼老老实实种粮食，今年虽然没有成功，明年再种，明年还不成功，还有后年嘛，要跟愚公移山一样，年年挖山不止，老愚公死了他的儿子继续挖山，儿子死了孙子继续挖，子子孙孙挖下去，总有一天能把大山搬走。

王成喜拍拍身旁的杨克明问，杨队长，咱们这一屋子人里面就你有文化，你是知识分子，我一直没有弄清楚，愚公移山里面说的王屋山在啥地方？

杨克明回道，应该在河南的焦作地区，王屋山属于太行山山脉。焦作那个地方物产丰富，人杰地灵，出了好多的人物。唐代有大诗人韩愈、李商隐，元代有教育家、天文学家许衡，最有名的是明代的乐律学家、算学家朱载堉。

王成喜说，有文化就是不一样，听你说话长知识。

杨克明有点不好意思，只说道，长啥知识，我也是知道一点儿皮毛。

王成喜话题一转又问，那个王屋山最后挖掉了没有？

杨克明回答说，就是比喻一种持之以恒的精神。

王成喜说，明明知道没有希望，费那个工夫干啥，我看那个老愚公的脑袋瓜有问题，要不然咋会干那没屁股眼的事情。

马国强猛得拍拍桌子骂道，王成喜你反动，愚公移山是毛主席说的，你说愚公脑袋瓜有问题，你是啥思想？

王成喜说，我没有说毛主席，我说的是老愚公。

马国强加高了声调对王成喜说，愚公就是毛主席说的，愚公移山这个故事是毛主席说的。

王成喜不客气地回道，愚公和毛主席是两回事，你少给我扣帽子。

马国强也不客气，骂道，谁给你扣帽子了，你少给我抵赖。

王成喜语气缓了一下说，马场长，不就是一句话嘛，用得着脸红脖子粗？

马国强拍着桌子说，这不是一句话的问题，这是严重的思想问题。

王成喜说，那你说我是反革命算了。

马国强一脸严肃地说，杨克明，你把王成喜的所作所为写个材料报到县委，让县委来处理他的问题。正好县委让抓几个右派分子，我还不知道从哪里抓呢，没想到你就是现成的右派分子，怪不得农业队像一盘散沙。

王成喜恼羞成怒地站起身骂道，马国强你个狗日的，你故意想整老子，老子就说了一句玩笑话，你就拿老子开刀，你他妈是个啥鸡巴东西。

马国强又拍拍桌子说，你给我滚出去，回去等待处理结果。

王成喜走到门口又狠狠骂道，告到北京老子也不害怕，能把老子的球咬了。明明是睁着眼睛说瞎话，天天自己骗自己还装啥大尾巴狼。

马国强指着王成喜说，再骂我把你狗日的绑了。

王成喜转身出了门，砰的一声把门摔得山响。

画饼充饥的学习像一杯没有味道的白开水。各个队参加学习的干部喝了一肚子没有一点儿油水的白菜汤，无精打采地离开食堂打道回府了。杨克明把王成喜的材料交给马国强之后也打算回牧业队，但马国强让杨克明把王成喜反动言论的报告送到县委办公室。看着一本正经的马国强，杨克明动了恻隐之心，他婉转地对马国强说，现在是困难时期，人心不古，如果真处理了王成喜恐怕有负面影响，毕竟他在农业队还是有威信的。

马国强说，有个屁威信，有威信还跑了那么多人？本来这个家伙转业的时候准备留在县公安局工作，一查档案才发现原来他是投诚起义的国民党兵，结果没有留在县上分配到了青年农场，所以他心里一直耿耿于怀。

杨克明看出来马国强已经下了决心，也就不再说什么，简单收拾了一下就骑着马去了县城。他先去了医院，没有想到翠平的病房空无一人。他到医生办公室去打问，正好碰上乔玉英。乔玉英不冷不热地说了一句，昨天出院了。

杨克明又问道，乔大夫，翠平到底是什么病？

乔玉英看了杨克明一眼，冷冷地反问道，翠平得什么病，你应该知道啊？

杨克明很纳闷，说道，乔大夫你真会开玩笑，我要是知道我就能当大夫了。

乔玉英说，我看你就是一个心理医生。

杨克明问，什么意思？

乔玉英说，翠平发高烧说胡话的时候还在喊你的名字，可见你在她心里的地位有多么重要。我就奇怪了，你怎么那么有人缘。

杨克明说，我们从小一块长大，就和兄妹一样。

乔玉英说，明白了，就像藏族拉伊里唱的阿哥阿妹一样。

杨克明问，乔大夫，我就想问一下翠平到底是什么病？

乔玉英说，没什么病，重感冒引起的一些炎症。

杨克明说了一句谢谢就离开了医生办公室。到了县委办公室之后，他把材料交给了办公室主任。主任翻了翻材料说，这个王成喜是典型的右派，还不是右派的问题，他的言论完全是现行反革命的言论。你们的材料送得及时，县委正需要这样的典型，我现在就给公安局打电话。

用不着打电话了，朱局长从门外走了进来说，什么事情这么着急?

主任把王成喜的情况说了一遍，朱局长看了看手腕上的表，又看了看杨克明说，今天太晚了，明天一早你在场部等我，带我们去抓王成喜。

杨克明说，马场长说，害怕夜长梦多。

朱局长想了想，走到办公桌跟前拿起了电话。

尕斯牌吉普车刚刚驰出县城就熄了火，司机师傅跳下车打开引擎盖捣鼓了一会儿还是打不着火，朱局长一脸不高兴地跳下车说，早干什么去了，关键时刻就出问题。

司机是个老同志，他用棉纱擦了擦手说，朱局长，实在没有办法，这些都是二战时期苏联老大哥的汽车，咱们没有零件可配。

朱局长对杨克明说，下车吧，咱们回去换一辆车。

杨克明跳下汽车跟着朱局长走了。

看着朱局长他们的背影，司机师傅没好气地踹了两脚汽车轮胎，回手使劲把引擎盖盖上，然后钻进车里打了打火，汽车像牛叫一样居然发动着了。司机师傅高兴地大声喊叫起来。朱局长和杨克明重新回到汽车里，汽车像个醉汉似的摇摇晃晃在草原上前行。太阳快落山的时候，他们赶到了农业队。结果令人十分沮丧，王成喜早就没了踪影。据农业队的人说，中午的时候，王成喜背着一杆枪骑马走了，一直到现在也没有见他回来，大概是打猎去了。

司机师傅看着朱局长问道，朱局长，那咱们等他?

朱局长说，鬼才相信他去打猎呢，这个时候他还有心情去打猎?

司机师傅问，怎么办，是不是追他去?

朱局长说，茫茫草原，崇山峻岭，到哪里去找他，回县城。

吉普车摇摇晃晃融进了暮色之中。

一声枪响

朱局长他们走了没一会儿，王成喜就骑着马儿回来了。在食堂门口，炊事员告诉他公安局的朱局长来找他时，王成喜拍了拍马屁股后面的黄羊说，这个朱局长真是个倒霉蛋呀，一点儿口福都没有，天生就是一个奔波的命。

炊事员说，朱局长的脸就像一个冬瓜。

王成喜把黄羊扔在地下说，赶快收拾一下煮了，给我留下两条腿，剩下的你们享受去吧。

炊事员说，王队长，现在天黑了，明天早晨再收拾吧。

王成喜说，也不知道怎么了，我就像怀孕的妇女一样馋得就想吃这一口。

炊事员说，那行，我现在就去收拾。

王成喜说，你辛苦，我一会儿过来吃肉。

炊事员胸有成竹地说，王队长你放心，用不了一个小时，保证能让你过瘾。

王成喜回到宿舍感到一阵后怕，他万万没有想到马国强真的给自己下了黑手。其实，王成喜根本就没有逃跑的打算，他也不相信马国强会打他一个右派，只是气头上说几句大话而已。从场部回来心里不舒服，他就背着枪骑马出去散散心，没有想到这个不经意的举动让他躲过了一劫。他害怕公安局的人杀回马枪来一个瓮中捉鳖，吓得连煤油灯也不敢点。坐在黑洞洞的屋子里，他想起了王生财的下场。他觉得马国强是一个心狠手辣的家伙，如果真落入他的陷阱，弄不好跟王生财的下场差不多。王成喜越想心里越感到危险，事不宜迟，必须快刀斩乱麻，他决定连夜逃跑，而且越快越好。拿定主意之后，他迅速开始收拾东西，把现金粮票和必要的衣物装在一个包里，然后去食堂拿了两条煮好的羊腿，背上枪拉着马趁着夜色悄悄离开了农业队。

王成喜前脚刚走，公安局的汽车也到了农业队。本来朱局长认为王成喜肯定是逃跑了，可是在回去的路上，听杨克明说王成喜这个人挺好的，平时没有什么不好的习惯，在农业队的口碑也不错。朱局长让杨克明把王成喜在会上的表现仔细说一遍，杨克明就把前因后果说了一遍。朱局长听完杨克明的叙述，就让司机师傅停车。

朱局长说，我觉得在这种情况下，王成喜没有逃跑的理由，他也没有意识到问题的严重性，他只是赌气而已。

杨克明说，平常他和马场长的关系也不错，我也没有想到，这一次马场长动了这么大的肝火。

朱局长说，马场长的政治觉悟很鲜明，毕竟是老党员。可是，王成喜就不一样了，他在国民党部队里面还当过连长，谁知道他手上沾了多少共产党人的鲜血。我觉得王成喜不至于逃跑，也许真是去打猎了。

吉普车在草原上转了一个弯又向农业队驶去。到了农业队之后，老远就看见食堂里面亮着灯。

朱局长兴奋地拍了一下大腿说，打猎回来正在吃饭。直接到食堂门口。

吉普车停在食堂门口，朱局长打开车门跳了下去。走进食堂发现几个人正围在桌前吃着羊肉。炊事员发现了朱局长，急忙邀请朱局长吃羊肉。炊事员说，你们真有口福，王队长打了一只黄羊。

朱局长问，王队长呢?

炊事员回道，刚拿了两条羊腿回去了。

朱局长急忙走出食堂直奔王成喜宿舍。到了宿舍门口，朱局长轻轻一推门就被推开了。他打开手电筒照了照，屋子里面空无一人。朱局长抬起脚狠狠地踹了一下门板，门板被踹开了一个大洞。朱局长熄灭了手电筒，恼羞成怒地骂了一句，操他奶奶，这一回真的逃跑了。

两束汽车灯光划破黑夜急驶而去的时候，王成喜惊出一身冷汗。王成喜就在不远处的草山下，看着吉普车摇摇晃晃离开了农业队。他为自己又一次逃脱感到庆幸，同时也为自己无路可走感到悲伤。他觉得此时此刻自己就像武松一样被逼无奈，而马国强就像高衙内一样想把自己置于死地。他越想越气愤，越想越觉得自己太窝囊，马国强把自己逼上了一条死路。他咽不下这一口气，既然马国强不让自己活，他也不让马国强再随心所欲作威作福。王成喜想到这里，立刻跨上马背，他要连夜赶到农场，让马国强在睡梦中得到应有的惩罚。

王成喜抬起头看了一眼天空，一弯月牙明晃晃的挂在天上，就像一柄闪着寒光的弯刀悬在头顶。淡淡的月光下，草原朦朦胧胧。草原上没有一点儿声音，安静得好像连风儿也睡去了。太过安静让王成喜感到不安，他觉得今夜有一些异常。往日的草原几乎天天刮风，每天晚上都是听着风声睡觉的，怎么今天晚上这么安静，安静得让人心里无法平静。王成喜勒住了马缰绳，他觉得自己的直觉没有错，否则，今天不会有两次逃脱的运气。弄不好马国强现在已经设好了圈套，正等着自己往里钻呢。公安局两次扑空，说明他们做好了准备，已经在周围有了埋伏，现在去农场或者去县城就等于自投罗网。看来只有逼上梁山这一条路了，自己已经没有任何退路可言，弄不好在路上他们也设下了埋伏。王成喜打消了去农场的念头，他必须果断做出选择，天一亮就会危机四伏。他觉得去刚察县这条路显然行不通，只有绕过刚察县和青海湖是最安全的逃跑路线。想到这里，王成喜调转了马头，朝着快尔玛方向走去。

一片云彩遮住了月亮，草山上的石头像一个个黑乎乎的怪物盯着他。王成喜把背在肩上的钢枪拿了下来，拉开枪栓把子弹推进枪膛，然后又背在肩膀上，两个脚后跟碰了碰马肚皮，马儿甩开蹄子跑了起来。不知道走了多长时间，马儿疲惫了，脚步也慢了下来，王成喜在马背上迷迷糊糊睡着了。等他睁开眼睛时，天已经蒙蒙亮了。王成喜打量了一下周围，远处的草原上有几个小黑点，也许那是藏族老乡的牦牛，为了安全起见他还是拐进了一条山谷。

这是一条深深的山谷，两面草山高大陡峭，裸露的石头奇形怪状。王成喜一边打量着山谷一边慢慢朝山谷深处走去。一只黑色的鹰从峭壁上腾空而起，两个翅膀像两只船桨一样在空中快速扇动了几下，一股冷风就从头顶上贯下来。望着又飞向空中的鹰，王成喜不敢再往前走了，他在几块大石头跟前下了马，把马缰绳拴在一棵荆棘树上，然后取下马龙头，把饲料口袋套在马脑袋上。他拍拍马脑袋说，好好吃吧，辛苦了一晚上。

太阳升到了半空中，阳光才照亮了山谷。在暖洋洋的阳光里，王成喜坐在一块石头后面，用一把小藏刀切了一片黄羊肉放进嘴里，不慌不忙地吃了起来。吃饱了肚子又拿起一个军用水壶喝了几口水，然后靠着石头闭上了眼睛。

山谷里天黑得早，太阳还没有完全落下山，山谷里面已经变得暮色苍茫。王成喜拿着水壶从岩石缝隙流淌的小溪里接满了水，又用溪水洗了洗脸，把两个挎包往马背上面一搭，牵着马儿向山谷外面走去。山谷外面落日的余晖依旧明亮，草原变得绯红一片。王成喜一边慢慢走着，一边观察着周围。绕过一座草山时，他看见山腰上有一个玛尼堆。他知道这是藏族人用石头垒的一个标记，告诉人们这里有熊和狼出现，为了避免人和动物遭遇，人们看见玛尼堆就高声唱歌，用歌声告诉动物躲避，避免发生人和动物遭遇的情况。

草原已经被暮色笼罩，茫茫暮色之中一声低沉的狼嗥让王成喜停下了脚步。他睁大眼睛望着草山，侧着耳朵辨别着狼所在的位置。静悄悄的草原上又传来一声狼嗥，紧接着群狼的嗥叫声风一样刮了过来，王成喜转身想跨上马背，没有想到马儿突然奔跑起来，毫无防备的王成喜被马儿拽得踉跄了几步，手中的马缰绳也不翼而飞。受到惊吓的马儿在暮色中不见了踪影，狂奔的马蹄声也消失在浓浓的暮色之中。王成喜紧张起来，脊梁骨也感觉凉飕飕的，他取下肩膀上的钢枪紧紧地握在手里，一边快速行走一边警惕地观察着周围。狼嗥一声接着一声，此起彼伏的声音分辨不清它们的具体位置。王成喜努力想看清楚一双绿色的眼睛，可是他怎么也寻找不到一双绿色的眼睛，就在他几乎快崩溃的时候，月亮猛然间跃上了天空，王成喜紧绷的神经一下松弛了许多。

明亮的月光把草原照得一片斑驳，清淡的地方一层青雾，阴暗的地方一片黑影，虽然狼嗥没有停止，王成喜发现附近没有狼的身影，也看不见绿色的眼睛。他把钢枪重新背在肩膀上，努力想寻找自己的马匹。可是，走了好半天还是没有看见马匹，王成喜心里想，大概马儿跑回农业队了，那是一匹老马，认识回家的路。寻找马匹的希望破灭之后，王成喜加快了脚步，他想尽快走出狼群的视线，摆脱随时随地存在的危险。随着脚步的加快，狼嗥的声音也渐渐听不见了。王成喜感到一阵轻松，他打算走过这一片平坦的草原再朝东走，天亮之前差不多就能赶到快尔玛了。公安局和马国强他们做梦也不会想到他放着近路不走，会舍近求远走快尔玛这一条路。王成喜想，只要绕过刚察县，他们就是布下天罗地网，也是竹篮打水一场空。俗话说，君子报仇十年不晚，先躲过这一劫再说，总有一天我要跟马国强算账。

月亮越升越高，当月亮升到头顶上时，王成喜已经走出了这一片平坦的草原。前面是一个不大的山包，山包在月光下就像一只卧倒的骆驼。他打算在山包下面休息一下，然后一口气走到天亮。就在他快走到山包跟前时，他突然发现山包上面有一排绿莹莹的眼睛正在看着自己，王成喜吓了一跳，原来这些狡猾的家伙在这里等着他呢。他急忙从肩膀上取下钢枪，瞄准中间那对绿莹莹的眼睛扣动了扳机。清脆的枪声裹着一条火龙飞向了小山包，那一排灯光似的眼睛一瞬间消失了。王成喜慢慢走到山包上，山包上没有狼的尸体，王成喜有些失望地朝远处看了一眼，远处几只绿莹莹的眼睛一闪就不见了。王成喜知道，危险暂时算是解除了，他开始小心翼翼朝山下走去，走到半山腰时他发现了一个猫耳洞，他划着火柴照亮了猫儿洞，猫耳洞有一人多深，一人多宽，里面有烧过火的痕迹，旁边还有一些干牛粪。王成喜放心了，他钻进猫耳洞，划着火柴点燃了细细的干柴，又用干柴火把牛粪引着，做完这一切王成喜松了一口气。

王成喜放的那一枪，不仅吓跑了狼也惊醒了睡梦中的索宝和瘦猴。索宝从被窝里坐起来，光着脚丫子走出帐篷看了看，月光下的草原一片宁静。他回到帐篷问瘦猴，你听到枪声没有？

瘦猴睡眼惺忪地说，好像就是枪声。

索宝钻进被窝说，肯定有狼骚扰羊群了。左边的草山下面是洛桑家，右边的草山下面就是我那个亲戚达瓦家，除此之外再没有别的人家。洛桑家有两只凶猛的藏獒，狼群轻易不敢去他们家骚扰，再说，他家里没有枪，达瓦家里也没有枪啊，那么枪声是怎么一回事？

瘦猴说，会不会又是国民党特务，你忘了没有，台湾国民党空投的事情？

索宝说，有这个可能。

瘦猴从被窝里钻出来问，如果特务来咱们帐篷怎么办？

索宝随手拿起放在旁边的枪拍了两下说，他有枪，咱们也有枪，没有什么了不起。要不然你明天回去把这件事情报告一下，如果真的是特务就派人抓他们。

瘦猴说，那我也把枪带上，如果碰上特务我还可以消灭他们。

索宝说，那不行，张文清队长专门交代我，人不离枪，枪不离人，只有我一个人保管枪。

瘦猴瞪了一眼说，那我不去，赤手空拳碰上特务那不是白白送死吗？

索宝躺进被窝说，不去算了，哪有那么多特务，说不定是什么人随便打了一枪。

瘦猴问，要真是特务呢？

索宝突然又从被窝里爬起来，匆匆忙忙穿上衣服说，我出去看一看。

瘦猴说，咱俩一块去。

索宝说，你去干啥，我一个人就行了。

瘦猴说，我知道你要去达瓦家，我看达瓦就不是你的亲戚，是你的情人。

索宝拿起枪说，不相信拉倒。

如果特务来了……瘦猴的话还没有说完，索宝已经冲出了帐篷。瘦猴爬起来走到帐篷门口，把两个木头箱子堵在门口嘟嘟囔囔说了一句，什么阶级兄弟，一点儿阶级感情也没有，然后又钻进了被窝。

睡梦中的达瓦被一阵狗叫声惊醒了，她以为狼群又来骚扰了，一骨碌爬起来准备出去看一看，就在这时，一个黑影闪了进来，达瓦顺手拿起一把藏刀喝道，谁？

索宝说，是我。

达瓦扔下手里的藏刀骂了一句，怎么是你这只骚狗，半夜三更你来干什么，我还以为狼群又来了呢。

索宝绕过铁皮炉子，坐在达瓦旁边问道，你听到枪声没有？

达瓦说，没有听见。

索宝说，这附近有人打枪了，我害怕又是空投特务，就过来看看你。

达瓦感激地说，索宝，你还没有忘了我，我心里真高兴。

索宝把枪放到一边，一下把达瓦搂进怀里说，我怎么会忘了你，你就是我的心肝宝贝，我昨天晚上还梦见你了。

达瓦说，我把酥油灯点亮，看看你说得是真话还是假话。

索宝说，用不着点灯，月光还不够亮吗？刮不刮风看看月亮旁边的风圈就知道了，喜不喜欢你看看我的行动就知道了。

达瓦说，草原上的百灵鸟叫得再好听，也没有你们男人说得好听。

索宝轻轻推开怀里的达瓦，一边脱衣服一边说，我把心给你掏出来，你点亮酥油灯看一看，是红的还是黑的。

达瓦说，一百只百灵鸟也没你叫得好听。

索宝一下把达瓦压到身下说，我想你了。

达瓦使劲推了推索宝骂道，滚开，你这只骚狗，我就知道你想和我睡觉才骗我说有枪声有特务，滚开。

索宝生气地坐了起来，一边穿衣服一边说，你真是一只愚蠢的牦牛，如果不是听到枪声，如果不是担心你，我半夜三更跑来干啥，我又没有发疯。

达瓦突然想了起来，迷迷糊糊之中好像听到了枪响的声音，她一把抓住索宝的衣服说，我好像听见了枪声，我还以为是在做梦。

索宝瞪着达瓦说，什么做梦，那是真正的枪声。

达瓦说，别生气了索宝，是我错怪了你，我知道你心里有我，把衣服脱了吧，别跟不懂事的牦牛一样。

索宝把衣服扔到一边，重新把达瓦搂在了怀里。达瓦像只老实的绵羊似的，由着索宝疯狂的爱抚，只是咩咩的叫个不停。

索宝回去的时候天已经大亮，他撩开帐篷发现门口的木头箱子，再往里面看了看不由得笑了起来。瘦猴裹着被子坐在炉子旁边，怀里还抱着一把铁锹，两只棕熊似的小眼睛直盯盯地看着他。

索宝拍拍手里的枪说，没费一颗子弹，我就把特务消灭了。

瘦猴撇撇嘴说，我看你是把达瓦消灭了。

索宝坐在一张羊皮上问道，你就这个样子睡了一晚上？

瘦猴把铁锹扔到地上说，我又没有枪，不这个样子咋办，总不能束手就擒吧。对了索宝，我想跟你商量一个事情。

索宝问，啥事情？

瘦猴说，你是当地人，熟悉地理环境，又有亲戚在这里，我是个外来人，两眼一抹黑，在这个危险时期，能不能把钢枪给我背几天？咱们是阶级兄弟，应该发扬阶级兄弟的友情，不能见死不救。

索宝说，可以，从今天开始咱俩形影不离，就等于你背钢枪了。

瘦猴看了看一本正经的索宝，突然爆发出一阵无奈的大笑。

索宝惊奇地看着瘦猴说，你疯了？

瘦猴收住笑说，索宝，你知道为啥人家都叫我瘦猴，就是因为我聪明，他们说我猴精，所以就给我起了一个外号叫瘦猴。现在我发现你比我聪明，我十个瘦猴也不如你一个索宝。刚才我跟你商量背枪的事情，你一句话就让我哑口无言。咱们来到这里没多长时间，你就从天上掉下来一个林妹妹，隔三岔五去舒服一回，我到哪里去找这样的好事，说一句老实话，梦里梦外什么妹妹也没有，都说我聪明，我他妈才是冤大头呢，我跟谁去说理，这个世界哪有什么公平可言。

索宝说，今年没有时间了，马上就要冬天了，明年夏天换草场的时候，我给你找一个妹妹。对了，我们藏族人里面没有姓林的姑娘。

瘦猴说，有没有姓林的没关系，姓卓玛姓达瓦都无所谓。

索宝站起身说，我先去牧场，你把中午的干粮带来。

瘦猴说，我一会儿就去。

快中午的时候瘦猴才慢悠悠的来了。躺在山坡上的索宝问,你怎么才来,是不是又睡觉了。

瘦猴说，昨晚上几乎就没睡觉，困得眼睛都睁不开。

索宝从口袋里掏出一条干肉递给瘦猴说，我给你带回来的干肉。

瘦猴接过干肉坐在一块石头上说,我听说你们藏族男人有三件宝,女人,好马，钢枪，这三件宝你全都拥有了，你算是草原上幸福的男人。

索宝说，女人现在还不是我的，好马现在不是我的，钢枪现在也不是我的，什么时候这三样宝贝都是我的了，才算是一个幸福的男人。

瘦猴把肩膀上的挎包放在地上，从里面掏出来一瓶酒说，我没有三件宝贝，也不胡思乱想，只要有酒有肉就是一个幸福的男人。

索宝坐起来问道，这瓶酒你不是八月十五喝了吗，怎么又变出来一瓶?

瘦猴回道,八月十五你幸福地跟达瓦相会去了,我一个人没有心思喝酒,所以才保存到现在。

索宝拿起酒瓶看了看说，明天我把子弹取出来，让你过过背枪的瘾。

瘦猴撇着嘴说，没有子弹还不如一把铁锹。

索宝张开嘴用牙轻轻一咬，酒瓶盖就掉在了草地上，他举起酒瓶喝了一口酒咂咂嘴巴说，这个酒不错。

瘦猴一副得意扬扬的样子说,开玩笑,这是我从老家带来的一瓶杜康酒。你知道杜康酒吗，杜康酒是咱们中国最有名的酒，发明这个酒的人叫杜康，就是我们那地方的人。

索宝又喝了一口酒说，杜康这个人了不起，他怎么没有跟你们一块来，他要是来了那就好了。

瘦猴哈哈笑了几声说，杜康不是这个时代的人，我也弄不清楚他是哪个朝代的人，不管是哪个朝代，反正是我们家乡的人。

索宝把酒瓶子递给瘦猴说，真的是好酒。

瘦猴接过酒瓶喝了一口说，有酒有肉有女人，给个县长都不干，共产主义大概就是这个样子。

索宝吃了一口干肉说，共产主义是大家都喝酒吃肉，谁来放牛放羊，如果没有人放牛放羊，哪里还有肉吃，除非西北风能吃饱肚子。

瘦猴说，管不了那么远的事情，今天有酒有肉，今天就是共产主义。

索宝喝了一口酒，又从口袋里掏出一块干肉递给瘦猴，两个人又吃又喝，没有多长时间，一瓶酒喝光了。索宝靠着石头闭上了眼睛，瘦猴捂着嘴笑了起来。

太阳升到头顶的时候，索宝的呼噜声跟藏族拉伊似的高亢嘹亮，瘦猴在索宝抑扬顿挫的呼噜声中，从索宝怀里取出钢枪，悄悄地走下山坡朝着对面的草山走去。

起死回生

王成喜做梦也没有想到，此时此刻他在草山这边，瘦猴在草山的那边。由于昨天晚上过于疲劳睡过了头，早晨睁开眼睛已经快中午了。他饥肠辘辘钻出猫耳洞，想寻找一点儿可以充饥的东西。他后悔昨天没有把包包背在身上，让受惊的马儿把食物一点儿不剩地全都驮走了。失去了那个提包就等于断了口粮，没有了口粮，逃跑就无从谈起。王成喜喝了几口水壶里冷冰冰的水，顺着山腰朝前走去。他希望能碰上一家牧民，他有足够的钱可以从牧民手里买到食物。只要买到食物，他就能顺利逃出草原到达西宁。他一边想着一边继续顺着山腰行走，走到山腰垭口时，他看见山下有一顶黑色的八角帐篷，王成喜心里一动，他知道食物问题要解决了。就在他准备下山时，听见了一阵窸窸窣窣响动的声音，他急忙躲藏到一块大石头后面，竖起耳朵听着动静。周围安安静静，没有一点儿声音，王成喜松了一口气，他觉得自己过于敏感了，就像一只惊弓之鸟。他从石头后面刚直起身子就听见几声低沉的狗叫声，顺着狗叫声望去，一只牛犊大小的藏獒风一样朝着这边刮了过来。王成喜迅速的把子弹推到枪膛里，然后把枪架在石头上。藏獒像一只凶猛的狮子一样，脖子上的毛被风吹得像一件黑色的蓑衣一样披在脖子后面。他不想开枪，他知道藏獒是藏族人不可分割的一部分，如果开枪打死了藏獒就等于是自投罗网。可是，如果不开枪打死藏獒，自己的后果同样不堪设想，就在他不知所措的时候，发现藏獒改变了方向，朝着垭口那边跑去，王成喜明白了，刚才听到的响动声音说明垭口那边有什么东西。就在这个时刻，一声枪响吓了他一跳，他看见藏獒在空中翻了一个跟头，摔在了山坡上。与此同时，他看见一个举枪的人，冲下山坡边跑边喊，我打中棕熊了，我打中棕熊了……

王成喜蹲下身子的一瞬间用眼睛瞟了一眼山下，一匹马儿正快速朝着草山这边冲了过来，他急忙弯下身体像猫一样轻手轻脚顺着山腰向猫耳洞走去……

索宝醒来的时候发现瘦猴和钢枪不见了，他知道肯定是瘦猴拿着玩去了，瘦猴惦记钢枪也不是一两天了。索宝没有多想什么，他从挎包里拿出一个青稞面馒头吃了起来，一个馒头还没吃完就听见了枪声，他从地上跳了起来，顺着枪声跑了过去。他觉得瘦猴一定是碰上了空投的特务，看来昨天晚上的枪声就是特务所为。跑到垭口的时候他停了下来，顺手在地上检了两块石头握在手里。他小心翼翼地往前走了几步，就听见了瘦猴的声音。他朝山坡下面望了望，洛桑已经用一根牛皮绳把瘦猴捆绑了起来。索宝扔下手里的石头，快速朝山坡下面跑去。到了山坡下面，索宝一眼看见地上的藏獒，他的心一下冰凉了。瘦猴看见了索宝，扯着嗓子喊道，索宝，快救救我。

索宝走过去用藏话和洛桑交谈了几句，洛桑气愤地指着瘦猴说，这个家伙简直不是人，我要点他的天灯，这个家伙简直就是一个魔鬼。

索宝说，洛桑大哥，他打死藏獒的确太可恶了，藏獒是我们藏族人的兄弟，我心里也非常难受。可是，你要是点了他天灯，就触犯了法律，政府会判你死刑的。再说，佛祖也会给你降罪的。

洛桑问，他打死我家的藏獒，是不是也犯了法律，是不是也要枪毙？

索宝说，好像法律上面没有这一条。

洛桑生气地说，法律上面没有，那我就不管了。

索宝说，洛桑大哥，你先把钢枪给我，我回去跟领导汇报这个事情，让领导来解决这个问题。

洛桑从肩膀上取下枪交给索宝骂道，我饶不了他。

索宝接过枪说，洛桑大哥，你的名字就是心地善良的意思，你的一举一动，佛祖在天上看得一清二楚。

洛桑没有说话，狠狠地瞪了瘦猴一眼。

瘦猴走到索宝跟前说，索宝，快把我放开，我赔他的藏獒。

索宝生气地说道，你闯下大祸了，藏獒就是藏族人的命你知道不知道。我现在回去跟领导汇报情况，让他们来解决这个问题。

瘦猴哭丧着脸说，索宝你不能走，你要是走了我怎么办？

索宝说，我在这里也没有办法，只有回去让领导来解决。你老老实实在洛桑家里等着，我很快就回来。

瘦猴还在狡辩，我还以为是一只棕熊呢，谁知道是一只藏獒。

索宝转身又对洛桑说，洛桑大哥，我很快就回来。

洛桑看了索宝一眼，蹲在藏獒身旁哭了起来。

回到猫耳洞的王成喜突然意识到自己大概迷失了方向，他猜测打藏獒的那个人肯定是牧业队的职工，当地藏族人绝对不会发生枪杀藏獒的事情。如果那个人就是牧业队的职工，说明他走错了路线，他应该往东走，而不是往北走。有可能就是在拐过草山，遭遇狼群的时候自己搞错了方向，也就是说自己白白徒劳了一个晚上。王成喜沮丧地拿起水壶喝了几口冷水，肚子里面哗啦啦响起了流水的声音。他觉得必须弄些吃的东西，否则他无法走出这一片草原。

明亮的太阳照进了猫耳洞里，王成喜从洞里探出脑袋打量着周围。他发现离洞口几步之遥地方，有两只胖乎乎的旱獭在晒太阳。王成喜下意识地摸了一下地上的枪，但他很快就放弃了这个想法，他从洞口旁边抓起一块拳头大小的石头，使劲向毫无反应的旱獭扔了过去。扔出去的石头像一颗子弹，不偏不斜正好砸在一只旱獭的身上，旱獭和石头一起朝山坡下面滚去，另外一只旱獭傻乎乎地愣了一下，转身钻进了地洞。

王成喜钻出猫耳洞，顺着山坡走了下去。打死的旱獭被几棵粗壮的蘑菇拦在了半山腰，王成喜捡起旱獭，顺手又采了几个蘑菇返回了猫耳洞。回到洞里，王成喜掏出藏刀剥掉旱獭皮，开了旱獭的膛，把内脏掏出来埋在洞口，然后用刀子挑着光溜溜的旱獭在牛粪火上面烧烤。胖乎乎的旱獭被牛粪火烤得吱吱冒油，诱人的香味弥漫了整个猫耳洞，王成喜咽了一口唾沫，他觉得世界上没有比这个味道更诱人的了。自从来到农场之后，他曾不止一次梦到过老家烧鸡的味道，但是，烧鸡的味道远没有烤旱獭的味道让人垂涎欲滴。一会儿工夫，旱獭就烤熟了，王成喜顺手把几个蘑菇扔进火堆里面。这种蘑菇叫黄蘑菇，王成喜吃过几次，是草原上独有的蘑菇。王成喜一边吃着香喷喷的烤旱獭，一边看着吊在洞口的落日，他觉得远处的草山像是一幅画儿，一动不动地挂在天边，厚重的落日让他想到了哪吒脚底下的风火轮。

山里的风像个泼妇，想什么时候发疯就什么时候发疯。刚才还平静得像一幅画儿似的风景，转眼之间就改变了模样。呼啸的山风擦着洞口刮过，发出刺耳的尖叫声。

天边一片墨一样的云不紧不慢地遮挡住了风火轮似的落日，王成喜想起了在西宁观看歌舞晚会的情景。那是他们等待分配工作的日子，民政部门专门给他们转业军人办的专场文艺晚会。每当演完一个节目，两块幕布就不紧不慢地把明亮的舞台遮挡起来。他们一块转业的四个战友中间，有一个是跟他一块从老家出来的，他们一块投诚起义，一块在朝鲜打了几年仗，一块转业来到青海，又一块分配到柴达木。他分配到了草原县里工作，那个战友分配到了更远的大柴旦工作。他没有去过大柴旦，他知道大柴旦是一片戈壁。其实，他们一块从老家出来三个人，另外那个老乡死在了朝鲜战场。那是一个飘雪的早晨，美国人的飞机像苍蝇一样黑压压地飞了过来，那个战友吓得浑身颤抖，最后在雨点似的炸弹中自己开枪自杀了。不知道怎么回事，此时此刻他忽然异常想念那个自杀的战友，想念大柴旦的那个战友。但是他知道，恐怕这一辈子都不会再见到大柴旦那个战友了。他跟这个战友已经分道扬镳了，他成了一个不光彩的逃亡者，只能像一只卑微的老鼠一样过着躲躲藏藏的日子。一想到这里，他的心就像被鞭子抽了一样痛苦万分，他觉得胸口像压了一块大石头，压得他喘不上气来，他深深地吸了一口气，张开嘴巴痛痛快快吼了一声。吼声还没有落地，洞外便飘起了鹅毛大雪。

纷纷扬扬的雪花飘了一夜，早晨天空出奇的透明，蓝天像水洗过一样干净。太阳冉冉升起，显得特别温柔。王成喜钻出猫耳洞，顺着山坡一直走到沟底。肩膀上的钢枪在阳光下闪闪发光，王成喜也觉着有了不少精神。一夜纷飞的大雪改变了草原的模样，从远到近白茫茫一片，没有一点儿瑕疵。王成喜望了一眼身后七扭八拐的脚印，义无反顾地顺着谷底朝前走去。谷底里安静得连风都趴在了雪地上。一只黑色的鹰在山谷里盘旋，像一片快乐自由的云彩。王成喜停下脚步，解开裤带掏出硬邦邦的生殖器尿了起来。憋了一晚上的尿水，冒着热气射向雪地，热气腾腾的尿水像军装的颜色，把洁白的雪地染成了黄色。王成喜轻松地抖了抖已经变得软下来的生殖器，系好皮带继续朝前面走去。天空上的黑鹰始终在他头顶上盘旋，他觉得要是能变成一只无忧无虑的黑鹰就好了，假如人有来世的话，他真想变成一只草原上的黑鹰。

谷底里没有黑刺和其他植物，光秃秃的像不长头发的脑袋。谷底又窄又长，看不见头也看不见尾，王成喜转身爬上了山坡，他打算翻过山梁一直迎着太阳向东走，只要看着太阳他就不会迷失方向。白雪覆盖的山梁不大，一会儿工夫他就翻过了山梁。

山梁下面一顶黑色的帐篷，让王成喜心里一下坦然了。他顺着山坡下山的时候，一声狼嗥打碎了寂静，接着就听见疯狂的狗叫声。王成喜看见帐篷旁边的羊圈跟前，几只狼和一只藏狗咬成一团。他迅速从肩膀上取下枪朝山下跑去。快跑到羊圈的时候,王成喜停下了脚步,他长长吐了一口气,平静了一下激烈跳动的心脏，然后端起枪瞄准了一只跳上羊圈的狼。一声清脆的枪响，跳上羊圈的那只狼在空中翻了一下掉在了地上，其他几只狼夹着尾巴四散而逃。王成喜走到羊圈跟前，那只狼还没有死，睁着两只黄色的眼睛望着他。王成喜举起枪用力朝狼脑袋砸了一下，狼嘴里冒出一股鲜红的血闭上了眼睛。

王成喜走到帐篷跟前，发现帐篷门口趴着一个女人，女人手里还拿着一根木棍。他上前抱起那个女人，那个女人脑袋一歪就倒进了他的怀里。王成喜用手摸了摸女人的额头，额头像一块烧红的牛粪，他抱起那个女人走进帐篷，把女人放在一块羊皮上，然后走出了帐篷。帐篷前的空地上，那只受伤的藏狗朝他摇了摇尾巴，伸出粉红色的舌头不断舔着腿上的伤口。

王成喜回头看了一眼身后的帐篷皱起了眉头，他看了看天空，刚才还是晴空万里的蓝天,现在已经变得灰蒙蒙一片。跟随了自己一路的那只黑鹰，也不知飞到哪里去了，王成喜叹了一口气，转身走进了帐篷。

第八章 洁白世界

一筹莫展

在暮色苍茫之中，索宝回到了牧业队。当他把牧场发生的情况汇报完之后，张文清建议立刻去场部向马场长汇报。杨克明说，去场部也是徒劳之举，我看这件事情非得请索南县长亲自出马才能解决。

张文清想了想说，也是，这个事情牵扯到民族问题。咱们刚来的时候，学习过这方面的若干问题。

杨克明说，文清，你安排索宝吃饭，明天一早我就和索宝去县政府找索南县长。

张文清领着索宝走了，杨克明关了办公室的门回家去了。回到家里刘小香已经点亮了煤油灯。昏昏暗暗的屋子里刘小香静悄悄地躺在床上。杨克明坐在床边问道，你吃饭了没有?

刘小香说，我吃过了，你的饭在炉子上面热着呢。

杨克明看着刘小香脸色有点不好，便问道，是不是哪里不舒服?

刘小香说，浑身没有力气，就想躺着。

杨克明把手伸进被窝，轻轻摸了摸刘小香的肚子说，现在你是两个人吃饭，天天野菜汤，青稞面馒头一点儿营养也没有，肯定身上没有力气。我明天去县城汇报工作，看看能不能买一点儿营养品回来给你补补身体。

刘小香说，别乱花钱了，把钱留着给儿子花吧，我吃什么都行。你快去吃饭吧，清汤寡水饿了半天。

杨克明把手从被窝面抽出来，走到炉子跟前的小凳上坐下，狼吞虎咽地吃了起来。望着吃饭的杨克明，刘小香心里一阵酸楚。杨克明瘦了许多，原来不胖也不瘦的脸庞上戴着眼镜，就像教书先生一样让人看着心里就舒服，现在那副眼镜在鼻梁上面显得松松垮垮，只要一低头就滑到了鼻尖上了，那张脸也越发显得瘦长，脸上的皮好像是一张皱巴巴的牛皮纸。她从心里担心杨克明的身体，她害怕长期下去杨克明会像一棵黑刺一样只要碰一碰就会折断。就在她胡思乱想的时候，墙壁上滑过一片黑影，杨克明已经爬上床躺在了她身旁。刘小香说，壶里面有热水，烫烫脚舒服。

杨克明脱了衣服钻进被窝说，只要躺在你身边比什么都舒服，要知道我是和老婆儿子躺在一起。

刘小香侧过身体，用手抚摸着丈夫的脸说，这才到十月，天气就这么冷，真不知道漫长的冬天怎么熬。

杨克明抓着妻子的手说，别胡思乱想，虽然吃得不好，吃不饱肚子，日子也还是可以过下去。

刘小香难过地说，你看你脸上就剩下一张皮了。

杨克明笑了笑说，没有关系，等日子好了慢慢就会胖起来。明年日子好了，咱们的儿子也不会受罪了。小香，你说，咱们一定会生个儿子对吧？

听老人们说，女人屁股大就能生儿子。刘小香边说边摸着肚子。

杨克明说，让我摸摸你的屁股大不大。

刘小香抓住丈夫的手说，我的屁股大小你还不知道？乖乖的，明天你还要去县城呢。

杨克明嘴里嘟囔着，我就摸一摸。

刘小香说，我不相信你的话，我还不知道你，摸着摸着就摸进去了，干脆你给我讲个故事，我就喜欢听你讲故事。

杨克明安静下来说，好吧，我给你讲故事。

刘小香搂着丈夫的脖子闭上了眼睛。

杨克明说，我们村里有个叫狗儿的孝子。狗儿从小就没有了爹，三岁的时候娘也得病死了，村里一个孤寡老人看他可怜，就和他相依为命一起过日子。老人舍不得吃舍不得穿，慢慢把狗儿养大了。狗儿十五岁的时候，老人得了重病。重病期间老人就想吃一顿肉，可是家里穷得分文没有，哪里有钱去买肉。狗儿想了一晚上，第二天把自己大腿上的肉割了一块给老人炖了一碗肉。当狗儿把炖好的肉端给老人时，老人用鼻子闻了闻，一把推开狗儿的手泣不成声。说来也怪，第二天老人的病居然减轻了许多，最后慢慢好了。后来，老人把那一碗肉晒干包好，就像宝贝一样揣在怀里，晚上睡觉也搂在怀里……

刘小香问道，你见过那个叫狗儿的人？

杨克明说，听我娘说的。

刘小香两眼望着屋顶，若有所思地说，我也想娘了。

杨克明说，明年春节咱们带着儿子回去看娘，让娘高高兴兴过一个热闹年。

刘小香没有说话，泪水蚯蚓一样从眼睛里钻了出来。屋子里静悄悄的没有一点儿声音，煤油灯的火苗跳跃了两下，屋子里面忽然就暗了许多。杨克明抬起头用力吹了一口气，煤油灯忽闪了一下熄灭了，屋子里像泼了墨一样什么也看不见。

早晨天还没有大亮刘小香就醒了，她睁开眼睛想告诉丈夫自己昨天晚上梦见娘了，却发现身边空空荡荡的，丈夫已经走了，她有些失望地将被子往紧裹了裹，继续想着昨天晚上那个梦。她梦见老家小院里那棵梨树上开满了雪白的梨花，无数只蜜蜂在密密麻麻的花朵中间飞来飞去，飞着飞着蜜蜂不见了，树上的梨花下雪一样落了一地，树枝上面一下子长出来许多拳头大小的梨，她兴奋地伸出手刚要去摘树上的梨，梨子不见了，梨树也不见了，满头白发的娘站在了她的跟前。娘一句话也不说，两眼直勾勾地看着她。她用手摸了摸娘的白发，娘转身就向小院外面跑，她一边喊着娘一边追出小院，娘骑着一头牦牛向她招手，她奇怪地朝前走去，没想到那头牦牛瞪着大眼睛冲了过来，她吓得转身就跑，跑着跑着眼前突然出现一块大石头，她躲闪不及撞在了石头上……

天已经大亮了，刘小香懒洋洋地穿上衣服下了床，她觉得肚子饿得难受，没顾得上洗脸，用手随便理了理头发，拿着饭盆就要去食堂打饭。当她打开房门时，天边的黑云像马群一样在空中奔腾，她心里咯噔一下，天马上就要变了，丈夫现在在什么地方？

就在刘小香担心的时候，杨克明和索宝已经坐在了索南县长的办公室。索南县长听完了汇报，放下手里的茶碗说，看来这个事情我得去处理，藏獒是藏族人最亲密的朋友，打死藏獒就等于打碎了他们的心。

杨克明说，就是因为这个原因，我们才来跟您汇报，希望县长出面来解决这个问题。

索南站起身子说，事不宜迟，咱们走吧。

杨克明一脸歉疚地说，由于我们工作没有做好，实在麻烦索南县长了。

索南县长安排了一下工作，就匆匆忙忙出了办公室。办公室门口通讯员已经牵着两匹马儿等在了那里。索南抬起头看了看天空，天边黑云像马跑，不是大雪就是暴风雪。

杨克明犹豫了一下问道，那怎么办，索南县长？

索南毫不犹豫地跨上马背，就是下刀子也得去。

一行人纷纷上马风一样刮出了县政府大院。

天边的黑云在风的驱赶下很快就弥漫了整个天空，天空变得黑暗起来，刚才还刮得让人睁不开眼睛的风，出人意料的突然停止了，草原安静得像睡着了一样。

索南勒住了马缰绳，马儿放慢了脚步，大家随着索南也让马儿放慢了脚步。

索南说，让马儿休息一下，就要下雪了。

他的话还没有落地，天上已经纷纷扬扬飘起了雪花。一行人在纷纷扬扬的雪花之中钻进一条雪花飞舞的山沟。

望着满天静悄悄的雪花，杨克明想起有一年家乡也下了一场鹅毛大雪，那一年大雪是年三十晚上开始下的，初一早晨起来，父亲站在门口兴奋地喊了一遍又一遍，瑞雪……瑞雪，瑞雪兆丰年啊！

那真是一场好雪，小院白了，房顶白了，房前房后白了，整个村子白了，田野也白了，就连远处的山也变白了。为此，他写了一篇日记，其中有一句话至今还记忆犹新，那句话是，瑞雪是丰收的希望，也是农民的希望。然而，瑞雪并不一定兆丰年，瑞雪也许是灾年。那一年庄稼长的比往年都好，大家喜悦的心情像秋风一样清爽，可是，就在准备割麦子的前夕，爆发了一场出人意料的蝗灾。铺天盖地的蝗虫像黑云一样从山那边飘过来，秋风扫落叶似的把金灿灿的麦子吃了个精光，父亲气得蹲在光秃秃的麦地旁抹着眼泪骂道，老天爷你死了和活着有啥两样……

翻过一座不大的山梁，又刮起了不痛不痒的西北风。风卷着雪花在空中旋转，天空被搅得就像一锅乱七八糟的胡辣汤。索南又一次从马背上跳下来说，让马儿歇一歇吧，否则马儿会像泥一样瘫倒在地上。

大家模仿着索南又纷纷跳下马背。

索南大声问道，还有多远的路程？

索宝说，还得翻过一座山。

索南看了看手表，大家再加一把劲，气温很快就要下降了。

大家顶着西北风艰难地继续前行。走在后面的索宝不仅步履维艰，心里更是乱糟糟如同一团羊毛。他不知道达瓦现在怎么样了，但他知道此时此刻达瓦最渴望的是自己在她身旁。漫天大雪之中索宝异常思念那个女人，但是，索宝万万没有想到，为这个女人犯愁的并非他一个人。

望着仍然昏迷不醒的达瓦，王成喜自己也快昏迷了。从昨天开始他就打算离开这个素不相识的藏族女人，可是，他始终没有离开这个帐篷。昨天傍晚的时候，他在达瓦额头上敷了一块凉毛巾之后，随便吃了一点儿东西就离开了帐篷。他在帐篷跟前解开达瓦的白马缰绳，屁股刚坐到马背上的时候，身后一阵凄凉的狗叫声让他心里一怔。他回头看了一眼趴在帐篷跟前的藏狗，藏狗两只祈求的眼睛直盯盯地望着自己。他扭过脸望着天边牛毛似的黑云犹豫再三，最后他还是改变了主意。他跳下马背转身又回到了帐篷。那只受伤的藏狗见他返了回来，使劲朝他摇着尾巴。回到帐篷之后,他把肩膀上的枪放在地上,一屁股坐在一块羊皮上。帐篷里面朦朦胧胧，只有炉子里的牛粪火还有一些光亮。王成喜划着火柴点亮了酥油灯，又掏出一根香烟在酥油灯上点着，漫不经心地抽了起来。帐篷里静悄悄的，王成喜觉得有些奇怪，自己怎么鬼使神差地到了这里。他觉得有一些恍恍惚惚，好像是在做梦，他使劲抽了一口烟，呛嗓子的烟气告诉他这不是做梦。他看了一眼躺在炉子旁边的藏族女人，心里琢磨着熬过这一夜，明天早晨等这个女人醒了就离开这顶帐篷，否则，自己将前功尽弃。

炉子里的牛粪火渐渐没有了光亮，帐篷里面变得凉飕飕的。王成喜用手抓了些干牛粪扔进炉子里，炉子里蹿出几片黑蝴蝶似的烟，接着火苗就映红了半个帐篷。王成喜往炉子跟前挪了挪打算睡一会儿，没有想到他闭上眼睛,那个藏族女人又开始说起了胡话。藏族女人说得断断续续含糊不清，王成喜一句也听不懂。即便说得清清楚楚，他也一句听不懂。王成喜起身取下藏族女人额头上的毛巾，毛巾热得有一些烫手，他在冷水盆里湿了湿毛巾，重新敷在那个藏族女人的额头上。

昏暗的酥油灯下，王成喜仔细地打量着这个藏族女人。这个女人有一张好看的瓜子脸，两个脸蛋像红苹果一样鲜艳，高高的鼻梁下面，嘴唇就像两片丰满的橘子瓣。虽然两眼紧闭，但长长的睫毛依然让人能看见一双明亮的眼睛。望着眼前这张漂亮的脸庞，王成喜想起了远在老家的妻子。妻子和这个藏族女人一样有着一张漂亮的瓜子脸，只是鼻梁不像这个藏族女人那么直挺，可是，嘴唇比这个藏族女人更加丰满，两只大大的眼睛像秋水似的波光粼粼……

从朝鲜战场上回来休整期间，他回老家探亲，有人给他介绍了村里最漂亮的姑娘。姑娘家里是富农成分，当时家里人不同意，嫌她家成分高，可他一眼就看上了这个姑娘。他不顾父母和亲戚们的反对，死心塌地要娶这个姑娘。眼看着探亲假期就快结束了，家里人无奈地妥协了。婚礼办得简简单单，新房也只是收拾了一间老屋。晚上躺在被窝里，新婚妻子说她就像做梦一样，怎么也不敢相信自己能嫁给一个解放军。他对妻子说，革命不分前后，只要跟着共产党走，大家都是一个革命队伍里的同志。妻子听了他的话，兴奋得像一条夏天里活跃的蛇一样缠绕了他一晚上，感激的泪水也流了一晚上。

幸福的时光没有感觉就过去了，甜甜蜜蜜的新婚日子只过了七天，他不得不放下缠缠绵绵的情感，匆匆忙忙赶回了部队所在地西宁。让他没有想到的是，回到部队没有几天，他们部队全体转业，他和另外一个战友被分配到了遥远的柴达木。他本想等彻底安定下来之后，再把妻子接来安安稳稳过日子。可是，此时此刻，自己都泥菩萨过河自身难保，一切美好的想法都成了泡影。王成喜觉得胸膛里的心就像有一只手在使劲地柔捏，捏得隐隐作痛，捏得眼眶潮湿，捏得他真想痛痛快快大哭一场。

酥油灯莫名其妙跳了几下，紧跟着那个藏族女人又开始说起了胡话。王成喜取下女人额头上的毛巾，在冷水里湿了湿又敷在她的额头上。昏暗的光线里，王成喜看见女人丰满的嘴唇上已经烧出一排亮晶晶的小水泡，他的心猛然沉了下去，好像掉进了一个无底深渊。

帐篷里的牛粪火燃烧了一个晚上，藏族女人胡说了一个晚上。天快亮的时候，王成喜在藏族女人的呻吟声中迷迷糊糊睡着了。等他醒来的时候，那个藏族女人还在说着听不懂的胡话。王成喜看了一眼那个女人，女人额头上的毛巾不见了，他伸手摸了摸女人的额头，从女人脑袋旁边拿起毛巾，打算用冷水湿一湿再给这个女人敷到额头上，他起身刚走到冷水盆边，另一个想法立刻闪了出来，而且如此强烈。他把手里的毛巾扔到冷水盆里，从地上拿起枪背在肩膀上，毫不犹豫地将女人抱起来走出了帐篷。帐篷外面一片洁白，鹅毛大雪天女散花似的漫天飞舞。王成喜愣了一下，随后抱着女人返回帐篷，从地上拉起一件皮袍又走出帐篷，一直走到马儿跟前，小心翼翼地把女人放到马背上，然后将皮袍搭在女人身上。趴在马背上的女人依然没有睁开眼睛，好像永远也睡不醒一样。

王成喜看了一眼帐篷，又看了一眼帐篷前的藏狗。受伤的藏狗一动不动地斜着眼睛看了他一眼，然后就闭上了眼睛。王成喜扭过脸，拉着马缰绳走进了漫天大雪之中……

半夜起风的时候，索南一行人终于到了洛桑的帐篷前。一条疯狂的藏獒把他们死死封在了帐篷前面。洛桑从帐篷里面冲了出来，黑夜里索宝大声喊道，洛桑大哥，索南县长来了。

洛桑上前拉住藏獒说，大家快进帐篷吧。

一阵大风把索南他们刮进了帐篷，带进去一片雪花。洛桑的妻子点着了酥油灯，豆大的亮光中，洛桑跟索南握了一下手，用藏话说着什么。索南看了大家一眼挥了一下手说，都坐吧，到了这里就像到了家。

大家纷纷找地方坐了下来。洛桑的妻子给炉子里添了一些牛粪，然后把一个水壶放在了炉火上面。帐篷被风刮得像一个晃来晃去的口袋。靠里面的地方两个七八岁的孩子睁着亮晶晶的眼睛看着大家。

索南递给洛桑一根香烟，又用牛粪火为洛桑点燃，然后用藏话跟洛桑说，情况我知道了，那个青年人怎么样了？

洛桑看了一眼索南没有说话。

索南继续说道，洛桑，你是我们县上优秀的牧民，多次受到县里的表扬，上一次抓美蒋空投特务你也立了一功，县里还准备年底开大会表彰。我知道你心里难受，发生这样的事情我心里也不好受。如果这件事情处理不好，就会影响到民族团结的大问题。再说，汉族人也不了解咱们藏族人的习俗，所以才发生了这件事情。既然事情已经发生了，我们就要把事情解决好，以后绝对不能再发生这样的事情。

洛桑的妻子给索南倒了一碗酥油茶，索南喝了一口酥油茶，看着洛桑的妻子给每一个人端上一碗酥油茶。缩在皮袍里面的两个小男孩，好奇地左顾右盼，就像皮影似的在羊皮上面蠕动。

索南说，你们两个小家伙睡觉吧，这是大人们的事情。

两个小男孩互相看了一眼，乖乖地躺进皮袍里睡觉去了。

洛桑把手里的烟头扔进炉子里，站起身子一边朝外走一边说，人就在我这里，一根头发也没有少。

索南放下茶碗跟着洛桑出了帐篷。帐篷外面雪花飘飘，洁白的草原把黑夜衬托得不再那么深沉。洛桑走到一顶小帐篷跟前说，你自己看去吧。

索南打开手电筒，掀开帐篷走了进去。帐篷里面堆满了羊皮和杂物，瘦猴盖着一件皮袍，躺在羊皮上睡得正香。索南用脚踢了踢瘦猴，瘦猴一骨碌坐了起来，惊慌失措地望着索南。

索南熄灭了手电筒说，你知道吗，藏獒在牧民心里和自己的孩子一样，你知道洛桑一家人心里有多么痛苦吗？洛桑是个好人，要不然你还能躺在这里舒舒服服睡大觉？说老实话，要不是为了民族团结，我也不会顶风冒雪半夜三更来这里。

瘦猴揉了揉惺忪的眼睛问道，杨克明队长来了没有？

索南看了瘦猴一眼说，跟我走。

瘦猴心有余悸地问道，我不认识你，你是什么人？

索南又说了一句，跟我走。

瘦猴犹豫了一下，跟着索南出了帐篷。

走进洛桑的帐篷，瘦猴一眼就看见了杨克明。他眼睛一亮，激动地一把拉住杨克明的手说，杨队长，你可来了。

杨克明说，索南县长不来，我来有什么用。为了你的事情，索南县长顶风冒雪，专门来解决你的问题。

瘦猴转身打量着刚才跟他说话的索南问道，你就是索南县长？

索南说，我就是索南。

瘦猴立刻弯腰鞠躬，一副可怜兮兮的样子，谢谢索南县长，谢谢索南县长，我当时真的把藏獒看成了棕熊，我不是故意的，我发誓我不是故意的，我要是说一句假话，天打五雷轰……

好了，好了，索南打断瘦猴的话，用不着感谢我，你应该感谢洛桑一家人，他们一家人忍受着痛苦，没有打你没有骂你，他们的胸怀跟草原一样辽阔。作为一个藏族县长，我为有这样的兄弟感到骄傲。

瘦猴转身看看洛桑，又看看洛桑的妻子，难过地流下了眼泪。他双手抱拳，弯下腰给洛桑一家人深深鞠了一躬。

洛桑用藏话说了一句，坐下吧，痛苦已经发生了，以后再也不要发生痛苦的事情。

瘦猴一屁股坐在羊皮上说，我向所有人保证，以后再也不会发生这样的事情了。

洛桑的妻子把一碗滚烫的酥油茶递给瘦猴也说了一句藏话，加桶（喝茶）。

瘦猴接过茶碗，两滴眼泪在茶碗里泛起了涟漪。

索南看着杨克明说，杨队长，事情已经发生了，藏獒没有了不可能再回来，我的意思是不是给洛桑一家补偿一些损失。

杨克明说，我们按照你的意思办，但我不知道具体补偿办法。

索南说，赔偿一头牦牛怎么样？

杨克明听完后点点头说，就按县长的意思办。

索南把脸转向洛桑，把刚才商量的意见告诉了洛桑。洛桑看了索南一眼，又看了看大家，用藏话跟索南说了起来。片刻之后，索南对杨克明说，洛桑不同意赔偿，他说，如果用死去的藏獒换取牦牛，就像刀子割自己身上的肉，也是对他极大的侮辱。洛桑说，事情已经过去了，以后多积德行善比什么都强。

杨克明问道，那怎么办？

索南说，就按洛桑的意思办吧。这是一次教训，以后坚决不能再发生。

杨克明说，回去以后，我就组织大家学习，总结教训，学习民族团结的事项。

索南听完后说道，这个事情就这样了，接下来就是救灾的问题了。这场大雪过早的降临到了草原上，雪灾就像杀人的刀。天亮以后，你赶快回牧业队组织救灾工作，我去察看灾情。

杨克明问道，索南县长，我们走了，洛桑家里怎么办？

索南说，你就是留下又有什么用处，草原上的牧民祖祖辈辈就是随着大自然的变化而生活着，这个自然规律谁也改变不了。洛桑他们有自救的办法，牧民们夏天都储备了干草以防雪灾。不过，雪情太大就另当别论了。

帐篷外面的风雪声像万马奔腾，轰隆隆的响声震得帐篷晃来晃去。帐篷里面的火炉被风抽得像唱歌一样不停地吼叫，摇摇摆摆的酥油灯把大家的影子投在帐篷上就像是一片片飘浮在帐篷上面的黑云。就在大家静悄悄的时候，一声不吭的洛桑突然用藏话叽里呱啦说了几句，然后又安静的像一尊粗糙的石雕一样。

索南环顾了一下大家说，大家不用害怕，天亮之后风雪就会停止。只要不刮白毛风，算不上真正的雪灾。

听了索南的话，大家的心情松弛了一点儿，表情也变得轻松了许多。瘦猴叹了口气，垂头丧气地摇了摇头说，都怪我，都怪我。

索南说，佛说，有忏悔之心，就有成佛之心。毛主席也说，我们的同志不要怕犯错误，犯了错误改正了就是好同志。你也不要背包袱，以后努力学习，好好工作还是好同志。

杨克明也说，索南县长说得对，放下包袱轻装上阵。

瘦猴听完两个人的话说，洛桑一家人是天下最好的人，我犯了那么大的错误，人家不但没有打我骂我，而且还管吃管住，这一份情我一辈子不会忘记。

索南用藏语把瘦猴的话说给洛桑听，洛桑脸上的肌肉抽动了几下，然后双手捂住了黑黢黢的脸庞。洛桑的妻子往炉子里面扔了一些干牛粪，炉火立刻呼呼叫了起来，帐篷里好像一下子回到了春天。

天亮的时候，风雪果然停了。天空散开的乌云像一块幕布一样，悠悠地朝着两边徐徐拉开，明亮的光线变得一点点广阔起来。就在这个时候，天空中传来一声隐隐约约的响声。

索南望着天空说，没有看见天空上的鹰。

洛桑说，不像是鹰的声音，好像是枪声。

枪声？索南看着洛桑说，不会又是空投特务吧？

洛桑说，草原上有不少牧民有枪，大概是因为狼群吧。一天一夜的大雪，狼群恐怕饿得发疯了。

索南嘱咐道，大家提高警惕，一防特务，二防狼群。好了，分头工作吧。

几个人几匹马，离开了洛桑家的帐篷朝着茫茫雪原走去。

洛桑分析的没有错，刚才那个隐隐约约的响声，的确是清脆的枪声，只不过距离遥远，听起来有些模糊不清。王成喜看着雪原上逃跑的狼群，把枪背在肩膀上，拉着马儿继续向前走去。

昨天晚上风雪最猛烈的时候，王成喜他们躲进了一个山洞。虽然山洞不大，容纳两个人还是绰绰有余。洞里有一堆干柴，还有一张破烂的羊皮。王成喜把达瓦放在破羊皮上点起了一堆火。洞外的风很大，洞内的火很旺，小小的山洞里暖洋洋的，让人想起温暖的夏天。半夜的时候，迷迷糊糊的王成喜被一阵尖叫声惊醒，他睁开眼睛看见那个藏族女人一副惊恐万分的表情。他知道，一定吓坏了这个藏族女人。他急忙解开皮大衣，露出里面的黄军装说，金珠玛，金珠玛。

藏族女人听懂了他的话，惊恐的表情松弛下来。王成喜手舞足蹈地告诉她，她生病了，一直昏迷不醒，他要把她送到县城的医院去看大夫。那个藏族女人，好像明白了他的意思，嘴边浮起一个浅浅的微笑。王成喜也笑了笑，从口袋里掏出一个青稞面馒头递给她。藏族女人接过青稞面馒头轻轻咬了一口。这个藏族女人有一双亮晶晶的眼睛，望着这双眼睛，王成喜就好像看见了清澈的布哈河水。因为常年饮用布哈河水的缘故，草原上的男人女人都有一双亮晶晶的眼睛，就像夜晚天空上的星星。看着对面的藏族女人慢慢吃着馒头，王成喜的心里一下子轻松了许多。两天来守着这个昏迷不醒的藏族女人，他的心始终提在嗓子眼上。他小心翼翼地守护着她，甚至放弃了逃跑的打算，就是害怕这个素不相识的藏族女人死在他的面前。

在朝鲜战场上，一个活生生的小战士就是在一瞬间死在了他的面前。那是一次阻击战，他们连刚接替一连进入战壕，敌人就开始反扑了。密集的炮弹雨点似的落在了阵地上，紧接着敌人蚂蚁似的朝阵地上涌来。战士们被怒火烧红了眼睛，不顾一切地向敌人射击。他身旁的一个小战士，像只小老虎似的一下跃出战壕，端着冲锋枪向敌人猛烈扫射。就在这时，小战士忽然又跌回到战壕里。他急忙扶起那个小战士，小战士睁着两只圆圆的眼睛，嘴里不停地冒着鲜血，胸膛也汩汩冒着鲜血。阳光灿烂地照在小战士身上，他的眼前一片绯红，他觉得整个天空变得无比绚丽，他轻轻放下小战士，拿起小战士的冲锋枪，一用劲跃出战壕，他看见枪管里喷火似的飞出许多条火龙朝着敌人飞去，自己像个铁人一样刀枪不入一直冲到敌人跟前。惊恐万分的敌人像野蜂一样四处散逃。战斗结束之后，他像泥一样瘫倒在阵地上。当他睁开眼睛时，自己已经躺在了防空洞里面。后来，他荣获了一个三等功。他觉得，是那个小战士的灵魂在保佑着自己，否则，那么惨烈的战斗自己居然没有碰破一点儿皮……

天快亮的时候，山洞外面没有了风声，也没有了飞舞的雪花。山洞里面的火堆也慢慢熄灭了。他本想叫醒那个藏族女人准备赶路，可是那个藏族女人睡得迷迷糊糊，他打消了这个念头，跟着两个眼皮沉重得像磨石一样怎么也睁不开了。没有睡多久，一声狼嗥便将他惊醒，他睁开眼睛缓了缓神，顺手抓起地上的枪，猫着腰钻出了山洞。

山洞外面天已经大亮，一望无际的雪原上干干净净，没有一点儿多余的东西。就在他准备返回山洞时，拴在山洞前的马儿冲着他嘶鸣起来，他朝两边扫了一眼，忽然发现离山洞不远的一块大石头跟前，齐刷刷站着几只黄褐色的狼。他不动声色地看着狼，轻轻拉了一下枪栓把子弹推上堂，就在他扣动扳机的一瞬间，灰狼似乎感觉到了眼前的危险，纵身一跳想躲到大石头后面，几乎是与此同时，跃起来的灰狼在空中被旋转的子弹击中了肩胛骨，灰狼在空中翻了一个跟头就落在了地上，甩出一串鲜血染红了周围的雪地，其他几只狼在枪声中消失了。

清脆的枪声惊醒了达瓦，正当达瓦不知所措时，王成喜提着枪回到了山洞。达瓦两只眼睛闪出一丝光芒，有点兴奋地说，金珠玛，金珠玛。

王成喜指了指洞外，狼，我打死了一只狼。

达瓦好像听懂了他的话，有气无力地点点头。

王成喜伸出手摸了摸达瓦的额头，额头仍然像一块滚烫的牛粪火。王成喜一边伸出手扶着达瓦站起来一边自言自语地说，咱们该出发了，无论如何今天必须赶到医院。

王成喜把达瓦扶上马背，又在达瓦身上包裹好皮袍，然后拉着马儿向雪原走去。这个时候，太阳从肖合力雪山顶上冉冉升起，白茫茫的雪原像一面无边无际的镜子，无论从哪个角度都反射出刺眼的光芒。

王成喜看了一眼无际的雪原，拉着马艰难行走着。脚下的雪地不断发出咔嚓咔嚓的声音,那个声音就像雪地在呻吟。王成喜抬起头看了一眼天空，天空像大海一样蓝而又那么干净。纯粹的蓝天上盘旋着一只鹰，那只鹰飞得不高，好像就在头顶上面。黑色的鹰好像是用木头做的，两只翅膀一动不动在天空上盘旋。一圈又一圈，一圈又一圈，跟上了发条似的不知道一点儿疲倦。空旷的天地间，空灵得就像一幅写意的国画。

明亮的太阳在咔嚓咔嚓的声音之中，一点点升到了王成喜的头顶上面。气喘吁吁的王成喜一屁股坐在雪地上大口喘着粗气，他拽下脑袋上的皮帽子扔在雪地上，发青的嘴唇上几道小口子挂着殷红的小血珠。满嘴白沫的马儿浑身湿漉漉像水洗了一样，马背上面的达瓦像一块石头一样纹丝不动。

望着马背上面的藏族女人，王成喜觉得不可思议。马跟藏族人天生就好像融为了一体，只要骑在马背上就像胶水粘在了马背上，无论如何都不会从马背上掉下来。他们队一个藏族职工，有一次去参加表哥的婚礼，喝的烂醉如泥的他居然从二十公里外平平安安回来了。当大家把他从马背上面抱下来时，他的呼噜声依然像远处传来的雷声。

王成喜从挎包里掏出一个冷馒头狠狠咬了一口，然后从地上抓起一把雪塞到嘴里。冰冷的雪放进嘴里片刻就融化了，融化了的雪水凉冰冰的，有一股甜丝丝的味道，就像老家井水的味道。吃完一个馒头，他觉得身上反而更加疲累，他从雪地上站了起来，从挎包里又掏出一个馒头放到马儿的嘴边。马儿一边吃着馒头一边看着他，又大又圆的眼睛里面泪花闪闪。他用手拍拍马的脸说，马呀马，全看你的了。马儿好像听懂了他的话似的点了点头。王成喜又掏出来一个馒头放到马的嘴边说，吃饱了肚子咱们上路。

跟随了他一路的黑鹰，不知疲倦的还在天空盘旋。天空中没有一朵白云，天蓝得没有言语去形容。王成喜收回目光，伸手摸了摸藏族女人的额头。额头还是那么滚烫，王成喜叹了一口气，拉着马儿继续向前走去。在他身后的雪地上，留下一串乱七八糟的痕迹。

一场大雪覆盖了整个草原，肖合力雪山也披上了一件白色的衣服。大雪覆盖了草原和肖合力雪山，可是，大雪覆盖不了哗哗流淌的布哈河水。这条从肖合力雪山脚下流淌出来的河水，一年四季奔腾不息，没有什么力量可以阻挡她奔向远方的青海湖。经过一场大雪的洗礼，布哈河显得更加清亮更加流畅更加生机勃勃，流淌的河水在河面上碰起的水浪就像一丛丛透明的花朵在舞蹈。

望着欢快的布哈河，王成喜一边抓着马龙头一边扶着达瓦走进河水中。冷冰冰的河水穿透了裤子像针扎一样，刚才还有点疲惫恍惚的王成喜一下子变得精神了，他小心翼翼朝着河对岸走去。河水亮得跟镜子一样，河底下的鹅卵石看得清清楚楚，几条筷子长的湟鱼箭一样从裤腿边射了过去，顺着水流就不见了踪影。

河面不宽也不窄，河水不深也不浅，没用多少工夫王成喜就顺利渡过了哗哗流淌的布哈河。过了布哈河，前面是一大片黑刺林。晴好的日子里黑刺林像一片乌云飘浮在草原上，眼前的黑刺林被大雪装扮得不伦不类就像戏剧舞台上的花脸。望着眼前的黑刺林，王成喜心里振奋起来，他知道，穿过黑刺林就能看见县城的轮廓了。他兴奋地拍拍马儿的脖子，又伸手摸了摸藏族女人的额头，藏族女人的额头依然像一块没有熄灭的牛粪火。王成喜把藏族女人身上的皮袍再往紧裹了裹，就在这时，达瓦睁开了眼睛，她抬起头看了王成喜一眼。王成喜指了指前面，咱们快到县城了，到了县城就能看大夫了。

达瓦撇了撇像蛇皮一样的嘴唇笑了笑，然后脑袋又耷拉在马背上。王成喜不敢再耽误，拉着马缰绳朝黑刺林走去。从黑刺林里钻出来的冷风，一会儿就把两条湿漉漉的裤腿变成了两片哗啦啦响的铁皮。硬邦邦的两条裤腿就像打击乐似的发出奇奇怪怪的声响，在奇怪的声响中王成喜觉得两条腿开始沉重起来。绕过黑刺林之后，王成喜停了下来，他弯下身子两手用力拍打着裤腿，亮晶晶的冰碴子从两条裤腿上面纷纷落下。就在王成喜直起身体，准备继续前进时，身后的马儿扑通一下卧倒在了雪地上。王成喜急忙转过身，他看见马儿浑身冒着热气，嘴角两边的白沫像洗衣粉的泡沫一样不断扩大膨胀。王成喜拍了拍马儿的脑袋，把达瓦从马背上扶起来放到自己背后，背着达瓦朝着县城的方向走去……

白花花的雪地在王成喜眼睛里，变得像个五颜六色的万花筒。他一会儿看见绿油油的草原，一会儿又看见一片红彤彤的牡丹花，他觉得自己一直行走在雪白的棉花上。西沉的太阳把他的影子投放在雪地上，就像一个黑乎乎的牛毛口袋。茫茫雪地里王成喜就像一只孑然臃肿的牦牛慢慢挪动着身体。也不知道走了多长时间，王成喜迈着机械的步子一步又一步接近着县城。恍惚之中的王成喜隐隐约约听到有人说话的声音，他使劲抬起头朝前望去，他看见一片东倒西歪的房子，还有一匹摇摇晃晃的马儿向自己跑了过来，他下意识躲闪了一下，接着眼前一黑便失去了知觉。

今夜无眠

杨克明他们回到牧场后，把散落在谷地里的牦牛全部赶回了牛圈。回到冷冰冰的帐篷里，瘦猴手脚麻利地三下五除二就把火炉点着了。由于牛粪有些潮湿，憋在炉子里不见火光只冒烟，帐篷里面到处弥漫着烟气。杨克明在乌烟瘴气的帐篷里匆匆忙忙吃了一点儿干粮就要赶回队里。索宝从炉子上提起茶壶说，杨队长，喝口热水再走吧。

杨克明说，我心里着急，我得回去。

瘦猴歉疚地说，杨队长，是我连累了大家，让大家跟着我吃了这么多苦。我以后一定好好表现，努力工作。

杨克明说，以后一定要吸取教训，绝对不允许再犯这样的错误。你想想，虽然你平安无事回来了，可是洛桑一家人现在是什么心情。要不是索南县长亲自出马，这个事情没有那么顺利。

瘦猴说，说心里话，我心里也难受。

杨克明拍拍瘦猴的肩膀说，你写一份检查，深刻一点儿，回头我交给马场长。

瘦猴点点头说，知道了。

杨克明转身又对索宝说，把枪交给我，我带回队里去。

索宝犹犹豫豫的不想交枪，杨克明说，你不配拿枪。你没有一点儿责任心。

索宝不情愿地把枪递给杨克明说，如果狼群来祸害怎么办?

杨克明说，你别吓唬人，我只听说过狼群祸害羊群的，没有听说过狼群祸害牛群的。既然你不珍惜对你的信任，那么也没有必要把枪再留下。

索宝说，杨队长，再给我一次机会。

杨克明说，机会不是想要就有的。

索宝无奈地叹了口气。

杨克明把枪往身上一背走出了帐篷。望着不远处的牛群他问道，索宝，你觉得什么时候才能化雪?

索宝说，现在还不是冬天，气温也不是那么低，估计有三五天就化干净了。就是化不干净也没有关系，我们储备了干草。

杨克明跨上马背看了一眼牧场，他从肩膀上取下枪又扔给了索宝，一句话也没有说打马向谷地外跑去。

回到帐篷之后，索宝擦了擦眼泪说，信任就是胸膛里的心。

瘦猴蹲下身往炉子里添了几块牛粪说，信任比什么都厉害。

索宝把枪递给瘦猴说，你好好守着家，我要去看看达瓦。

瘦猴接过枪感激地说，放心吧。

索宝转身出了帐篷，在帐篷前面一跃骑到马背上。枣红马在雪地里就像一团燃烧的火，一会儿工夫就没有了，谷地里白茫茫一片。

索宝风风火火赶到达瓦帐篷时，他第一眼看见的就是躺在雪窝里的藏狗。藏狗已经死了，硬邦邦的像一块石头。他喊了一声达瓦的名字冲进帐篷。达瓦不在帐篷里面，帐篷里面显得有一些零乱。索宝用手摸了摸铁皮炉子，炉子冷冰冰的显然熄灭了好久。他的心一下子抽紧了，脊梁骨上直冒冷气。他转身出了帐篷，在帐篷周围寻找着达瓦。帐篷周围是一片开阔地，静悄悄的雪原上什么也没有。索宝大声喊着达瓦的名字，但是没有一点儿回音。索宝走到羊圈跟前，惊恐的羊群挤成一团，咩咩的叫声此起彼伏。索宝开始害怕了，他无法想象发生了什么事情，脑子里白花花的跟雪原一样。他转身又向帐篷走去，走到帐篷跟前时，他发现雪地上有一片零乱的痕迹。尽管雪花覆盖了痕迹，但是透过薄薄的雪花，依然能看见下面的痕迹。索宝仔细地查看着痕迹，隐约可见的痕迹一直通向远处。索宝看了一眼白茫茫的雪地，扭头回到羊圈跟前，抱起旁边的干草开始往羊圈里扔着干草。做完这一切，他跨上马背，顺着隐约可见的痕迹慢慢朝前走去。

雪地上的痕迹时隐时现，索宝也是走走停停。快中午的时候，索宝来到一个山洞跟前。隐隐约约的痕迹在这里变得十分清晰，他清楚地看见雪地上留下的马蹄印和人的脚印，这些零乱的脚印一直伸向谷地外面。走出谷地是一片开阔的雪原。冷风把雪原表面变成了一个硬壳，马蹄印和人的脚印变得更加清晰。索宝甩着缰绳使劲抽打了几下马脖子，马儿顺着雪原艰难地奔跑起来。当马儿浑身冒着热气的时候，哗哗流淌的布哈河横在了眼前，雪地上清楚的印迹戛然而止。索宝毫不犹豫地打马蹚过河水，刚一上岸他又清楚地看见了雪地上的印迹。

印迹通向不远处的黑刺林，过了黑刺林离县城就不远了。索宝觉得非常奇怪，觉得十分不可思议，好端端的达瓦，为了什么事情不顾一切地在大雪天里赶往县城。县城里好像没有什么亲戚，那么到底发生了什么事情？绕过黑刺林之后，索宝一眼就看见了卧在雪地里的马儿。索宝打马过去看了一眼，雪地里的马儿已经死了，而且这匹死去的马儿就是达瓦的马。索宝觉得事情有些蹊跷，同时他的心里越来越忐忑不安。死去的马儿周围，没有太多的痕迹，雪地上只留下一串人的脚印。索宝冷静了片刻，他想，如果排除他不知道的事情之外，那么只有一种可能，就是达瓦生病了，所以，达瓦才不顾一切在大雪纷飞的天气里去医院看大夫。可是，仔细想一想，这个解释又好像有些牵强。索宝越想越觉得事情复杂得像一团乱糟糟的牛毛，根本理不出个头绪。他拍拍自己的脑袋，让自己平静下来。索宝觉得他应该先去医院看一看，如果达瓦没有去医院，可能就出了别的问题。会是什么问题他无法想象，但如果是这样，他必须去公安局说明情况。想到这里，索宝不敢再往下想了，他用缰绳狠狠抽打着马脖子，马儿用力朝县城跑去。

王成喜睁开眼睛的时候，闻到了一股医院里特有的福尔马林的味道。在这种味道里他看见床边铁架子上面吊着的玻璃瓶，一根细细的塑料管从玻璃瓶底下一直延伸到自己的手背上面。他忽然意识到自己现在正躺在医院的病床上输液。他不明白自己是怎么躺在这里的，他只记得自己背着那个藏族女人踉踉跄跄行走在通往县城的土路上，怎么就躺在了医院的病床上呢？他努力回忆着发生的事情，可是大脑里一片空白，什么也想不起来，就像曝光的胶片一样。

病房里静悄悄的，一根长长的电线吊下来一盏昏暗的电灯泡，屋子里就像涂抹了一层黄昏的颜色。他扭头打量了一下屋子，屋子里摆着三张病床，床上没有一个病人，空荡荡的屋子里就他一个人。他觉得两个眼睛又涩又困，眼皮上面像压着两块石头一样沉重。就在他准备闭上眼睛睡觉时，一个穿白大褂的护士像一朵白云似的飘到了床边。护士看着他微笑地问道，你醒了，感觉怎么样？

王成喜看着护士反问道，我是怎么来的医院？

护士是个年轻姑娘，微笑的时候露出一口好看的白牙。她笑了笑问，你一点儿记忆都没有了？

王成喜摇了摇头。

护士说，是青年农场的马场长把你们送来的。

马国强？王成喜吃惊地睁大了眼睛。

对呀。护士一边给王成喜拔针头一边说，你认识马场长?

王成喜没有直接回答护士的问题，而是问那个藏族女人的情况。护士把一个小棉球按在王成喜手背上说，多按一会儿。那个藏族女人也脱离了危险。幸亏送来的及时，如果再晚一点儿麻烦就大了。

王成喜问，那个藏族女人得了什么病?

护士说，重感冒不说，关键是急性阑尾炎，阑尾已经化浓，乔大夫说，如果再晚来一会儿，那个藏族女人就没命了。

王成喜没有说话，脸上堆起一个微笑。

护士说，听马场长说，是你救了那个藏族女人，你真了不起。

王成喜还是没有说话，他觉得自己软得像一堆稀泥，浑身一点儿力气也没有，他迷迷糊糊闭上了眼睛。

达瓦睁开眼睛的时候，第一眼看见坐在床边的索宝时，眼泪就不由自主涌了出来。索宝看着达瓦笑了一下说，达瓦，你的命真大，大夫说再晚一点儿你就去了天堂。

达瓦说，那我就在天堂等你。

索宝说，可惜天堂的路还没有铺好，所以你走了一半就回来了。因为我现在还不想去天堂，佛祖就让你回来陪我。

达瓦说，是金珠玛救了我。

索宝说，我去看过他，他现在和你一样在输液。他是我们农场农业队的王成喜队长。

他就是金珠玛，我看见了他的黄军装。达瓦边说边比画着。

索宝说，你说得没有错，他以前是金珠玛，现在是王队长。你把我吓坏了达瓦，我想我再也见不到你了。

达瓦生气地说，你死到哪里去了，我当暴风雪让你迷失了去我家的路。

索宝把打死藏獒的事情前前后后说了一遍。

达瓦听完后说，我以为你把我忘了，我在心里骂你是一个不负责任的家伙，是一只占了便宜就悄悄溜走的公狗。

索宝拉着达瓦的手说，肖合力雪山可以做证，索宝不是那种人。

达瓦说，乌云散了天就亮了，看见你我就明白了。

索宝说，你不知道，下大雪的时候，我急得就像牛粪火烫了一样，站也不是，坐也不是，可是我又没有办法，我得带着索南县长去洛桑家里解决问题。

达瓦笑了笑说，我得救了，可是那些羊儿无法得救，它们都在圈里可怜巴巴地等着我。

索宝说，放心吧，我来的时候给圈里扔了一些干草，它们现在正在吃干草，不会饿肚子的。明天我回去再给羊圈里放一些干草，等雪化了就把它们赶到草原上。

达瓦问道，你看见牧羊狗没有？它和狼群撕咬成一团，我看见它浑身都是血。

索宝想了想说，它还活着。

达瓦说，我没有见过比狼还凶猛的狗，好几只狼围着狗撕咬，把狗咬得皮都翻了下来，可是狗就是不让狼群靠近羊圈一步，我看见狗把一只狼的耳朵咬了下来，那只耳朵就像耳环一样吊在狼的脸上，我举着棍子想冲过去打退狼群，可是没走两步就觉得天旋地转什么也不知道了……

索宝拍拍达瓦的手说，达瓦，有话咱们慢慢说，等你病好了回到帐篷里，你说三天三夜我都不会瞌睡，不过，大夫说你要多休息，咱们要听大夫的话。你太虚弱了，闭上眼睛睡觉吧。

达瓦张了张嘴，索宝用手按在了她的嘴上。达瓦没有再说话，乖乖闭上了眼睛。

第二天早晨，王成喜睁开眼睛第一眼看见的就是马国强。马国强坐在床边的凳子上直盯盯望着自己，吓得他赶紧又闭上了眼睛。

马国强嘿嘿笑了两声说，我又不是狼，我能吃了你。

王成喜还是没有睁开眼睛。

马国强继续说，别装了，睁开眼睛咱俩说说话。我知道你心里恨我，讨厌我，不想看见我，可是，不管你心里是咋想的，我还是挺佩服你的，你的表现不仅像个男人，更像一个军人，一个共产党员。

王成喜乜着眼睛瞅了马国强一眼说，昨天我还是一堆臭狗屎，今天我就成了香饽饽，你就像念经的和尚，不歪嘴念的是经，歪着嘴念的就不是经了，啥话都由你一个人说。

马国强笑了笑，你这个人心眼小得像个女人，我看你脑袋瓜有问题。你说我是念经的和尚，那你给我盖个庙，我就坐在庙里念经，祈祷老天爷保佑咱们农业年年丰收，牧业牲畜兴旺，你看咋样？

王成喜笑了一下，睁开了眼睛看着马国强。

马国强说，对嘛，这才像个男人。

王成喜问道，你咋这么早就来了？

马国强说，昨天晚上我就没有回去，陪你睡了一夜。

王成喜心里热了一下，没有说话。

马国强说，幸亏你回来了，一切问题都好说，你要是真的逃跑了，你就等于是背叛革命，我还真以为你夹着尾巴逃跑了呢。

王成喜赌气地说道，你少给我扣帽子，上一次你就给我扣了一顶反革命的帽子，我行的正走的端凭啥逃跑？

马国强问，说老实话，你真的没有逃跑的想法？

没有。王成喜说，我不是没有觉悟的小青年。

马国强又问道，那你怎么失踪了两天，还带走一杆枪？

王成喜说，我出去打猎结果迷路了，没想到在大雪之中，又碰上了那个昏迷不醒的藏族女人。

马国强很谦虚地说，那是我的错误，我当你畏罪潜逃了呢。

王成喜说，马场长，你是领导，说话得负责任。我到底有什么罪，我什么罪都没有潜逃什么？

马国强说，现在你什么事情也没有了，相反你还是一个民族团结的模范。

王成喜笑了一下说，马场长，我真佩服你，你想说啥就说啥，嘴里的词一套一套的。前些天说我是反革命，刚才说我畏罪潜逃，现在又说我是民族团结的模范，我真的被你弄糊涂了，我也真的害怕你了。

马国强说，民族团结的模范不是我说的，是县委书记刘厚民说的。昨天晚上你睡觉的时候，我去给刘书记汇报工作，刘书记听完汇报之后很高兴，说你是民族团结的模范典型，还说要写材料给《青海日报》社，把你的英雄事迹在报纸上刊登出来。

王成喜问，你不是让杨克明写我的材料上报给刘书记吗？怎么，刘书记也改变主意了？

马国强瞪了一眼说，你别不认识一二三，给鼻子就想上脸。过去的事情虽然一风吹了，但是你的反动言论我可没有忘记，以后你必须当心。

王成喜说，马场长，我不想跟你再吵了，你也别给我扣帽子。

马国强说，你当我愿意跟你吵架，我又不是疯狗。

王成喜嘿嘿笑了两声说，差不多。

马国强拍了王成喜一下说，笑个屁。好了，你平安无事，我也该回去了。你在医院里好好休息几天，过几天身体养好了我请你喝酒。

王成喜说，我不敢，我害怕你扣帽子。

马国强站起身子说，女人心眼。

王成喜笑着说，我提着酒去找你。

马国强说，最好搬上一箱。

王成喜说，我给你拉一汽车酒。

烫死的麻雀嘴硬。马国强走到门口又回过头看了王成喜一眼说，我警告你，以后把臭嘴闭紧一点儿，少说那些没用的屁话。

马国强说完，身体在门口一闪就没了踪影。望着空荡荡的门口，王成喜心头涌上一股暖流，一直悬在嗓子眼上的心彻底放进了肚子里。

大雪无痕

大雪下了一天一夜，王斌也睡了一天一夜。早晨天快亮的时候，他又一次梦见了翠平。他梦见自己坐在草滩上正看着远处吃草的羊群时，翠平走到了他的身旁。翠平一句话也不说就挨着自己坐在了草滩上。他扭过脸看了看翠平，翠平一下子就扑进了自己的怀里，把热乎乎的嘴唇贴在了自己的嘴上，舌头也像只泥鳅一样在嘴里面游来游去，他不顾一切地搂住了翠平，紧紧地把她压在了身体下面，就在这时，他觉得一股热乎乎的液体像奔腾的布哈河水一样流了出来。也就在这个时候他醒了，他一动不动地望着黑洞洞的屋子，沉浸在刚才那个美妙的梦里面。

其实，王斌不止一次梦见翠平，也不止一次在梦里遗精。他经常躺在被窝里面想着翠平，翠平就像影子一样怎么也摆脱不了。自从来到这里，他就一直默默地注视着翠平，但他知道翠平心里容不下自己。有一次在翠平的宿舍里，他大着胆子抱了一下翠平。翠平既不反抗也不热情，紧紧闭着眼睛任凭他一厢情愿。当他滚烫的嘴唇碰到翠平的嘴唇时，他觉得翠平的嘴唇冷得像一块冰，他不由自主地松开了手，像一只斗败的公鸡垂头丧气地离开了翠平的宿舍。从那以后，他再也没有对翠平抱有过幻想，翠平那张比冰还冷的嘴像刀子一样割得他心痛。他知道，翠平心里只有杨克明一个人。可是，杨克明的结婚彻底让翠平的希望破灭了，同时也给自己带来了希望。尤其那天回来的路上，尽管翠平说得可能是酒话，但他觉得这就是希望。

翠平和王斌一样在床上躺了一天一夜。屋子外面雪花无声无息地落着，屋子里面也是静悄悄没有一点儿声音。翠平一会儿睡了一会儿又醒了，迷迷糊糊就像梦游似的。她翻了个身望着窗外，窗外的天跟她的心情一样半明半暗，一点儿也不清爽。

自从杨克明跟刘小香结婚之后，她觉得自己的灵魂也飞出了体外，心里面空空荡荡什么也没有了。她开始恨自己无能，又恨刘小香不要脸，最后她开始恨杨克明，杨克明揣着明白装糊涂，其实就是想巴结马场长才娶了他的小姨子。也就是从那天起，翠平的心彻底死了。她一天都不想在农场待下去了，她想立刻离开这个地方，哪怕再艰苦的地方也无所谓。可是，茫茫草原就是没有一片可以容身之地。她觉得自己生活在这里一点儿意思也没有，整天浑浑噩噩就像一具行尸走肉。

就在下雪的这天，望着纷纷扬扬的雪花，脑袋里突然崩出逃跑的念头。而且，这个念头一旦崩了出来就像被点燃的牛粪火一样怎么也压不下去。特别是躺在床上这一天一夜，满脑子都是这个想法，逃跑的念头就像要喷发的火山一样。她计划雪一停她就行动，不能再犹豫不决。

大雪无声无息来了又无声无息走了。第二天早晨起床后，翠平没有洗脸也没有吃饭就出了房门。屋子周围一片洁白，放眼望去整个草原白茫茫一片。门前的空地上不知是谁堆了一个雪人。雪人肚子又圆又大，脑袋又小又圆，没有鼻子没有眼睛，就像小时候玩的小跳棋一样。绕过雪人，双脚走在布满了脚印的雪地上就像弹奏着一首乱七八糟的音乐。绕过一排土坯房子，她来到王斌的宿舍门口敲了敲门。屋子里面静悄悄的，她又敲了几下门，王斌缩头缩脑地打开了门问道，翠平，怎么是你？

翠平说，我有事找你。

有事？王斌问，是不是哪里不舒服了？

翠平指了指胸口说，这里不舒服。

王斌说，那你等我穿好衣服陪你去看病？

翠平说，哪个医院也看不好。我在宿舍等你。

当王斌气喘吁吁赶到翠平宿舍时，翠平站在窗前一动不动就像一座雕塑。王斌看着翠平问道，翠平，到底是什么事情？

翠平说，我要回家。

王斌惊讶地说，咱们年轻职工没有探亲假。

翠平还是一动不动站在那里说，没有探亲假我也要回家。

王斌忽然恍然大悟，他小声问道，你想逃跑？

翠平点点头说，就是。你敢不敢跟我一块逃跑？

王斌犹豫地看着翠平没有回答。

翠平问道，你不是想跟我好吗，想跟我好就跟我一块走。

王斌说，我逃跑过一次，还进过集训队，要不是杨克明搭救我，还不知道现在是个什么情况，再说，我答应过杨克明好好工作……

别提杨克明。翠平打断王斌的话说道，跟他没有关系。

王斌说，你听我说……

那你就好好工作吧，连队长王成喜都逃跑了你害怕个啥？翠平继续说道。

王斌说，翠平，你这个人怎么像个炮仗，有一点儿火星就炸。你听我说，就是逃跑也得有一个计划，逃跑的事情不是你想的那么简单。现在刚下过雪，路上也不好走，要走也得等到融化了雪。

翠平说，我一天也不想等，就是天上下刀子我也不害怕，我恨不能现在就走，你要是跟我一块走我就嫁给你。

望着一脸真诚的翠平，王斌浑身的血液开始沸腾。他小心翼翼地问道，翠平，你真的愿意嫁给我？

翠平说，我不会骗人。

王斌还是有点质疑地说，我不相信。

翠平看了王斌一眼，不慌不忙走到床边慢慢解开衣服说，不信你试一试，我现在就把身子给你。

王斌诚惶诚恐地走到床边，两眼直盯盯看着翠平问道，翠平，你说的是真话？

翠平一改平时的样子，文静地坐在了床上含情脉脉地看着王斌点点头。

王斌疑惑地将翠平抱进了怀里，翠平就听见王斌胸膛里那颗心像打鼓似的在耳边响了起来，响着响着王斌就像一块门板倒在了床上。翠平紧紧地闭着眼睛，任凭王斌笨手笨脚地脱着自己的衣服，当王斌的手触摸到从来没有人抚摸过的乳房时，她的眼前渐渐缥缈起来，她仿佛觉得趴在自己身体上的人就是杨克明，杨克明像个调皮好动的猫一样，而自己就像一只被他玩弄的老鼠，她觉得幸福就像一块石头一样压得她喘不上气来，自己像一片云彩随风飘动，那种感觉美妙极了，好像灵魂也化成了一股水流出了体外，她觉得自己彻底崩溃了，就要在幸福之中慢慢死去……

天空又被大片大片的乌云笼罩，将整个草原笼罩在暮色苍茫之中。扛着一把铁锹的王斌和翠平在暮色之中悄悄离开了农业队。他们绕过几排破破烂烂的泥土房子，朝着不远处的一条山沟走去。快走到山口的时候，翠平双手捂着胸脯开始大口喘气。

望着上气不接下气的翠平，王斌说，翠平，咱们休息一下再走。

翠平没有理会王斌继续朝前走着。王斌一把拽住翠平说，翠平，路途还远着呢，你不要逞强。

翠平停下脚步说，慢慢走吧，多走一步就多一步希望。

王斌没有说话，伸出手搀扶着翠平继续朝前走去。山沟里已经变得朦朦胧胧，天空上没有一点儿亮色。王斌停下脚步说，翠平，咱们不能往前走了，今天晚上是个阴天，没有月亮咱们就像两个瞎子。

翠平说，那咱们也不能再回去。

王斌说，前面山沟里有一个山洞，我去过那个山洞，咱们今天晚上在山洞里休息一晚上，明天一早再走。

翠平点点头说，我听你的。

王斌说，上一次逃跑时，我专门勘察过路线，翻过前面的大山，就离青海湖不远了。

翠平说，我跟着你走。

王斌一边走一边说，翠平，要是把咱们抓回来怎么办？我倒没有什么，反正死猪不怕开水烫，我就是担心你受不了那个罪。你不知道集训队的情况，跟旧社会差不多，一天一个青稞面馒头，吃不饱也饿不死，还要干体力劳动，饿得人眼前直冒金花。最气愤的是那些管教干部，他们想骂就骂想打就打。我在集训队的时候，听说那个叫刘大麻子的管教干部，专门喜欢找女人谈话。凡是他谈过话的女人，很快就能离开集训队。

翠平说，王成喜逃跑了，这是最好的机会。

王斌说，我就想不通，王成喜为啥要逃跑，他是转业干部，又拿工资又当队长，好端端的日子不过，为啥要逃跑呢？

翠平说，听别人说，他跟马国强翻脸了。

王斌说，其实，我觉得马国强那个人挺好的……

少说马国强。翠平打断王斌的话，我不想听他们一家人的事情。

王斌没有再说话，搀着翠平高一脚低一脚在沟里走着。没有月亮的黑夜，只有翠平拉风箱似的喘气声。

正如王斌说的那样，他们很快就找到了那个山洞。王斌在离山洞不远的地方喊叫了几声，然后走进山洞划着了火柴。山洞不算大也不算小，容纳几个人没有问题。山洞里面干干爽爽，还有一堆黑刺柴和一些零散的干牛粪。这些东西都是藏族人留下的，他们离开山洞时，就会准备一些柴火、牛粪留给下一次来山洞的人用。王斌点燃了黑刺，山洞里面立刻变得明亮温暖起来。翠平一屁股坐在火堆旁说，刚才还不觉得冷，怎么有了火反而觉得浑身冷飕飕的。

王斌挨着翠平坐下，解开大衣将翠平裹在怀里说，一会儿就暖和了。

翠平动情地说，王斌，你是一个好人。

王斌看了一眼翠平说，你也是一个好人。你长得漂亮心眼也好。从老家来的时候，我就喜欢上你了。可是，我知道你心里喜欢杨克明……

别提杨克明。翠平打断王斌的话，我心里只有你一个人。

王斌说，如果能逃出去，我就是要饭也能养活你。

翠平说，如果能逃出去，我就给你生个孩子。

王斌兴奋地把手伸进翠平的衣服里面，温柔地抚摸着小山似的乳房，一个孩子太少了，起码得生两个孩子，男孩子像我，女孩子像你。

翠平用手按住王斌的手说，王斌，我受不了了，我现在就想给你生个孩子。

王斌使劲捏了捏翠平的乳房说，那好呀，我现在就让你给我生个孩子。

翠平轻轻地呻吟着说，快让我给你生啊，快让我给你生啊……

王斌站起身子，迅速把大衣脱下来铺在地上，然后又往火堆里添了一些柴火，山洞里变得明亮了许多。当王斌转过身子时，翠平已经平平展展躺在了铺好的大衣上面，从解开的衣服里面坦露出来的胸脯像雪峰一样让王斌感到一阵头昏目眩……

纷纷扬扬的大雪在伸手不见五指的半夜开始从天而降。随着纷纷飘落的雪花，气温在冷风中也开始急剧下降。冷风把山谷里的雪花吹得乱舞起来，就像天女散花一样纷纷飘落在洞口的前面。早晨王斌被冷风吹得睁开了眼睛，他看见洞口前面已经堆积了厚厚的白雪，他的心里也像落满了厚厚的一层雪一般。他掀掉身上的皮大衣，活动了一下身体，感觉僵硬的身体就像一堆锈迹斑斑的零件。他扭头看了一眼身边的翠平，翠平一动不动睡得正香。他机械地爬了起来活动着僵硬的身体，当他觉得身体变得正常的时候天已经大亮了，他拿起铁锹把洞口的积雪铲了铲，走出山洞打量着外面。对面的草山已经没有了一点儿绿色，就像严严实实罩了一层白布。山谷里也被厚厚的白雪覆盖了，偶尔有几块没有被白雪覆盖的大石头也像是怪物一样显得有些狰狞。山谷里扑面而来的风像冷水泼在脸上一样，让人觉得骨头里面都冷冰冰的。王斌缩头缩脑地回到山洞里，小心翼翼地点着所剩不多的黑刺柴。大概黑刺柴受了潮的缘故，豆大的火苗躲躲闪闪就是燃烧不起来，呛人的烟气很快就弥漫了山洞。

翠平在烟气弥漫之中突然坐起来猛烈地咳嗽着，王斌走过去轻轻拍着翠平的脊背说，柴火受潮了，光冒烟不起火。

翠平看了一眼王斌继续咳嗽不止，王斌急忙抓起皮大衣盖在翠平脑袋上，不料翠平一把扯下皮大衣喊了一句憋死我了，接着又猛烈咳嗽起来。

王斌撇下翠平，走到火堆前单腿跪在地上使劲吹了起来。片刻工夫，火苗腾得一下窜了出来，烟雾随之就被火苗吞噬了。王斌抹了一把眼睛里的泪水，走到翠平跟前继续用手轻轻抚摸着她的脊背。翠平的咳嗽缓解了，她大口喘着气问道，下雪了？

王斌说，大概昨天半夜开始下的。

翠平平静了一下说，麻烦来了。

王斌坐在翠平跟前说，你不用担心，有我在哩。

翠平伤感地说，老天爷眼珠子瞎了，成心不让咱们走。王斌，你说咱们能逃出去吗？

王斌说，我看差不多。我听他们说，一直往东走就是青海湖，过了青海湖问题就不大了。我估计翻过雪山离青海湖就不远了。

翠平捂着胸口说，我的哮喘病又犯了。

王斌说，我背着你走。

翠平笑了笑问道，你当你是牛马，还是汽车？

王斌说，你躺在皮大衣上面，我拉着你走。

翠平说，我姥姥就是哮喘病死的，死的时候才三十岁。我娘也是哮喘病，我十二岁的时候她就走了，我爹说，我娘家祖上作孽太多。

王斌瞪了一眼说，胡说八道。

翠平说，我娘家祖祖辈辈都是杀猪的。

王斌看了看翠平，翠平脸上挂着长长的泪水。王斌说，你不要相信这些，都是封建迷信。

翠平张了张嘴，没等说出话来又开始咳嗽。王斌说，你不要说话，冷风进到嘴里你就咳嗽。

翠平深深地吸了一口气，把嘴闭住了。

王斌看了一眼翠平又说道，要不然咱们先回去，等你好了咱们再走。

翠平没有说话，眼泪像雨点似的落个不停。看着翠平伤心的样子，王斌心里也不好受，他想了想又说，要不你把药吃了，看看情况再说。

翠平在口袋里摸了摸说，走得匆忙，我忘拿药了。

王斌说，反正没走多远，我回去给你拿药，药放在啥地方？

翠平想了想说，在枕头底下。

王斌从挎包里掏出来两个冷馒头放在火堆上说，正好我去食堂再买一些馒头。

翠平问，粮食这么紧张，谁有多余的馒头卖给你？

王斌说，食堂那个歪嘴老韩专门干这个买卖。他们把偷来的青稞麦子炒熟，也悄悄买给打算逃跑的人，食堂这帮家伙，就跟开黑店的一样没有一个好东西。

我口袋里有钱。翠平说着就要从口袋里掏钱。

王斌摇了摇手说，留着慢慢用，路途长着呢，我身上有钱。

翠平说，要有两匹马就好了。

王斌起身从火堆上面拿过馒头递给翠平一个说，烤热乎了。

翠平接过馒头咬了一口，她觉得就像老家的馒头一样香喷喷的。她看了看王斌，王斌嘴上冒着热气，吃得津津有味。

要是有杯开水就好了。翠平不紧不慢地说道。

王斌一口将手里的馒头塞进嘴里，从挎包里面掏出一个搪瓷缸子，走到洞口舀了一缸子雪放在火堆上，顺手又捡了几块牛粪扔进火堆，然后弯下腰对着火堆使劲吹了几口气，牛粪腾的一下就冒出了火苗，搪瓷缸子发出了吱吱的响声。望着憨厚的王斌，翠平心里有一种说不清楚的感觉。虽然他知道王斌不是杨克明，可是她就把王斌当作是杨克明，她知道自己在骗自己，可是她觉得这样心里好受一些。尤其是王斌和自己紧紧搂抱在一起时，这种感觉就像真的一样，她在心里默默地喊着杨克明的名字，喊着喊着就好像杨克明真的就融进了自己的身体里。其实，当她知道杨克明和刘小香结婚的那一刻，杨克明在她心里已经不存在了。只是杨克明在她心里像一颗深埋的种子，每逢遇到合适的气温就会发芽，就会让她情不自禁干出一些连自己都不相信的事情，就像不假思索把身体交给从来不喜欢的王斌一样。虽然事情过后她也后悔，可是她不想遏制自己的想法。冷静下来想一想，她又觉得自己可怜可悲，用这种不负责任的行为去报复杨克明，害人又害己。特别是看见王斌为自己所做的一切时，她心里的负罪感就越发强烈和沉重。她知道自己盲目的逃离农业队，等于把王斌也拉上了一条不归之路。就是因为强烈的内疚，她才骗王斌说哮喘药没有带，其实哮喘药就在口袋里面，她只是想把王斌骗回去，自己趁机一个人逃跑，虽然逃跑的路上有着说不清的困难和危险，可是她已经无所谓了，待在这里的每一天都和行尸走肉一样，她觉得自己的心已经死了，唯一能让她的心复活的只有离开这个地方，这个地方破灭了她所有的美好和希望。刚来的时候她的心和所有人一样激情澎湃，可是澎湃的激情被冰冷的布哈河水毫不留情的一点点浇灭了，这一片土地根本没有播种希望的土壤，大家好像小孩子一样玩着过家家的古老游戏，尤其失去杨克明这棵最后的稻草时，她的希望破灭了心也死了。就在她痛苦的思考时，王斌把烧开了水的缸子放在她面前说，水烧开了，凉一会儿再喝。

她看着王斌点点头。

王斌从地下拿起铁锹说，等着我，我快去快回。

翠平说，把皮大衣穿上，外面太冷。

王斌说，棉衣棉裤用不着，你留下当被子盖。

她还想说点啥，王斌的身体已经闪出了洞口。望着空荡荡的洞口，她的心被针扎了一样疼痛。洞外的风卷着雪花飘进了洞里，她忽然觉得浑身冷得像没穿衣服一样，就在这时，剧烈的咳嗽又开始折磨她了。她从口袋里掏出来一个药瓶打开盖子，倒出几粒药片放到嘴里，端起搪瓷缸子喝了两口热水，然后把皮大衣紧紧地裹在了身上。一会儿工夫，咳嗽缓解了一些，身体也暖和了一些，她躺下身体打算休息一会儿就开始行动。可是刚刚躺下不久，山风就把一声狼嗥送进了洞里，她惊得一下坐了起来，竖起耳朵仔细听着外面的动静。洞外除了不知疲倦的风声没有任何声音，提在嗓子眼上的心一点点又落进了肚里。她伸手抹了抹额头上的冷汗长长吐出一口气。就在这个时候，又一声狼嗥被风刮了进来，接着又是几声有节奏的狼嗥传进了洞里。

刚才还让人毛骨悚然的狼嗥，一瞬间变得没有那么可怕了。翠平撩开身上的皮大衣坐起来，把地下的黑刺和牛粪全部扔到火堆里，看着火苗一点点燃烧起来，她从挎包里面掏出来一个薄薄的小刀片，从容不迫地在自己手腕上割了一刀。看见鲜红的血像小河水一样流淌出来时，她平静地躺下身体，重新把皮大衣盖在身上，静静地闭上眼睛听着一声又一声狼嗥。忽然之间，她觉得狼嗥的声音其实就像在唱歌，声音一会儿高一会儿低，那歌声一点儿也不难听，只是听不懂它们唱的什么，听着听着，她想起了在老家时唱的歌谣……

哈巴狗跑大路，大路窄，羊吃麦，找大伯，大伯在家补布袋，找二伯，二伯在家投烟袋，找大娘，大娘在家补裤裆，找二娘，二娘在家织蚊帐……

听着听着，她觉得自己变成了一只羽毛像雪一样白的大鸟，自由自在扇着两只翅膀在天空中飞翔，飞呀飞呀，飞呀飞呀，一直朝着老家飞去……

上午的时候王斌回到了农业队，当他悄悄推开翠平宿舍的房门时，把正在洗脸的小琴姑娘吓了一跳，同时也把自己吓了一跳。小琴用埋怨的口气说，怎么也不敲敲门，我还以为是个鬼呢，你要吓死我。

王斌说，翠平哮喘病犯了，我来给她拿药。

小琴把毛巾搭在一根铁丝上问道，翠平在哪里？

王斌想了想说，在场部。

小琴说，我还以为她也逃跑了呢。

王斌说，不是说你也跑了吗？

我才不会自找苦吃。小琴说，在这里不管咋说，没有稠的也有一口稀的，跑回老家吃树皮去？

王斌没有再搭理小琴，直接在翠平枕头底下翻了起来，翻遍整个床铺也没有找到药瓶子。王斌看了一眼小琴问道，你知道翠平的药放在哪里？

小琴说，药瓶子就是翠平的宝贝，白天黑夜都装在她的口袋里，她那个病随时随地离不开吃药。

王斌很疑惑地说道，翠平说药瓶在枕头底下。

小琴说，肯定在她口袋里。

王斌想了想，也许翠平自己忘记了。他看着小琴说了一句我走了，便急急忙忙离开了宿舍。走出宿舍之后他就去了食堂，在食堂门口碰上了歪嘴老韩。老韩一见他就歪着嘴笑了起来，说道，怎么还没有走啊。

王斌说，我还想买一些馒头。

老韩说，现在连我自己吃的馒头都不知道在哪里。

王斌说，想想办法呗，我口袋有钱。

老韩有点无奈地说，不是我不给你兄弟，食堂的粮食只够喝几天面糊糊，再等几天运粮车就来了，到时候我给你想办法。再说，冰天雪地你也没有办法走啊，过几天雪化了，你再走也不迟。

王斌又问了一句，真的没有？

老韩说，真的没有，要有我还不给你，钱又不咬人。

王斌扭头离开了食堂。绕过几排房子之后，他从房角拿起自己的铁锹，心急如焚地朝着白雪皑皑的山谷走去。他一边走一边想，老韩说得对，冰天雪地没有办法走，再说，翠平又有病，更不可能走出这一片雪原。他打算好好劝劝翠平，等她病好了之后，雪也融化了，到那个时候再走是最好的时机。

漫过小腿的雪原就像无边无际的棉花地，走在上面软塌塌的根本用不上劲。天空阴沉沉的压得人喘不上气。也不知道走了多久，王斌终于走进了山谷。快走到山洞的时候他停下来喘了几口气。浑身已经被汗水湿透了，他取下皮帽子擦了一把满脸的汗水，脑袋上的热气就像蒸笼一样。休息了片刻，他重新戴上皮帽子，然后看了一眼不远处的山洞，就在这时，他看见山洞前面站着两只黄褐色的狼，王斌心里一惊，连滚带爬地朝着山洞奔去。他一边奔跑一边大声喊着翠平的名字，两只狼被他的喊叫声吓跑了，紧接着又有两只狼从山洞里窜了出来，一溜烟地没有了踪影，王斌张了张嘴，一口鲜血从嘴里喷出来，在空中划了一个好看的弧线，就像一道血色的残阳落在了雪地上……

第九章　白雪皑皑

雪地

马国强刚刚走进医院大门，就碰上出院的达瓦和索宝。马国强站在没有清扫的雪地上问道，索宝，你怎么不让达瓦多住几天，等身体完全恢复了再出院？

索宝说，达瓦着急家里的羊群没有人管，再说，大夫说可以出院了。马场长，我不想在青年农场干了，我想和达瓦一块照顾羊群，她一个人太辛苦了。特别是今年的冬天不好过，一场雪还没有化，另一场雪又来了。

马国强犹豫了片刻说，你先跟达瓦回去，剩下的事情以后再说。

索宝说了一句好吧，就搀扶着达瓦走了。刚走了两步又停下来说，马场长，你是去看王队长吧？

马国强，是啊。

索宝说，王队长被公安局的人带走了。

马国强说，不可能，他们凭什么带走他。

索宝说，昨天下午带走的，我亲眼看见的。

马国强没有说话，三步并作两步进了医院。当他走进病房里看见王成喜空荡荡的床铺时，他的心立刻沉了下去。他扭头出了病房，一口气去了县委大院，直接闯进了公安局长朱实奎的办公室。朱实奎抬头看了一眼马国强问，马场长，你怎么来了？

马国强走到办公桌前问道，王成喜呢？

朱实奎回道，在集训队呀。

马国强问，凭什么把王成喜抓到集训队？

朱实奎说，凭什么，笑话，不是你们青年农场报的材料说他有反革命言论吗，马场长你忘了？

马国强说，误会，那是一个误会。

朱实奎笑了一下说，开什么玩笑马场长，这不是三岁的小孩子玩过家家，这是党委会上研究决定的。

马国强说，朱局长，当时都在气头上，再说，王成喜在雪灾中救了藏族群众，成了民族团结的典型人物，说什么也不能让英雄进集训队啊。

朱实奎看了一眼马国强后说，功是功，过是过，小葱拌豆腐。

马国强说，这个事情我跟刘书记说过了，刘书记还说要表彰王成喜呢。

朱实奎摊开两手说，不是我为难你老马，这是党委会决定的，我爱莫能助。

马国强咬了咬牙，转身出了朱实奎的办公室。

白茫茫的县委大院里，横七竖八扫出几条人行小路通往各个办公室。马国强顺着干爽的小路来到了刘厚民的办公室。刘厚民不在办公室，秘书告诉马国强，刘书记视察炼钢炉去了。马国强想了想，扭头就出了办公室。

远远地望去，炼钢炉上空没有一缕青烟，灰蒙蒙的天空笼罩着三个灰不溜秋的炼钢炉。马国强走到炼钢炉跟前时，刘厚民正在跟几个人说着什么。马国强不想打扰刘厚民，就站在不远处等着刘厚民。刚才走得热气腾腾，现在突然停下来，马国强就觉得浑身冷飕飕的。他一边活动着手脚，一边不时打量着侃侃而谈的刘厚民。就在马国强等得不耐烦的时候，雪地上突然刮起了刺骨的大风。刘厚民在大风之中结束了工作，他低着脑袋顶风刚走了几步，就被马国强拦住了去路。马国强大声说道，刘书记，我找你有事。

刘厚民也大声说道，回办公室说。

马国强没有再说话，跟在刘厚民屁股后面朝办公室走去。回到办公室后，办公室里的铁皮炉子烧得正旺，熊熊燃烧的炉火烧红了半截烟筒。刘厚民脱下厚重的皮大衣扔在长条椅子上，搓着两只手走到炉子跟前说，如果炼钢炉像办公室的炉子一样，我就不相信炼不出钢来。我觉得很奇怪，烧得同样是木里煤块，怎么办公室的烟筒都快被烧化了，而炼钢炉就达不到温度？

马国强没有说话，也没有靠近火炉，只是站在椅子旁边听刘厚民说话。刘厚民说了一会儿，回头看了一眼马国强说，老马，过来暖和暖和。

马国强说，这里也不冷。

刘厚民转过身说，我知道你是为王成喜的事情来找我。

马国强说，我去找过朱实奎。

刘厚民说，昨天在党委会上，大家不但不同意树王成喜这个民族团结的榜样，反而拿你们报送的材料说事。既然是党委会就不能我一个人说了算，少数服从多数这是党的原则，我不能破坏这个原则。不过，在我的建议下，大家同意只在集训队劳动改造一段时间，再不深究其他问题。

马国强看着刘厚民欲哭无泪，他抬起手在自己脸上狠狠扇了一个嘴巴子，一声不响地转身离开了办公室。

马国强顶风冒雪回到家后就歪在了炕上。刘大香摸了摸丈夫的额头并不发烧，她推推丈夫问道，你咋了，你哪里不舒服？

马国强连眼睛都没有睁一下就像睡着了一样。

你到底咋了？刘大香又推推丈夫问，是不是跟王成喜吵架了？

马国强还是一声不吭跟个死人一样。

唉，我就知道今天不会有啥好事情。刘大香一屁股坐在炕沿上叹了一口气，早晨刚起床，右眼皮就跳个不停。老人们说，男左女右，左眼跳财，右眼跳灾。不是我说你国强，你这个人太认真了，太认真就得罪人。对了，你不是说王成喜救了一个藏族女人就没有事情了吗？

马国强一下从炕上坐起来说，别唠叨了，少说两句没有人把你当哑巴，叨叨叨的烦死人了。

刘大香看了丈夫一眼说，不说了，不说了，话不说了，饭总得吃吧？

马国强问，有啥菜没有？

刘大香说，有半碗土豆丝，在炉子边上热着呢。

马国强跳下炕，从桌子下面拿出半瓶酒，一屁股坐在炉子边的小凳上。这个时候天色暗了下来，屋子里面朦胧的有一些模糊。刘大香点亮煤油灯，屋子里一半明亮一半黑暗，就像一张放大的阴阳脸。

马国强喝一口酒，吃一口菜，一句话也没有。刘大香实在看不下去了，上前抢过酒瓶子说，国强，今天你是咋了，啥鸡巴事情把你煎熬成这样？

马国强看了妻子一眼，张了张嘴还是没有说话。

刘大香抚摸着马国强的脑袋说，就是天塌下来也不是你一个人，还有我陪着你，你有啥难过的。

马国强又张了张嘴，胃里翻江倒海的就喷出一股酒水，没等刘大香反应过来，衣服上面已经沾满了呕吐的土豆丝。

刘大香刚喊出一句，俺得娘啊！

马国强接着又开始呕吐。

一场大雪接着一场大雪，对于牧业队来说无疑就是灭顶之灾。没有雪的日子里，从牧业队到牧场只需小半天的时间。可是，杨克明他们整整走了一天还没有走到。精疲力竭的枣红马浑身冒着热气。杨克明跳下马背说，文清，下来走一会儿，让马儿休息休息，要不然马儿非累死不可。

张文清跳下马背说，我实在走不动了，两条腿软得跟面条一样。

杨克明说，把枪给我，我背一会儿。

张文清说，没事，一支枪还不至于压垮我。

杨克明看了一眼张文清说，再坚持一下，翻过这个山口就到牧场了。

张文清没有再说话，拉着马缰绳跟在杨克明身后艰难地行走。没过小腿的雪地就像稀泥一样让人迈不开腿，张文清气喘吁吁地说，克明，这么大的雪，我看凶多吉少。

杨克明看了一眼明晃晃的太阳说，索宝他们储存了一些干草，估计还能维持几天。如果天气都像今天一样，用不了几天雪也化得差不多了，但愿老天爷给我们一条活路。

张文清看了看天说，这个地方天气变化无常，老天爷管不了这里。

杨克明没有说话，拉着枣红马向山口走去。脚下的雪地被他们踩得咔嚓咔嚓响个不停,就像一个危重病人没完没了地在呻吟。太阳快落山的时候，他们终于看到了牧场的帐篷。帐篷周围静悄悄的，只有一片零零散散的黑牦牛像石头一样摆放在雪地里。在落日的映照下，四面的雪山像抹了胭脂一片绯红，盆地里的帐篷和那些牦牛就像一幅静止不动的油画，显得那么迷人那么静谧。

张文清说，怎么这么安静。

杨克明放开嗓子喊了一声，声音顺着雪地刚刚滚到帐篷跟前，瘦猴就从帐篷里闪了出来，他像一头牦牛似的不顾一切朝着他们冲了过来。瘦猴一边跑一边用嘶哑的嗓子喊着，救星来了，救星来了。跑到杨克明他们跟前时他踉跄了一下，一下子扑倒在了雪地上。杨克明急忙过去把瘦猴扶起来说，瘦猴，你辛苦了。

瘦猴抹了一把脸上的雪说，盼星星盼月亮终于把你们盼来了，你们再不来我就疯了，我的娘唉，你们总算来了。

杨克明问，索宝呢?

呸，瘦猴狠狠吐了一口说，别说这个王八蛋，提起他我就想骂娘，关键时刻狗日的临阵脱逃，把我一个人甩在这里，差一点儿让狼把我吃了。

杨克明没有吭声，拉着马儿朝帐篷走去。走到帐篷门口，杨克明停下脚步问道，还有多少干草?

瘦猴指了指帐篷旁边说，就剩下那么一点儿了。

杨克明说，给两匹马喂一些干草。

瘦猴说，你们先回去喝口水。

杨克明和张文清先后进了帐篷。帐篷里面暖和多了，炉子上面被烟熏黑的铝壶还冒着丝丝热气。张文清一屁股坐在羊皮上说，累死了。

杨克明从壶里倒了一茶缸水喝了起来。喝完茶缸里面的水，他又倒了一茶缸水递给张文清。

张文清接过茶缸，张开嘴巴长长舒出一口气。

杨克明屁股刚坐到羊皮上，瘦猴就风风火火闯了进来。他从挂在帐篷上面的挎包里掏出两个牛粪饼似的青稞面馒头放在炉子上说，我知道你们肯定饿坏了，等一会儿烤热了再吃。

张文清说，你坐下瘦猴，说说灾情。

瘦猴说，我就站着说吧，这些日子屁股都快坐烂了。其实，也没有啥可说的，大雪一场连着一场，牦牛根本没有办法吃草，储存的干草也不多，还被牧民偷了一多半，剩下的干草还不够应付一天的。

杨克明问，牦牛伤亡的情况怎么样?

瘦猴说，跑的跑，死的死，现在就剩下四十几头了。

杨克明问，牦牛跑了，为啥不去找呢?

瘦猴说，跟着野牦牛跑进了大山里面，再说，就我一个人，顾了这一头顾不了那一头，如果索宝在可能还好一点儿。

杨克明问，索宝哪儿去了?

瘦猴说，还能去哪，山那边的情人家呗。

杨克明没有说话，拿起一个馒头吃了起来。瘦猴接着又说，你们是不知道，这几天晚上，狼群天天来吃死去的牦牛，那个场面吓死人。黑洞洞的夜空里，狼的眼睛绿莹莹的，就像小小的绿灯笼，尤其那个嗥叫声更是让人毛骨悚然。

杨克明指了指挂在帐篷上面的枪问，那是烧火棍?

瘦猴说，好我的杨队长，一共就剩下两发子弹，我哪敢随便开枪，不到万不得已我不敢浪费一颗子弹，那是救命的子弹。

张文清说，真是为难瘦猴了，在那种情况下，一个人孤零零的面对吃人的狼群，一般人不是吓死，也得吓疯了，瘦猴真的很了不起。

杨克明看了一眼瘦猴说，没有看出来，瘦猴在危急时刻，表现得临危不惧，真的是了不起。

瘦猴看看杨克明，又看看张文清，突然蹲在地上哭泣起来。杨克明用力拍拍瘦猴的肩膀说，好样的瘦猴，我们知道你承受了巨大的磨难。

没想到瘦猴一头杵在杨克明的怀里呜呜地放声大哭起来。那个哭声凄凉悲壮，既有委屈又有豪迈，哭得杨克明和张文清也忍不住流下了眼泪。

疲惫不堪的落日滑到了雪山后面，黑夜不可阻挡地又来到了草原。瘦猴点亮了煤油灯，又给炉子里加了一些干牛粪说，半夜的时候炉子灭了，帐篷里比冰窖里还要冷。

杨克明说，今天晚上你放心睡个踏实觉，有我和文清给你守夜。

瘦猴问，那明天晚上，后天晚上呢？

杨克明说，放心睡吧，我们不会扔下你不管。

瘦猴睁大眼睛又问道，真的？

杨克明说，军中无戏言。

瘦猴咧开嘴笑了笑，俺的娘啊，我算是又活过来了。

张文清也笑了笑，好好睡觉，我跟杨队长给你值班。

瘦猴兴奋地说，太高兴了，一点儿瞌睡也没有，还是跟你们说说话吧。

瘦猴的话音还没有落地，狼嗥声就传进了帐篷。开始的嗥叫声显得单调空茫，显然是一只试探虚实的狼在呼唤同伴，随后的嗥叫声就有些庞杂和零乱。空旷的夜色里狼的嗥叫声虽然空空荡荡但很有穿透力，让人感觉危险就像黑夜一样紧紧地包围着自己。

瘦猴说，叫声一停，它们就开始吃死牦牛了。

杨克明看着张文清问，你带了几发子弹？

张文清说，五发子弹。你的意思打打它们的威风？

杨克明说，总得给瘦猴兄弟出一口气吧，否则，它们也太肆无忌惮了。

张文清拉开枪栓，退出枪膛里的子弹，在棉皮鞋上来回蹭了几下，然后又把子弹装进去推上膛。

瘦猴好奇地问道，子弹在皮鞋上面蹭几下是啥意思？

张文清回道，子弹在皮鞋上面蹭几下，子弹就变成了炸子，炸子的威力比一般子弹杀伤力更强。

瘦猴摸了摸自己的头说，小小一颗子弹还有这么大的学问。

张文清将帐篷的门帘撩开一个缝，把枪筒慢慢伸了出去。也就是几秒钟的时间，一声枪响打破了寂静的夜空。张文清收回枪说，今天晚上大家都能睡个安稳觉了。

瘦猴问，打中了没有？

张文清说，你出去看看就知道了。

瘦猴说，借我个老虎胆，我也不敢出去。

张文清看了一眼瘦猴说，不敢出去那就睡觉，明天早晨再去看。

瘦猴说，不去看看心里疙疙瘩瘩的。

杨克明站起身子说，把手电筒拿上，我陪你出去看看。

瘦猴从被子底下拿出手电筒和杨克明一块走出了帐篷。俩人打着手电筒，高一脚低一脚走了一会儿，瘦猴突然发现了死牦牛旁边的狼。狼的半个身子几乎被打烂了，血流了一地还冒着热气。

俺的娘。瘦猴说，炸子的威力这么厉害。没有看出来，张文清还是一个神枪手。

杨克明说，你也够厉害的，单枪匹马在这里与狼共舞了十多天。

瘦猴拿着手电筒向周围照了一圈喊道，你们不是不在乎我吗，有种的你们别跑，你们也有今天啊，俺的娘啊！还有索宝，你这个胆小鬼，你以为躺在情人的热被窝里你就心安理得啊，你这个没有良心的胆小鬼！

其实，索宝心一直没有平静过。虽然他躺在达瓦的帐篷里，可是心里还是惦记着牧场和瘦猴。他不知道瘦猴现在怎么样了，也不知道牦牛怎么样了。他觉得虽然马场长同意他回来陪达瓦，可是心里总觉得有一些不够意思。可是，再看看达瓦病病歪歪的样子，他不能眼睁睁看着那些羊群饿死冻死，达瓦现在最需要他在身边，他就是达瓦的顶梁柱，他要是离开了达瓦，达瓦就彻底崩溃了。索宝扭头看了一眼达瓦，达瓦也没有睡着，睁着两只大眼睛看着自己。索宝心里一阵酸楚，他伸出胳膊搂住达瓦的脖子说，你怎么还没有睡觉，大夫说你要好好休息。

达瓦说，你翻过来睡不着，翻过去也睡不着，我心里不好受，我知道你还在想着牧场的牛群和那个叫猴子的人。

索宝说，我跟马场长说过了，我不去牧业队了，回来和你一起放羊。

达瓦说，你嘴上这么说，可你的心里像草原鼠的窝一样乱七八糟。不过，你是一个好男人，如果你真的喜欢我，明年开春的时候，我的身体也好了，我给你生一个像你一样的小索宝。我向佛祖保证，不会让你失望。

索宝说，我相信你。

达瓦把脑袋埋进索宝的怀里，轻轻地哭泣起来。那个声音就像唱歌一样，抑扬顿挫忽高忽低。

索宝拍着达瓦的脊背说，别哭了达瓦，咱们睡觉吧，明天还有很多事情要做，要给羊群喂干草，还要处理死去的羊。

达瓦停止了哭声，在索宝怀里抽搐了几下说，我不哭了，咱们早一点儿睡觉，这几天你太累了。

索宝吹灭了酥油灯，帐篷里面没有了亮光。清淡的月光从帐篷外面挤了进来，帐篷里也不显得黑暗。匆匆忙忙的风从帐篷旁边走过，留下没完没了的喘气的声音。

第二天是个好天。早晨天刚亮，火红的太阳就从雪山后面干干净净升了起来。整个雪原泛着一层淡淡的红光，就像一个等待出嫁的新娘一样漂亮妩媚。

杨克明他们喝了几口热水就走出帐篷查看那些挣扎在死亡线上的牦牛。当他们走到牦牛跟前时，他们被眼前的情景惊呆了。十几天的工夫，吃了一个秋天，好不容易长了膘的牦牛，现在一副瘦骨嶙峋弱不禁风的样子，更让他们惨不忍睹的是，这些牦牛互相啃着对方的毛充饥。望着眼前的一切，杨克明本来就脆弱的意志一下子被打垮了，刚来牧业队的那个雄心壮志一瞬间化为乌有。他觉得人在大自然面前渺小得就像雪地里的牦牛一样无可奈何，与天斗与地斗这句豪言壮语在残酷的现实面前轻飘飘得就像一片没有分量的雪花。就在杨克明感慨的时候，张文清走过来问道，克明，你打算怎么办啊?

杨克明有气无力地说，还能怎么办，把剩下的干草全部拿出来喂它们，让它们增加一些体力，咱们把它们全部赶回去。

张文清说，我看也只有如此，否则，全部都要饿死了。

杨克明伤感地说，牧业队不存在了。

王斌疯了

三天之后杨克明心事重重赶到马国强家里时，正好赶上吃中午饭。饭菜很简单，青稞面馒头土豆丝。刘大香说，不好意思克明，实在是没有什么好吃的。

杨克明说，现在能吃上这样的饭就不错了。

刘大香又问了问妹妹的情况后，便收拾了碗筷准备洗锅。

马国强看着杨克明问道，牧业队是不是无法挽救了?

杨克明说，就剩下四十多头牦牛了，估计这四十多头牦牛有一半熬不过这个冬天，可以说，牧业队全军覆没了。

马国强骂道，日他娘一回，啥叫天灾人祸，这就叫天灾人祸。人不让你好好活，天也不让你好好活。

杨克明说，索宝也逃跑了。

马国强说，索宝的事情我知道，我去医院看王成喜碰上了他，他告诉我不想在牧业队干了，打算陪达瓦回去放羊。索宝是个有情有义的人，我同意他回去的，他原本就是一个牧民，我们还能要求他什么。

杨克明停了片刻问道，马场长，你脸色不太好，是不是哪里不舒服?

马国强说，在家里还叫啥马场长。

刘大香插上话说，你姐夫心情不好，前两天一个人喝酒喝伤了身体，就跟大病了一场似的。

马国强瞪了一眼刘大香后说，我们谈工作，你少插嘴。

刘大香瞅了丈夫一眼闭住了嘴。

马国强挑开炉盖，往炉子里添了几块柴火，炉火又熊熊燃烧起来。他盖上炉盖说，牦牛都没有了还叫啥牧业队，干脆牧业队和农业队合并算了，这样也好管理，你说呢克明？

杨克明说，我觉得这是一个办法，我们现在不可能发展壮大，只能保存现有的实力，等到机会成熟了再说。

马国强看了一眼杨克明后说，克明，两个队合并之后，你去当队长。

杨克明说，我还是回来当我的农业技术员吧，这个队长我不想当。

马国强语气有点坚定地说，这个队长非你莫属。

为啥？杨克明问道，那王成喜呢？

马国强简单地把王成喜的事情说了一遍。杨克明半天没有说话。马国强接着说，如果王成喜回来了，你就回来当技术员，他没有回来前你先负责。没有个负责人，那怎么能成。现在农业队已经乱成了一锅粥了，听说，连你的老乡王斌和翠平都逃跑了。

杨克明愣了一下说，翠平也逃跑了？她不是那种人啊。

马国强说，寒冬腊月没有事情干，加上又吃不饱肚子，大家心里乱糟糟的，肯定会出乱子，所以，现在有个人去负责是当务之急。不过，到农业队上任之前，你代表我去看看王成喜。

杨克明没有想到，抑郁了几天的心情，不但没有平静下来，反而又增添了新的忧愁。他更没有想到，后面的事情更加让他心烦意乱。

杨克明在东方红门市部里走了一圈，发现空空荡荡的货架子上面就像遭了抢劫一样，几乎没有什么东西。他失望地走出了门市部，空着两只手去了集训队。杨克明没有想到，王成喜一看见他就把脑袋扭向了一边。杨克明些尴尬地走到王成喜跟前说，王队长，马场长让我来看看你。

看什么，看我的笑话。王成喜说，少来猫哭耗子这一套，我已经掉到井里了,他的目的也达到了。你回去告诉马国强,他狗日的不会有啥好下场。

杨克明解释道，王队长，你误会了，不是马场长推你下井，是朱局长他们出尔反尔……

没有你们前面给我挖的坑，天王老子也没有办法。王成喜恼怒地打断杨克明的话说道，你跟马国强没有一个好东西，一对狗连蛋。

杨克明张了张嘴，王成喜愤怒地挥挥手骂道，滚滚滚，别弄脏了老子的眼睛。

躲在墙角看热闹的乔玉山看见杨克明灰溜溜地离开了，便走到王成喜跟前说,老王,不愧是扛过枪的人,说话充满了火药味。你像扔手榴弹一样,一口气就把杨克明那小子炸飞了。

王成喜看了一眼幸灾乐祸的乔玉山说，这是我自己的事情，跟你有什么关系?

乔玉山说，哎，老王，怎么说话呢，听不出好坏话是吧，我觉得你是一个有血性的人，才跟你多啰唆几句，否则，我们有纪律，我才不愿意跟你废话。

王成喜说，你跟我废话，我还不愿意听废话。

乔玉山不高兴了，他指了指王成喜说，老王，你搞清楚自己是个什么东西，都这个熊样了还不知天高地厚。

王成喜也不高兴地说，你是个什么东西，老子是个什么东西老子心里清楚。

乔玉山说,不就是扛了几天枪嘛,开口闭口老子老子的,有什么了不起。我姐夫比你扛枪时间长，比你杀的敌人多，人家怎么那么谦虚，从来没有听见他说老子。以后老实一点儿，这里不是摆龙门阵的地方，这里是劳动改造的集训队。

王成喜突然哈哈笑了起来。

乔玉山纳闷地看着王成喜问道，你笑什么?

王成喜没有说话。

乔玉山推了一下王成喜问道，你笑什么?

王成喜说，你姐夫是比我扛枪时间长，比我杀的人多，可是，他再厉害也是窝里斗，兄弟之间相互残杀，老子不一样，老子是跟黄毛的美国鬼子刺刀见红，老子杀的是外国鬼子。

你他妈的反动。恼羞成怒的乔玉山边骂边挥手打了王成喜一拳头，当他举手再打时，王成喜身体往旁边一闪，顺势抓住乔玉山的胳膊说，小子，你给老子听好了，老子连魔鬼都没有害怕过，还害怕你这个小鬼。今天我告诉你，别仗势欺人，我现在是破罐子破摔，什么事情都能干得出来，不信咱们走着瞧。

乔玉山从来没有见过这个阵势，也从来没有见过这么强悍的人。他被王成喜的气势吓住了，知道自己碰上硬货了，可是，他又不想让王成喜笑话，他想了想说，你跟我一样都是男人，今天的事情我不会告诉任何人。

王成喜松开手说，老话儿说得好，不打不成交。

乔玉山揉了揉又酸又痛的胳膊说，有机会把你的功夫给我教教。

王成喜说，只要你愿意，我随时随地。

乔玉山笑着说，一言为定。

王成喜又哈哈哈笑了起来。

乔玉山也莫名其妙地笑了起来。

撤销了牧业队之后，张文清负责后续工作，杨克明就到农业队走马上任了。农业队副队长李宝顺三言两语就介绍完了基本情况。杨克明问道，就这么简单？

李宝顺夸张地耸耸肩，农业队原本就简单，财产都有登记，这是死的，关键人是活的，没有办法统计。年初建场的时候有农工三百多人，现在只剩下二百多人。就在前些天下大雪的时候，队里又跑了十几个人，其中有几个人跑到青海湖又返了回来。

杨克明问，翠平和王斌跟他们一块儿跑的？

李宝顺回道，好像不是一路，他们是单独行动。我就好生奇怪，就是逃跑也找一个好天气的日子，为什么选一个漫天大雪的日子。

杨克明说，翠平和我一起长大，我太了解翠平了，她不是那种意志不坚定的人，肯定是王斌在后面作祟，王斌这家伙一直就有逃跑的打算。

李宝顺说，翠平这个人平时很少说话，好像神神秘秘的。

出去走一走。杨克明边说边往外面走去。

李宝顺说，好吧，我带你去看看队里的家底。

杨克明跟着李宝顺出了简陋的办公室。空空荡荡的农业队几乎见不到几个人。杨克明问道，现在没有农活，大家都在干什么？

李宝顺说，除了睡觉打扑克，还能干什么。大家吃不饱，又无事可做，不偷不抢不逃跑就不错了。

杨克明问，冬闲的时候为什么不组织大家修水渠？天天无所事事人都要散架了。

李宝顺说，寒冬腊月北风吹，地冻得比钢铁还硬，根本无法修渠挖地。也不知道是哪个官僚异想天开，在这个鬼地方种粮食，就好比是秃子头上长头发一样。说一句消极落后的话，简直就是劳民伤财，到最后竹篮打水一场空，倒霉的还是国家和咱们这些拉磨的小毛驴。

杨克明看了看李宝顺，他觉得李宝顺还挺有思想。只不过消极话太多，恐怕会造成不好的影响。杨克明说，我也一直怀疑这个问题，不过，今年才是第一年，明年过了再说也不迟，俗话说，出水才看两脚泥。宝顺，在这个人心惶惶的时候，咱们当领导的首先要积极向上，要拿出来一种精神，消极落后的话坚决不说。

李宝顺听完后说，我心里明白，只是在你跟前说说心里话，吐出来心里舒服一点儿。特别是王队长去了集训队，大家的情绪更加不安了。我带着几个人还去了一趟公安局，公安局的朱局长说，王队长反对大跃进，反对三面红旗，是典型的右派言论。还说，我们再无理取闹，把我们也送到集训队。

杨克明说，王队长的问题早晚会弄清楚的。

李宝顺指着一座破院子说，咱们的家当基本都在这里了

杨克明跟着李宝顺走进院子，院子里面有几台播种机，一台拖拉机，

还有十几辆马车和生产工具。

杨克明问道，这些东西没有专人看管？

有。李宝顺说，保管员前几天也跑了，目前还没有物色好合适的人选。

唉！杨克明叹了一口气，直愣愣地望着院子发呆。就在这个时候，身穿皮大衣的王斌从拖拉机后面闪了出来，他一边挥舞着手里的铁锹，一边沙哑着嗓子喊道，往东是青海湖，往东是青海湖……

杨克明上前一把拉住王斌问道，王斌，你怎么在这里？

王斌呆呆地看着杨克明嘿嘿一笑，继续喊道，翻过雪山就是青海湖，一直往东就是青海湖……

杨克明看着王斌又问道，王斌你咋了？你看看我，我是杨克明。

王斌说，你不是青海湖，你不是青海湖。

杨克明又问道，翠平呢，翠平在哪里？

王斌愣了一下不再说话，片刻之后他挣脱杨克明的手，挥舞着铁锹喊道，打狼啊……打狼啊……打打打……

杨克明看着王斌这个样子说，宝顺，王斌疯了，他肯定受了天大的刺激。你去叫几个人来，咱们得送他去医院。

李宝顺嗯了一声，一溜烟跑了。

杨克明慢慢向前走了几步说，王斌，你仔细想一想我是谁，我是杨克明啊，咱们从小一块儿长大，一块儿爬树掏鸟窝你忘了？

王斌停了下来说，一块儿去青海湖。

杨克明说，对呀，一块儿去青海湖，还有翠平，咱们三个人一块去的。

王斌把铁锹一扔，一下躺倒在雪地上喊道，回家了……回家了……

杨克明一屁股坐在雪地上泪如雨下。

王斌被送到医院以后，医院的大夫们也束手无策。杨克明去找乔玉英，乔玉英无奈地摇了摇头说，医院里面没有一个神经方面的大夫，对于神经方面的疾病，大家都是门外汉。我看只能给他吃一点儿镇静药，别的药品也没有。

杨克明看着摇头的乔玉英急切地说，总得想想办法乔大夫，不能看着他这样疯疯癫癫呀。

乔玉英说，要是有办法，我们能袖手旁观吗，医生的职责就是救死扶伤，可是，对于他的病我们无能为力，你不能强人所难啊。你也是一个有文化的人，你应该知道，大夫也是有局限的，大夫不是万金油，哪里都可以抹一下。

杨克明叹口气问道，省里有没有精神病医院？

乔玉英说，好像还没有。

杨克明蔫头耷脑地离开了医生办公室，心灰意冷地带着王斌走出了医院。在回去的路上，王斌像个死人一样躺在马车上睡了一路，呼噜声也响了一路。一块陪同来看病的职工说，杨队长，你看他睡得多香啊，也许药物起作用了。

杨克明苦笑了一下。

那个职工又说，弄不好慢慢会好起来的。

杨克明的眼睛又模糊起来。

回到农业队之后，为了保险起见，杨克明专门安排了一个身强力壮的小伙子铁蛋和王斌一个宿舍。开始的时候铁蛋不同意，后来在杨克明的再三劝说下，铁蛋勉强答应了。杨克明说，你的任务就是看好他，别让他满世界疯跑，我给食堂说说，每顿饭多给你一个馒头。

铁蛋说，多给一个馒头当然好了，可是，如果他打我咋办？

杨克明反问道，你说咋办？

铁蛋说，我躲着他呗。

杨克明说，他要是闹得厉害，可以把他捆起来。

铁蛋点点头说，俺懂了。

铁蛋无论如何也没有想到，那一个馒头不是白白捡来的。头一个晚上铁蛋就被王斌折腾得筋疲力尽。开始的时候王斌乖乖地躺在了床上，可是没有多大功夫，王斌就爬了起来，坐在床上呆呆地望着煤油灯发愣。铁蛋没有办法，只好陪着王斌发愣。陪到半夜的时候，铁蛋实在困得受不了了，可是王斌仍然没有瞌睡。铁蛋走过去轻轻扶着王斌躺下说，睡觉吧，再不睡觉天就要亮了。

铁蛋的话刚说完，王斌又坐了起来，对着铁蛋傻笑。

铁蛋说，我的爷，睡觉吧，为了一个馒头你可把我折腾死了。

王斌说，往东是青海湖。

铁蛋说，我知道，往东是青海湖，往西是乌兰县，往南是都兰县，往北是祁连山。

王斌笑了笑又说，往东是青海湖。

铁蛋说，我的爷，我知道了，往东是青海湖，咱们该睡觉了，明天起来再说青海湖行不行？

王斌哈哈哈笑了。

铁蛋双手捂着脑袋大声喊道，往东是青海湖，往东是青海湖……

就在铁蛋烦躁地喊叫声中，王斌扑通一下躺倒在床上睡了，片刻，呼噜声就像刮风一样。

看着王斌睡着了，铁蛋也歪在了床上，跟着呼噜声也像刮风一样。

铁蛋被折腾了一晚上，杨克明也没有睡踏实。第二天早晨起了床，杨克明就去找李宝顺商量，把送王斌去内地治病的意思告诉了李宝顺。

李宝顺说，内地也未必能治好王斌的病。

杨克明说，死马当作活马医，总不能看着他不管吧，他是在咱们队里得的病。

李宝顺，费用怎么解决，这可是一笔不小的费用。

杨克明，我去场部想办法。你做好准备，就由你跟铁蛋陪他去内地看病，顺便回去过个春节。

李宝顺说，不知道还能不能过，老家灾荒闹得厉害，老家来信说，村子里的人们都外出逃荒走了，整个村子就像墓地一样安静。

杨克明说，不管咋说，快一年没见老人了，回去看看心里踏实。

李宝顺说，只要能解决费用，其他的都不是问题。

杨克明说，吃过早饭我就去场部，这个事情赶早不赶晚。

李宝顺说，我就担心一切努力，到头来还是瞎子点灯白费蜡。

杨克明指着李宝顺说，从你嘴里说出来的话，都有一股子消极的味道。

李宝顺说，我不是消极，我是不抱幻想。

杨克明没有跟李宝顺争辩，匆匆忙忙到食堂拿了一个馒头就去了马厩。让杨克明万万没有想到的是，不阴不阳的李宝顺的确比自己成熟得多，不像自己常常是感情用事。就在杨克明从场部回来的当天晚上，铁蛋慌慌张张敲开了他的房门，气喘吁吁地告诉他王斌跑了。

杨克明问道，他怎么跑了，你是干啥吃的?

铁蛋哭丧着脸说，我看他睡觉了，就去了一下厕所，谁知道回来他已经跑了。

杨克明急忙穿好衣服，拿上手电筒说，你去叫人，让大家分头去找。

铁蛋说了一句知道了，拔腿就没了身影。

一会儿工夫,夜空里就传来一阵阵敲门声和叫喊声。晚上的风格外嚣张，大家在冷风里找了半天，也没有看见王斌的影子。杨克明对李宝顺说，留下一部分人跟我继续找，你和其他人回去休息。如果今天晚上找不见，明天白天你带人继续找。

李宝顺说，还是一起找吧，人多希望大。

杨克明说，大家折腾一晚上，明天谁还有精神继续寻找。

李宝顺觉得杨克明说的有道理，于是就叫了一部分人回了。杨克明带着一部分人继续找。十几个手电筒像刀子一样，把黑夜划得七零八落。整整一个晚上,黑夜里到处是躲躲闪闪的灯光。当手电筒再也发不出来光亮时，天边已经有了鱼肚白。

第二天一大早，李宝顺带着一部分人继续寻找王斌。最后，还是细心的李宝顺发现了可疑的蛛丝马迹。他们在房子后面的雪地上看见一些零乱的脚印，然后又顺着脚印一直走到山谷里的山洞前，王斌直挺挺地躺在山洞里，身体已经硬得像一根木棍，在他身边还有一具血肉模糊的尸体。

杨克明知道这个消息之后马不停蹄地赶到了山洞，他被眼前的情景吓坏了，惊骇之中他发疯似的用力踢着硬邦邦的王斌，你这个畜生，还我的翠平，还我的翠平……

李宝顺实在看不下去了，上前一把抱住杨克明将他推到了山洞外面。气喘吁吁的杨克明扭头看了一眼山洞，脑袋一歪昏死在了李宝顺怀里。

西北那个风啊

快过春节的时候，马国强再一次去找刘厚民。不过这一次刘厚民的情绪不错。马国强一进办公室，刘厚民就笑嘻嘻招呼马国强坐下烤火。刘厚民说，今天格外冷，炉子烟筒都烧红了，窗户上面的冰花还融化不开。

马国强脱下皮大衣放在椅子上说，马嘴上冻的全是冰溜子。

刘厚民指了指椅子上的王局长问，你们认识吧？

马国强说，好像见过。

刘厚民介绍道，工业局的王局长，这是青年农场的马场长。

马国强伸出手跟王局长握了一下手说，王局长好。

王局长也说了一句马场长好。

刘厚民说，老王，你继续说。

王局长说，刘书记，该汇报的工作汇报得差不多了，反正一句话，请你放心，这一次请的都是炼钢专家，保证能炼出优质钢来，为咱们县也争口气。

刘厚民说，好啊，我等着你们的好消息。

王局长跟马国强挥挥手，穿上大衣就走了。

刘厚民笑着问道，老马，你是来报喜的还是报忧的？

马国强说，我没有喜事可报，我是来找麻烦的。刘书记，眼看就要过年了，王成喜还在集训队，我实在受不了了，他一天不出来我就煎熬一天，我觉得是我一手造成的事情，我越来越觉得他是一个耿直的好同志，青年农场缺少这样的干部。

刘厚民说，我不太了解王成喜这个人，只知道他也是抗美援朝回来的，好坏都是听你们说的，既然你改变了看法，那我也没有什么意见，我现在就给朱局长打个电话。

马国强又说道，刘书记，我觉得王成喜让我耽误了，现在农业队也有队长了，他回来也应该有一个位置，我想让他当我的副手，这样也可以弥补一些对他造成的损失。

刘厚民说，青年农场的事情你们自己定吧，我看问题不大。

刘厚民的态度和语言让马国强感动了，他站起身紧紧握住刘厚民的手，声音有些哽咽地说了一句，谢谢刘书记，就再也说不下去了。

王成喜走出集训队的大门时，一眼就看见蹲在大门口的马国强。王成喜犹豫了一下，没有理会马国强一直朝前面走去。

马国强站起身子喊了一句，没有看见我蹲在这里？

王成喜停下脚步说，我还以为是只狗呢。

马国强走过去说，睁开眼睛看看，我是一条狗吗？

王成喜生气地说，你当我还没有看够你？

马国强也不客气地回道，你好好看看我，为了你这个事情，这些日子我掉了十斤肉。

王成喜反问道，你看看我掉了几斤肉？

马国强说，啥也不说了，咱俩算扯平了。

王成喜反问道，咋就扯平了，你让杨克明去了农业队，我回去干啥？整个青年农场都成了你们家的人，我还有啥干头。

马国强说，你当然有干头，我已经跟刘书记说了，你回来当副场长。

王成喜看着马国强没有说话。

马国强问，咋了，哑巴了？

王成喜吸溜了一下鼻子说，我跟你就是一对冤家。

马国强从王成喜手里抢过包包说，我帮你提着。

王成喜看着马国强叹了一口气说,恨死我了,我这一辈子咋就碰上个你。

马国强说，你咋不说我这一辈子碰上你这个让人丢不了舍不下的家伙，跟你在一起我非得折十年寿不可。

王成喜口气有点缓和地说，待在这个鬼地方本身就是折寿。

马国强说，你这个人就是属狗的，记吃不记打，以后消极的话少说，积极拥护党的政策，听上级领导的指挥，一句话，听老婆的话跟党走，党叫干啥就干啥。

王成喜张了张嘴，一股西北风灌进了嘴里，他没有再说话，低着脑袋跟着马国强向前走去。

时间过得真跟刮风一样，什么也没有准备春节就到了。其实，也没有什么可准备的，年货可以说跟自己的手指头一样简单。只不过马国强从县城里带回来一张年画,给过年增添了一点儿喜气。年画色彩鲜艳,内容喜庆。一个白白胖胖的小子怀里抱着一条红艳艳的大鲤鱼，那条鲤鱼跟胖小子一样咧着嘴在欢笑。

刘大香说，这些画家们成天生活在梦里，日子过成这样子，他们还有心思画这些不着边际的画，恐怕他们的日子就是那么喜庆。

马国强说，就是图个高兴。

刘大香撅了撅嘴说，自己骗自己有啥可高兴的。

马国强瞪了一眼说，少说几句不中听的话。

刘大香说，唉！要是能打上一只野羊就好了，要不然这个年可咋过呀。

马国强问道，不是家里有羊肉吗?

刘大香说，就两三斤羊肉怎么过，小香他们也要来，你还要叫王成喜，你说让我咋做饭。

马国强说，两三斤羊肉包一顿饺子就行了，不是还有土豆白菜吗?

刘大香叹口气说，在老家日子不好过，在这里日子还不好过，啥时候才能过上几天舒心的日子。

就在两个人为过年发愁的时候，一阵马蹄声停在了门口。马国强朝门外看了一眼，就见索宝从马背上跳了下来，手里提着一个黑牛毛口袋走了进来。

马国强好奇地问道，索宝，你怎么来了？

索宝说，要过春节了，我代表达瓦来看看马场长。知道农场现在困难，达瓦和我商量了一下，给你们送两只羊腿过年，其中一只羊腿送给王成喜队长。

马国强说，送王成喜可以，那是达瓦在报王成喜的救命之恩，可是我不能随便收你们的东西，要不然我掏钱买。

索宝倔强地说道，马场长，钱能买来感情吗？你能让我回到达瓦跟前比什么都强，我们都很感谢你。

马国强说，用不着感谢，你原来就是一个牧民，留在场里也不习惯，再说，场里牧业队也垮了，你留下就更没有意思了。

索宝把牛毛口袋往地上一扔说，马场长，那我就走了。

马国强看着索宝出了门才想起来说了一句，那我就谢谢你和达瓦了。

大年三十中午又刮起了西北风，刘小香和杨克明就是被西北风送进家门的。望着妹妹隆起的肚子，刘大香感叹地说，我啥时候也能怀上一个孩子就好了，将来孩子们也有个伴，要不然在这个地方多冷清。

刘小香说，姐，你不用着急，太着急相反怀不上。

杨克明见姐妹俩说话，自己也插不上嘴就说出去找马国强。刘大香见杨克明要出去，便说，你们早一点儿回来，咱们一块包饺子。

杨克明说了一句知道了就走了。见杨克明出了门，刘大香给妹妹倒了一杯开水问道，人家说女人这个时候嘴馋得很，你是不是也馋得要命？

刘小香说，别的我不想吃，就是馋老家的青杏，馋得直流口水。

刘大香说，人家说酸儿辣女，杨克明真有福气，结婚才一年，就得了个小子。

刘小香摸着肚子说，谁知道是男还是女。

刘大香说，肯定是个儿子。

刘小香指了指墙上的年画说，要是有这么一个白白胖胖的小子就好了。

刘大香说，你也跟着做梦。

姐妹俩说得正热闹的时候，马国强和杨克明回来了。马国强搓着两只手说，还是房子里暖和，外面的西北风像刀子一样。

刘大香说，那咱们包饺子。馅和面我都弄好了。

马国强笑呵呵地说，小香休息，我和克明包饺子，你负责擀饺子皮。

刘大香说了一句中，就开始动手揉面。饺子包得差不多的时候，马国强说，你们继续包，我去叫王成喜。

杨克明听完后说，我去吧。

马国强想了想说，还是我去吧，你不了解王成喜。

杨克明说，我发现他有些变了。

马国强洗了洗手说，现在好像大家脾气都不太好。

杨克明认可地点了点头说，理想和现实差距太大。

马国强没有说话，刚拉开门王成喜就进来了。马国强说，我正打算去叫你。

王成喜从口袋里掏出来一瓶酒说，用不着你叫，我都闻见饺子味了。

马国强说，大香，那就下饺子吧。

刘大香听完后说，中，你们坐下说说话，我这就利索了。

杨克明拍拍手，给王成喜拿了一个小凳子说，王场长坐。

王成喜把酒瓶子蹾在小桌上，一屁股坐在小凳上说，饺子就酒越喝越有。

一会儿工夫，小桌上摆了一盘凉拌萝卜丝和一盘土豆丝。刘大香说，你们先喝酒，说话饺子就上桌。

王成喜看着刘小香说，小香过来坐呀，大过年的你一个人坐在炕上干啥。

刘小香说，你们喝酒，我又不喝酒，吃饺子时我再上桌。

马国强说，不管她们，咱们先喝着。

杨克明拿起酒瓶子看了看，是青稞酒。

王成喜说，这个酒比老家的红薯酒好喝，没有怪味道，也不辣嗓子。

杨克明把酒倒进三个杯子里，马国强端起一杯酒说，为明年比今年好干一杯酒。

王成喜说，为咱们在草原上过年干一杯。

大家碰了一杯酒，各自拿起筷子吃了一口菜。

王成喜说，过年听不见一声鞭炮响，就好像没有什么年的味道。

马国强指着青稞酒说，有酒就有年的味道。

有了饺子就有年的味道了。刘大香把两盘饺子端到桌上说，趁热吃啊，羊肉饺子热着好吃。

王成喜说，你们也赶快坐下吃。

刘大香说，女人上啥桌子，再说小桌又坐不下，我跟小香就在炕上吃。

马国强端起酒杯说，咱们喝酒。

王成喜说，克明快当爹了，到时候喝你儿子的满月酒。

杨克明说，到时候一定请客。

王成喜看了马国强一眼，把想说的话又咽回了肚里，自己端起杯子喝了一口酒。年夜饭简简单单结束了，王成喜又坐了一会儿也回去了。屋子里突然安静了，大家一时也没有什么话可说，只有年画上面白白胖胖的小子笑逐颜开。

初一这天是个好天，马国强吃过早饭就搬了一个小凳子坐在门口晒太阳。暖暖的阳光让他心情也变得暖洋洋的。晒了一会儿太阳，他忽然觉得这么好的天气里，应该去给刘厚民拜个年，他觉得小香和乔玉山的事情没成之后，刘厚民曾经一度对他的态度有了明显的改变，可是，在王成喜的问题上面，开始的时候，刘厚民有些不阴不阳，但是后来却给了他极大的面子，否则，他现在还受着煎熬。想到这里，马国强给妻子打了一声招呼就去了马厩。

由于天气好，心情也就不错，去县城的路一会儿就到了。马国强把马缰绳捆在晾衣服的铁丝上，然后去了刘厚民家里。刘厚民和乔玉英都不在家，只有乔玉山一个人坐在桌前吃饭。见马国强进了家，乔玉山不冷不热搬了一把椅子说，马场长来了。

马国强坐在椅子上问道，刘书记不在家？

乔玉山反问道，大过年的还找他谈工作？

马国强说，没有什么工作可谈，我是来给刘书记拜年的。

乔玉山看了马国强一眼，觉得马国强也挺真诚的，说话态度热情了许多。他拿了一个空酒杯倒满酒说，马场长，按照当地的习俗，我应该敬你三杯年酒。

马国强推辞道，你自己喝吧，我喝酒不行。

乔玉山说，你这么远来给我姐夫拜年，我替他敬你三杯酒。你要是不喝，就是看不起人了。

马国强不好再推辞，端起酒杯问道，刘书记去哪了，是不是又去了炼钢炉？

乔玉山递给马国强一双筷子说，马场长，一边吃一边喝。

马国强看了一眼桌子上的菜，有一盘花生米，一盘凉拌牛肉，还有一盘炒鸡蛋。

乔玉山说，就是因为炼钢炉的事情，我姐夫彻底病倒了，大过年的还在省城医院住院呢。

马国强问道，为什么？

乔玉山说，他们信誓旦旦地保证，春节前一定能炼出优质钢铁，谁知道钢铁没有炼出来还出了人命，我姐夫一听就吐了一口血，整整两天昏迷不醒，连夜送往省城医院了。

马国强喝了一口酒，叹了一口气说，怎么会这样。

乔玉山说，吹牛又不犯法，你没见大家都在吹牛。

马国强喝了杯中酒说，既然刘书记不在，那我就回去了，要是有人去省城，给我向刘书记问个好，希望他早日康复。

乔玉山已经有了醉意，他拍着马国强的肩膀，摇摇晃晃把马国强送到门口，看着马国强骑马离开，才摇摇晃晃回到屋里。

回去的路上天气依然晴好，阳光里面没有一丝风，暖洋洋的就像屋里的火炉。可是，马国强的心情却没有再灿烂起来。远处的山白雪皑皑，一眼望不见头的草原也是白茫茫一片，马国强忽然觉得脊梁骨有些发冷，接着就打了几个喷嚏，喷嚏虽然响亮，但在空旷的草原上显得单单调调，只是惊飞了两只在雪地上觅食的百灵鸟。

流向青海湖的河

春节过后的天气和冬天没有两样，风和雪就像一对难舍难分的兄弟。到了四月份之后，草原上的积雪才开始慢慢融化，但是远处的雪山还是冬天的模样。不过，明显的是冷风多了一些温柔，让人感觉到了冬眠中的春天正在苏醒。

吃过早饭之后，马国强就和王成喜匆匆赶往县城。太阳刚刚从雪山后面露出脸，冷风有一下没一下地在草原上晃悠。

王成喜看了一眼马国强说，我估计今年的春播任务轻不了。

马国强说，不一定。

王成喜问道，为啥?

马国强说，刘书记的热情不会太高了。

王成喜又问，你怎么知道他的热情不会太高了?

马国强笑了笑说，我瞎猜的。

王成喜笑了一下说，但愿如此。

正如马国强分析的那样，刘厚民的热情的确没有那么高涨了。进到会议室马国强就发现刘厚民又黑又瘦，一副无精打采的样子。跟往常的习惯一样，会议由索南县长主持，刘厚民讲话。大家刚拍了拍手，就被刘厚民阻止了。他看了大家一眼说，今年的形势跟去年一样，全国的形势也和去年一样。县委开过几次会，咱们县的形势不容乐观。特别是在工业方面，不是我们的长项，甚至是我们的软肋。历史的经验告诉我们，被一块石头绊倒一次可以，要是被一块石头绊倒两次，就是天底下最愚蠢的人，我们已经做过一次愚蠢的人，再不能做第二次愚蠢的人。我们是牧业县，虽然，农牧业看着平平淡淡，没有那么轰轰烈烈，可是，我们只有发展农牧业的资源，所以，我们要努力发展农牧业。我们要面对现实，不能好高骛远。今天把大家请来开会，就是集思广益，要实事求是，真正地把我们的工作做好。我在省上开会的时候，一五一十汇报了咱们县的工作，但有的领导同志提出来，除了扩大养殖业，还要扩大农业，希望我们多办农场，多种粮食，把我们县建设成为全省的农牧业示范基地。我想听一听大家的意见，希望大家畅所欲言，都说说心里话。

刘厚民端起茶缸喝水的时候，索南县长对大家说，希望踊跃发言，都说说自己的想法，咱们今天就是开一个民主的会。

会场里静悄悄的，没有人带头发言。索南县长看了看刘厚民，刘厚民心领神会地指了指马国强说，马场长，你是办农场的行家，你先带头说说你的想法，今年打算怎么办农场，有没有扩大耕种的想法。

马国强站起来说，刘书记，去年农场上万亩土地颗粒无收，我哪里是行家，你这么说我真的无地自容。不过，既然让我说，我觉得我们不能再扩大耕种面积，因为这个地方的天气实在变化无常，我们心里没有一点儿把握。

马国强刚说完，王成喜就接上了话，我同意马场长的意见，农场再不能盲目开垦草原。我个人认为，农场不但不能开垦草原，而且还要缩小种植面积，因为草原有草原的特性，这里的草原只适应长草，不适应长庄稼。

王成喜的话刚落地，索南县长激动地接上话说，我完全同意他们的意见，我就是土生土长的草原人，我知道草原应该干啥不应该干啥，我认为，咱们县最大的潜力就是扩大养殖业，努力发展畜牧业。

刘厚民说，我的意见和大家一样，今年青年农场维持现状，如果效果不错，明年看情况再说。

刘厚民的话刚说完，就被热烈的掌声所包围。会议开得不像往常那样沉闷和抑郁，会议在轻松的气氛中结束了。

草原上真正刮起春风的时候，农场的春播在尘土飞扬中开始了。春风把拖拉机扬起的尘土带到半空中，就像黄色的云彩漂浮在天空。在播种前夕的工作会议上，为了保险起见，杨克明建议先播种一半土地，如果半个月之后天气没有异常，再播种另一半土地。

马国强问，晚半个月耽误了播种节气咋办？

杨克明说，种青稞晚一点儿问题不大，如果真的不能种青稞，咱们种苜蓿草，不会浪费土地。

马国强说，要是种草的话，咱们还开垦土地干啥，那不是脱裤子放屁多一道手续。

就在俩人坚持不下的时候，王成喜说，我同意克明的意见。咱们不能太相信老天爷了，不能有侥幸心理。

马国强说，如果耽误了另一半，怎么跟县委交代，这个责任谁来承担。

王成喜拍拍胸脯说，我和克明承担。

马国强瞪了一眼说，说球的容易，到时候还不是我当冤大头。

杨克明说，先不说承担责任的问题，现在咱们要统一意见。

王成喜说，我同意先种一半的意见。

马国强没有再争辩，只说道，那就按照你们的意思办吧。不过，咱们先小人后君子，到时候真的判断失误了，谁都不能当缩头乌龟。

王成喜笑着说，你们两个是狗连蛋，我一个人当缩头乌龟也没有用。

马国强瞅了王成喜一眼说，狗嘴里吐不出象牙。

王成喜笑了笑说，你吐一个我看看。

马国强没有再说话，扭头出了办公室。

种子刚播到地里天上就下起了雨。半个月之后，大片大片的青稞地里蓬蓬勃勃长出了青苗，绿油油的青苗一直铺到远处的草山下面。马国强后悔地拍拍自己的脑袋说，优柔寡断害死人啊。

在马国强的坚持下，另一半土地夜以继日开始播种了。说来也奇巧，播种完的当天晚上，天空又飘起了小雨。马国强站在院子里双手抱拳，对着蜘蛛网似的雨丝喊道，老天爷啊，我马国强谢谢您，青年农场谢谢您！

那天晚上马国强做了一个梦，睡梦中的笑声把刘大香吵醒了。刘大香推了推丈夫问道，你咋了，梦见啥了，把你笑成那样？

马国强搂着妻子说，我梦见年画上那个胖娃娃在我怀里玩呢，胖胖的小手拽我的胡子，我就用胡子扎他，他在我怀里笑得东倒西歪。

真的？刘大香问道。

大半夜的，我骗你干啥？马国强说道。

刘大香说，人家说好梦成真，如果咱家有这么一个白白胖胖的小子该多好啊，我做梦都在想这一天。

马国强说，我也在琢磨这个事情，农场两次播种两次都下了雨，说明老天爷照顾农场了。我就在琢磨，现在咱俩舒服舒服，弄不好就好梦成真了。

刘大香兴奋地一翻身趴在丈夫身上说，怪不得你做了这么一个梦，也许是老天爷给咱们的暗示呢。

马国强说，自古以来男人是天女人是地，你趴在上面算干啥的。

让我再醒一醒。刘大香说完又一翻身躺了下去。

马国强翻身趴到妻子身上说，不敢着急，千万不敢着急，慢工出细活。

刘大香嘟囔说，我啥时候着急过，哪一次你都是猴急火燎的。

马国强说，别说了。

刘大香不再说话，乖乖地把舌头送进了丈夫的嘴里。

正如马国强说得那样，今年老天爷对青年农场格外照顾。穿了半年多的棉衣在一天天回暖的气温里已经用不着了，青苗也在回暖的天气里茁壮成长，整个青年农场被绿油油的青苗焕发出了希望和活力。

五月的一天，马国强在马厩后面的野地里，用细铁丝做的套子逮着了一只野兔，他让妻子把野兔炖了请王成喜喝酒。王成喜在喝酒的时候说，老马，你别高兴得太早，只有过了七月份才能把心放进肚里。

马国强不以为然地说，我有预感，今年风调雨顺。

王成喜说，我在朝鲜的坑道里蹲了几年，浑身的关节都是气象站。说老实话，我没有你那么乐观，我这几天就感觉关节有一些隐隐约约的不适。

马国强指了指王成喜后说，不是我说你，你这个人就是爱说消极话。

王成喜说，只要你爱听假话，我可以对你说假话，说假话又掉不了一斤肉。

马国强扫兴地端起酒杯说，喝酒，喝酒。

王成喜没有拿起酒杯，只是说，我喝好了。

马国强说，再喝一杯。

王成喜说，一杯也不喝了。

马国强说了一句不喝算球，自己喝了杯中酒。

几天之后的一个晚上，睡到半夜的王成喜突然被关节疼醒了。他披上棉衣出门看天气。天空上雪花飞舞，空气冷得跟冬天一样，王成喜急忙去砸马国强的门。马国强从睡梦中迷迷糊糊走出来，当他看见漫天大雪时浑身打了个激灵，上牙和下牙就像打架一样磕碰不停。

第二天雪倒是停了，猛烈的西北风又刮了起来，气温便急剧下降。当马国强和王成喜赶到农业队的农田时，杨克明他们已经在那里了。马国强跳下马背问杨克明，青苗能不能保住?

杨克明指了指白雪覆盖的青苗说，如果气温不再下降，估计还有希望，因为雪能起到保温的作用。

马国强骂道，日他奶奶，一刮西北风就麻烦了。

王成喜说，要是明天风停了，也许还能缓一缓，毕竟青苗有了一定的抵抗自然灾害的能力。

杨克明说，立刻组织人马在地边烧火熏烟，也能起到一定的作用。

马国强的声调也提高了很多，立刻组织全体人员投入战斗。

就在这个时候，张文清骑着一匹快马飞奔而来。张文清一跳下马背，就把马缰绳塞到杨克明手里说，快回去看看刘小香，刘小香好像要生产了。

杨克明犹豫地看看马国强和王成喜，马国强说，傻了，还不赶快回去。

王成喜也说，赶快走吧，这里有我们呢。

杨克明扭头跨上马背朝家里奔去。杨克明赶回家里时，刘小香已经处于昏迷状态。旁边的几个姑娘吓得不知所措，有两个姑娘站在旁边直哭鼻子。杨克明打发一个姑娘去叫拖拉机师傅，自己把刘小香抱在怀里，用毛巾给她擦着脸上的汗水。就在这个时候，刘小香睁开了眼睛，她双手紧紧地抓着杨克明的手说，克明，肚子疼得受不了了，我恐怕不行了。

杨克明说，小香，再坚持一会儿，拖拉机来了咱们就去县城医院。

刘小香说了一句，我受不了了，就开始呻吟起来。

杨克明说，小香，咱们现在就走，你听拖拉机来了。

几个姑娘在拖拉机拖斗里铺了一床被子，帮忙把刘小香抬到拖斗里躺下，又在她身上盖了一床被子，拖拉机在刘小香的喊叫声中冒着黑烟向县城驰去。拖拉机在颠簸的草原上晃来晃去，杨克明将刘小香的脑袋紧紧搂在怀里。望着脸色苍白的妻子，他的心就像在两盘磨中间，几乎被磨成了粉末。拖拉机猛然颠簸了一下，杨克明看见刘小香身下的被子上渗出一片血水，他疯狂地朝着师傅大声喊道，快一点儿……快一点儿……快一点儿……

拖拉机吼叫着停在了县医院门口，大家快速将昏迷的刘小香抬进了医院。杨克明站在妇产科门口就像丢了魂一样。也不知道过了多长时间，妇产科大夫拉开门走了出来。看着一脸严肃的大夫，杨克明张了张嘴没有说出话来。

大夫说，是个男孩子。遗憾的是，你老婆大出血没有抢救过来。

杨克明就觉得脑袋被什么东西重重地撞击了一下，接着就像一袋面似的软塌塌歪在了墙上。

当昏昏沉沉的杨克明抱着孩子走进马国强家时，刘大香接过孩子哭着说，我那苦命的妹子呀，你咋就忍心丢下孩子和我们，你知道你把姐的心捏碎了呀……

怀里的孩子哇的一声哭了起来，刘大香吃惊地叫了起来，这孩子嘴里还长了两颗牙齿，小兔崽子是你把你妈咬死的呀……

当天下午，马国强把一只奶山羊拴在了门口。

孤独的煤油灯亮了一个晚上。天快亮的时候，马国强推了推坐在炕上抱孩子的妻子说，大香，孩子我抱着，你躺下睡一会儿，你都熬了一天一夜了。

刘大香看着马国强说，都是咱俩害了小香呀。当初小香要是嫁到刘家该多好啊，住在县城里，就是难产抬脚就到了医院，也不会耽误了她的性命。我后悔死了，悔得我心都碎了，我可怜的妹子呀，你的命咋就比黄连还苦呢……

马国强没有吭声，两只眼睛就那么望着煤油灯。望着望着煤油灯闪了一下灭了，明亮的光线从窗户里照进了屋子。

西北风整整刮了一个星期。农田里的积雪融化了，绿油油的青苗跟退水后的水草一样，大片大片趴在潮湿的土地上。

六月的草原真正热了起来，风和日丽，鲜花盛开。欢快的布哈河水一刻不停地朝着青海湖流淌。布哈河里洄流的湟鱼，密密麻麻乌云似的一片接着一片，河面上开锅一样浪花飞溅，飞溅的浪花在阳光下白花花的刺得眼睛生疼。

坐在河边的杨克明，望着刺眼的布哈河自言自语，黄河水浑浊是因为苦难太多，布哈河水清澈见底，为啥也逃不脱苦难的命运……

布哈河飞溅的浪花，打湿了杨克明的脸。他对着河水狼一样嗥叫了一声，慌乱的鱼群一下子撕碎了河面，河面就像冒泡的温泉沸腾起来……

有意思的是在这个花开的季节，一直不怀孕的刘大香居然怀上了孩子。她异常兴奋地把这个喜事告诉马国强时，蹲在门口晒太阳的丈夫好像睡着了一样。她用脚踢了踢丈夫又说了一遍怀孕的事情，丈夫还是没有吭气。

刘大香带着哭腔说，国强，我不想看你这个样子，你成天要死不活的样子我心里难受，地里不长庄稼又不是你不让长庄稼，办农场也不是你要办的，愿天怪地也轮不到你头上，你何必煎熬自己呀。国强，你就这么想，地里没有收成，可是咱们家有了收成，我肚子里怀上了咱们的孩子呀。

马国强睁开眼睛看了看妻子，手捂着没有耳朵的脸长叹一声。大概叹息声惊扰了刘大香怀里的孩子，孩子突然哭闹起来。长着两颗小牙的嘴巴一张一合，刘大香就觉得在啃咬着自己的心，眼泪不由自主像雨点似的一滴滴落到孩子的脸上……